ESPRESSIONI DI PELLE

Montgomery Ink

CARRIE ANN RYAN

Espressioni di pelle

Un romanzo alla Montgomery Ink
di Carrie Ann Ryan

Espressioni di pelle
Un romanzo alla Montgomery Ink
di Carrie Ann Ryan
Traduzione di Well Read Translations

© 2021 Carrie Ann Ryan

eBook ISBN: 978-1-63695-125-6
Paperback ISBN: 978-1-63695-126-3

Traduzione di Well Read Translations

La serie Montgomery Ink di Carrie Ann Ryan, autrice di bestseller per il New York Times, continua con il fratello che cela un grande segreto e con l'unica donna che non dovrebbe desiderare.

Everly Law ha sposato l'amore della sua vita e lo ha perso in un tragico incidente proprio prima di dare alla luce due gemelli. Ora Everly è una mamma single che fa gli straordinari nella sua libreria per garantire ai suoi figli tutto ciò che meritano. La vita di Everly è già abbastanza piena senza doversi impegnare con un Montgomery. I segreti del passato vengono a galla, così Everly avrà bisogno di Storm più che mai... ma dovrà rendersene conto.

Storm Montgomery ha passato una vita a rimediare ai peccati che solo pochissime persone conoscono. Quando ha perso il suo migliore amico, ha promesso alla vedova che l'avrebbe sempre aiutata... anche quando lei non voleva altro che allontanarlo. Ma quando un solo contatto accende passioni infuocate che entrambi avevano nascosto nel profondo, Storm dovrà ricordare chi è la donna tra le sue braccia, sapendo che rischiare potrebbe causare danni irreparabili.

_____

Capitolo uno

Nel passato

I BIMBI SCALCIARONO E LA VIBRAZIONE ARRIVÒ dritta alla vescica di Everly Law, facendola sussultare; Everly si massaggiò il pancione e cercò di ricordare l'ultima occasione in cui era riuscita a vedersi i piedi.

"Storm?" chiamò ad alta voce, massaggiandosi la schiena con una mano, anche quella le faceva male. Essere all'ottavo mese, in attesa di due gemelli, non era un compito facile.

"Sì?" il migliore amico del marito di Everly le rispose dal retro della casa. "Hai bisogno di me?"

Che uomo, pensò Everly con un sorriso, Storm metteva sempre gli altri al primo posto, a prescindere. Infatti era venuto da lei nonostante avesse la serata libera, per controllare che fosse tutto pronto ad accogliere i neonati e per terminare la pedana sul retro, dato che Jackson non aveva mai trovato il tempo. Everly non capiva davvero come facesse Storm a essere ancora single. Qualche donna avrebbe dovuto accalappiarselo ormai da anni.

"Dovresti solo dirmi se ho messo le scarpe abbinate," gli gridò di rimando.

Lui si fece una risata e tornò in salotto, dove Everly lo aspettava in piedi scorrendo la posta. "Hai messo le scarpe abbinate, Ev. Altrimenti ti avrei avvertita."

Lei alzò gli occhi al cielo. "Tu dici così, ma mi ricordo ancora di quando hai lasciato che Jackson se ne andasse a zonzo per il campus con la carta igienica attaccata ai pantaloni."

Everly era di qualche anno più giovane rispetto a Jackson e Storm, ma aveva fatto in tempo a iscriversi all'università di Denver quando ancora i due amici stavano finendo l'ultimo anno di dottorato… Storm in architettura, Jackson in antropologia. Dal momento in cui lei aveva cominciato a uscire con Jackson erano passati più di dieci anni, ma Storm era stato sempre vicino a lei e all'amico. Jackson e Storm erano amici d'infanzia, di conseguenza anche lei era diventata amica di Storm, anche se con lui condivideva ben poco, rispetto a Jackson.

Storm le passò una mano sulla pancia e sorrise; era *l'unico* a cui fosse permesso toccarle la pancia, oltre ovviamente a Jackson. "Se lo meritava. Quel mattino mi aveva fatto incazzare." Storm fece spallucce; i capelli scuri gli cadevano sulla fronte, aveva proprio bisogno di tagliarseli, ma a lui sembravano piacere così, più lunghi al centro e più corti sui lati. "Non ricordo nemmeno il motivo, chissà cos'aveva fatto, ma ricordo che non dirgli della carta igienica attaccata ai pantaloni è stata una degna vendetta. A te non farei mai qualcosa del genere." Le fece l'occhiolino, una scintilla gli illuminò gli occhi azzurri: "Non perché sono gentile ed educato, ma perché sono sicuro che mi beccheresti."

Lei gli mostrò il pugno chiuso, aveva le dita così gonfie che non riusciva più nemmeno a indossare la vera nuziale "Ecco, non te lo dimenticare, Storm Montgomery."

Storm si fece sfuggire un sospiro e le toccò di nuovo la pancia. I nascituri si mossero, evidentemente gradivano il tocco dello zio Storm, dato che avevano smesso di darle calci alla vescica. "Hai messo le scarpe abbinate e indossi anche i pantaloni, ma perché non mi fai stare tranquillo e non ti metti seduta a leggere la posta? Ormai ti manca quanto, pochi giorni al parto? Sto per dare di matto."

Everly si lasciò accompagnare al divano, altrimenti Storm l'avrebbe tormentata… e poi aveva le caviglie più gonfie delle mani, quindi forse aveva ragione lui, era meglio sedersi.

"Mi mancano un paio di settimane, Storm, non qualche giorno," ribatté dopo essersi fatta aiutare a sistemarsi sul divano, con un paio di cuscini a sostenerle i fianchi.

"Aspetti due gemelli, di solito ai gemelli non piace aspettare. Credimi, io ne so qualcosa: anch'io ho un gemello." Le fece di nuovo l'occhiolino e lei sbuffò ridacchiando.

"Poverina, la tua mamma," lo provocò Everly, "non solo ha messo al mondo due gemelli, tu e Wes, ma un totale di ben otto figli. Non ho proprio idea di come abbia fatto." Everly si massaggiò la pancia, mentre si sentiva attraversare da una tensione ormai familiare. "Non so nemmeno come farò *io*."

Storm si fece serio e si sedette sul tavolino di fronte a lei. "Sarai una mamma fantastica, Ev. Ti prendi già cura di me e di Jackson. Che saranno mai, altri due pargoletti?"

Lei rise, nonostante la preoccupazione che le scorreva nelle vene. Quella sera c'era qualcosa di strano nell'aria, lei lo sentiva, ma sperava fosse solo un'impressione dovuta al nervosismo per il travaglio in avvicinamento… oltre al timore del parto e al pensiero di crescere due pargoletti.

"Tu te la cavi benissimo, anche Jackson non va poi così male." Everly alzò gli occhi al cielo mentre rispondeva. "Dico sul serio," aggiunse con una risata, mentre Storm scuoteva la testa. "Jackson è sempre immerso nei suoi pensieri, non fa altro che pensare e lavorare, non si può certo dire che sia un immaturo. Solo che a me piace controllare che sia tutto a posto, sai, mi prendo cura di lui perché a volte si dimentica delle faccende di tutti i giorni."

Storm strinse lo sguardo: "Ma di te chi si occupa?"

Ci pensi tu.

A quel pensiero, le venne da sbattere le palpebre, ma lo allontanò con fermezza. "Jackson si occupa di me, tra le altre cose; presto ci prenderemo cura insieme di questi due birbanti."

Storm annuì. "Quindi immagino che non potrà fare tutti i viaggi che ha fatto ultimamente. Cioè, questa sarà la quinta, se non la sesta volta che prende un aereo per andare a una conferenza, da quando avete scoperto che erano due gemelli. Spero che si tolga la voglia prima di tornare a casa, così poi si ferma per un po'."

Nel tono di voce di Storm c'era un accento che Everly faticò a interpretare, anche perché era troppo stanca per pensarci a lungo. I gemelli l'avevano tenuta sveglia tutta notte e a lei sinceramente dava molto fastidio dormire in un letto mezzo vuoto, senza Jackson che la scaldasse.

"Ha detto che dopo il parto non sarà più così indaffarato come adesso." Però Jackson non le era sembrato molto contento di non poter partecipare alle conferenze alle quali veniva invitato come ospite esperto, il che la preoccupava un poco. Everly apprezzava molto la passione del marito nei confronti del lavoro, ma le faceva anche molto piacere che rimanesse a casa più a lungo, per aiutarla con i neonati. Lei sapeva di essere forte e in grado di cavarsela, ma crescere due gemelli da sola non era certo un suo desiderio.

"Lo spero proprio," brontolò Storm. "Un uomo si deve occupare della famiglia."

Everly sospirò. "Lo stesso deve fare una donna. Va tutto bene, Storm, smettila di preoccuparti. Se no presto ti verranno tutti i capelli bianchi."

Storm sentì le guance arrossire e si lasciò scappare un'imprecazione: "Sei proprio perfida, Ev, proprio perfida."

"Devo tenermi in forma per tener testa a te e a Jackson." Poi si fece seria e abbassò lo sguardo per guardare l'orologio. "A proposito di Jackson, il suo aereo dovrebbe essere già atterrato, ma non mi ha scritto nulla. Spero che non ci siano ritardi."

Storm si alzò in piedi e si massaggiò la schiena. "Si sarà solo dimenticato, è probabile, lo sai com'è fatto."

Infatti lei lo conosceva bene, il fatto che non le mandasse un messaggio o che non le telefonasse non la sorprendeva per nulla. Era sempre con la testa al lavoro, tanto che a volte si dimenticava persino di chi aveva vicino. Un altro aspetto che lei sperava di veder cambiare, con l'arrivo dei gemelli. Anche lui era molto emozionato per il loro arrivo, quindi c'era da augurarsi che i bimbi lo tenessero con la testa lontana dal lavoro un po' più a lungo del solito.

"Grazie per avermi aiutata, Storm," disse Everly dopo un momento. "E per aver sistemato la pedana sul retro, proprio stasera, anche se di sicuro non sarai stato dell'umore giusto."

Lui fece spallucce: "Andava sistemata, il gradino più basso stava marcendo. Jackson non è molto pratico, poi in fin dei conti *sono o no* comproprietario di una ditta di costruzioni? Fa parte del mio lavoro." Si massaggiò la schiena di nuovo, al che Everly si accigliò.

"C'è qualcosa che non va? Ti sei fatto male?" Cercò di far leva per sollevarsi, ma lui alzò una mano.

"Sto bene, Ev, non alzarti, che svegli i piccoli. Sono solo un po' indolenzito, tutto qua. Niente che non si sistemi con un po' di stretching."

"Ma sei sicuro di poter terminare il lavoro alla pedana proprio stasera?" gli chiese preoccupata. "In fondo sei l'architetto della Montgomery Inc. e non un falegname, quindi non so quanto sforzi fai con la schiena di solito, se ti senti indolenzito, non voglio che ti faccia male."

Lui strinse i pugni per un momento, poi si mise le mani in tasca. "Va tutto bene, Ev. Smettila di preoccuparti. Stai seduta e rilassati, vedrai che Jackson sarà a casa prima di quanto crediamo e la pedana sarà aggiustata per bene, così potrà reggerti e te la potrai godere."

Lei sospirò sonoramente. "Se pensi di essere divertente prendendomi in giro, sappi che posso sempre tirarmi su e prenderti a calci in culo, non pensare che non ce la faccia."

Lui tirò fuori le mani di tasca e le alzò, mimando ironicamente un segno di resa. "Santo cielo, che caratterino! Non potrei *mai* prendere in giro una signora, figuriamoci una signora incinta. Ho tre sorelle e una mamma che potrebbero prendermi a calci proprio come faresti tu. Ormai lo so bene."

Gli sorrise con dolcezza. "Sono contenta che ti abbiano insegnato per bene."

Lui mormorò qualcosa con un filo di voce mentre se ne andava, così Everly fece un gran sorriso; si sentiva meglio di prima, anche se non aveva intenzione di dirgli che era stata una bella idea, farla sedere sul divano. Era meglio non esagerare con i complimenti.

Il campanello della porta squillò dopo pochi minuti, Everly si fece seria. Non sapeva chi potesse essere, ma i genitori di Jackson vivevano a pochi chilometri di distanza e *in effetti* spesso si presentavano senza preavviso. Al solo pensiero, sentì il desiderio di digrignare i denti, ma lo ignorò e cercò di spingersi in qualche modo per alzarsi. Non era certa che Storm avesse sentito il campanello dal cortile, poi era lei la padrona di casa, in fondo, poteva anche andare ad aprire la porta.

Everly camminò a fatica fino alla porta per aprirla, ma ciò che vide le fece spalancare gli occhi: due poliziotti con un sorriso amaro che sospirarono nel vederla. Le mani cominciarono a tremarle, una era ancora sul pomolo della porta, l'altra era appoggiata all'infisso.

"Chi cercate?"

"La signora Law?" le chiese a bassa voce l'agente più anziano. "Possiamo entrare?"

Everly sentì la gola secca e cercò di impedire che un presentimento angoscioso la pervadesse, ma non riuscì a controllarsi… non riuscì a pensare.

"Scusate, che cosa succede?" domandò Storm dietro di lei, mentre le metteva una mano sulla spalla, aiutandola a rimanere in equilibrio. Everly sentiva già le ginocchia cedere e si appoggiò a lui, sapendo che da sola non sarebbe più riuscita a reggersi in piedi.

I due agenti spostarono lo sguardo verso Storm con espressione severa: "Dobbiamo parlare con la signora Law. Possiamo entrare?"

"Sarebbe meglio che si sedesse," aggiunse a voce bassa l'agente più giovane; a quel punto Everly sentì il cuore che le andava all'impazzata. Si mosse all'indietro, facendo spostare anche Storm. "Entrate," sussurrò con voce priva di espressione.

I due poliziotti potevano avere mille ragioni per intervenire, eppure Everly se lo sentiva. Sapeva che qualunque cosa fosse successa di lì a poco, la sua vita non sarebbe più stata la stessa.

Appena si furono tutti seduti, i poliziotti cominciarono a parlare e Storm prese per mano Everly, che non riusciva più a capire lucidamente. Le sembrava di essere in una bolla senz'aria, ogni suono impiegava molto più tempo del normale per raggiungere le sue orecchie.

Suo marito era morto.

Scomparso prima che lei potesse concludere un altro respiro.

L'aereo di linea su cui viaggiava Jackson si era schiantato poco lontano da Boston. Nessun sopravvissuto. Nessuna speranza di trovare qualcuno vivo e vegeto, un corpo intero, nemmeno le spoglie da seppellire.

I gemelli scalciarono di nuovo, provocandole dolore alla vescica, Everly appoggiò una mano sulla pancia, insensibile a ogni altro dolore, pur sapendo che forse non era giusto. Non poteva starsene seduta ad ascoltare, mentre gli agenti le spiegavano che uno psicologo specializzato si sarebbe messo in contatto con lei al più presto. Storm parlò per lei, ma a lei non interessava: avrebbe affrontato tutto più avanti.

In quel momento, doveva pensare a proteggere i bambini.

I figli di Jackson.

I figli che lui non avrebbe mai visto. Mai abbracciato. Mai conosciuto.

A quel punto si alzò, accorgendosi solo di aver interrotto ciò che gli altri nella stanza stavano dicendo. "Devo fare pipì," sbottò. I poliziotti la guardarono male, ma Storm le tenne stretta la mano.

"Everly," la chiamò con voce profonda e un poco preoccupata. Ma lei non poteva concentrarsi.

"Devo pensare ai bambini," rispose con voce roca, "torno… torno subito. Puoi…" Deglutì sonoramente. "Puoi pensare tu… puoi pensarci tu?"

Storm annuì e poi le lasciò andare la mano, così lei si avviò a fatica, uscendo dal salotto senza guardare gli agenti seduti sul divanetto morbido. Ci avrebbe pensato Storm, che poi le avrebbe riferito cosa bisognava fare. Lei in quel momento non poteva concentrarsi su nulla, se non sui bambini.

I bimbi erano più importanti di tutto.

Le lacrime cominciarono a scenderle sulle guance appena si chiuse dentro il bagno attiguo al salotto, le gambe le tremavano. Di nuovo si sentì come anestetizzata, si guardò allo specchio, chiedendosi chi fosse la figura che la guardava, perché non era la solita Everly, quella che lei conosceva.

Jackson non c'è più, ripeté a se stessa.

Non c'è più.

Quando sentì come una puntura rimbalzarle nel corpo e ai suoi piedi si formò una pozza di liquido, di nuovo capì che nulla sarebbe più stato come prima.

I bambini stavano per arrivare, Jackson no.

Non sarebbe arrivato mai più.

Everly pianse.

TRE ANNI dopo

. . .

"DEVI PRENDERE FIATO, PICCOLO," disse Everly sottovoce tenendo Nathan stretto al petto. Il piccolo di tre anni ansimò nel nebulizzatore mentre lei cercava di non perdere di nuovo il contatto con i propri sensi. Rifiutava di lasciarsi prendere da quella sensazione come le era successo una volta, in passato. Non aveva il tempo di ignorare il panico che le scorreva nelle vene, ma *poteva* prendere quel panico e trasformarlo nella capacità di concentrarsi, di cui aveva bisogno.

Nathan alzò gli occhi per guardarla, aveva gli occhioni pieni di paura, un'emozione che le fece venir voglia di piangere insieme a lui. James, l'altro suo dolce bimbo, era in piedi vicino al letto, aggrappato alla maglia della mamma, con il viso pieno di lacrime.

Ci siamo già passati, pensò lei, ma l'attacco d'asma di quella sera sembrava molto peggio del solito. Everly trattenne un'imprecazione e avvolse Nathan con una coperta, prendendolo poi in braccio.

"Va bene, Nathan, tesoro, adesso andiamo dal medico, così ti visita e controlla che stai bene." Lo baciò sul faccino, mentre nella mente le scorrevano migliaia di pensieri sul da farsi.

"Lo zio Storm," disse James di fianco a lei, "voglio lo zio Storm."

Everly guardò James e poi tornò a guardare Nathan, che annuì da sotto la mascherina. Lei non voleva davvero telefonare a Storm, perché erano tre anni che non faceva altro, almeno fino a un mese prima, ma quella sera non doveva pensare a se stessa. Quella sera doveva pensare ai bimbi e al fatto che, francamente, aveva bisogno di aiuto.

"Gli telefono dalla macchina, adesso andiamo, bimbi. Andiamo." Li coprì per bene alla svelta e nel giro di cinque minuti furono tutti in macchina. Il fatto che si fosse abituata a quella routine, per via dei problemi di salute dei due figli, la faceva soffrire nel profondo, ma lei ignorò quel dolore: i gemelli venivano prima.

Sempre.

Quindi se doveva chiamare Storm per chiedergli di nuovo aiuto, l'avrebbe chiamato.

Anche se vederlo la faceva star male.

Capitolo due

Storm Montgomery sbadigliò sonoramente mentre aggirava la persona con cui era a letto per prendere il telefonino dal comodino. C'era solo una presa elettrica vicino al letto, in quel momento rimpianse davvero di non averne già aperta un'altra.

"Sì?" rispose al telefono con voce roca. Erano passate da poco le tre di notte, lui e Jillian erano andati a letto solo da un paio d'ore. Erano stati svegli fino a tardi, ma per parlare, non per fare sesso; non era una novità nel loro rapporto... sempre che il loro si potesse definire un *rapporto*.

Jillian si spostò di lato e si passò una mano sulla faccia, per poi guardarlo con un'espressione preoccupata.

"Storm?" La voce di Everly rivelava un vago accento di panico, ma anche il tono pratico che la caratterizzava da sempre, da quando aveva partorito i due bimbi.

Storm si mise subito a sedere e si strofinò gli occhi, cercando di risvegliare dal sonno il cervello. "Che succede, Ev?" Sbatté le palpebre, irritato con se stesso per averla chiamata Ev. Non la chiamava così da molto tempo, in realtà dal funerale di Jackson... tra loro si era creato dell'imbarazzo, senza la presenza di Jackson a fare come da tampone. Forse era tutto causato dal dormire poco, ma diamine, nell'ultimo mese era stato tutto molto imbarazzante tra loro.

"È Nathan. Sto andando al pronto soccorso." Sembrava calma, in sottofondo si sentiva il rumore della macchina. Storm non aveva bisogno di chiederle come mai Nathan dovesse andare al pronto soccorso: soffriva spesso di forti attacchi di asma, ormai ci erano già passati varie volte. James non soffriva di asma, ma era già stato operato due volte all'orecchio, più un'altra operazione in arrivo, ancor più delicata delle precedenti. Per Storm era deprimente, entrambi i suoi figliocci avevano problemi di salute ed erano costretti a correre al pronto soccorso con una certa frequenza.

Storm si scoprì e cercò i jeans al buio. Jillian borbottò qualcosa con un filo di voce e accese l'*abat-jour* vicino a lei per fare luce. Lui la ringraziò annuendo e cercò di infilarsi i jeans senza incespicare.

"Sono in vivavoce?"

"Sì," rispose Everly concitata. Diamine, quanto gli dava fastidio saperla da sola, in quel momento. Era rimasta sola fin troppe volte e lui non poteva farci nulla.

"Quale ospedale?" le chiese, infilandosi una maglia. Jillian si rivestì di fianco a lui, Storm non capì se intendesse accompagnarlo o andare a casa. Everly gli disse il nome dell'ospedale e Storm fu costretto a chiudere la telefonata per potersi concentrare sul percorso e sui bimbi. Appena finito di infilarsi le scarpe, guardò Jillian: "Torni a casa?"

Lei lo guardò stranita: "No, vengo con te. Anch'io conosco Everly e i gemelli. Non ho sentito cosa vi dicevate, ma lo immagino e non è il caso di aspettare per spiegare."

Storm si fece serio, non sapeva se a Everly avrebbe fatto piacere la presenza di Jillian. Accidenti, non dormire gli faceva perdere ogni capacità di pensare per bene, e se davvero Jillian voleva accompagnarlo lui non l'avrebbe fermata. Del resto, non poteva nemmeno.

"Nathan sta avendo un attacco di asma. Everly sta andando al pronto soccorso."

"James è con lei?" domandò Jillian affiancandosi a lui, mentre uscivano insieme di fretta dalla porta per raggiungere la macchina di Storm.

"Dove altro potrebbe essere, Jillian? Non ha nessuno a cui affidarlo." La risposta gli uscì con voce più dura di quanto intendesse, così Jillian lo squadrò.

"Non sapevo se aveva un vicino o qualcun altro. Ma che cazzo, Storm, te la senti di guidare o vuoi che guidi io? So che quei gemelli per te sono come dei figli."

Storm quasi la fulminò con gli occhi e avviò il motore, per poi fare retromarcia: "Sono figli di Everly e Jackson, io sono solo il padrino."

Jillian alzò le mani in segno di resa: "Sai che c'è? In questo momento sono troppo stanca e in pensiero per incasinarmi con te sull'argomento, quindi guida e basta."

Storm raggiunse in silenzio l'autostrada, si rese conto di tenere il volante con tanta forza che il mattino dopo gli avrebbero fatto male le dita. Anzi, pensò, quello *stesso* mattino. "Hai intenzione di spiegarmi cosa intendevi?" le chiese.

Jillian non lo guardò, stringeva i denti e osservava con attenzione la strada. "No. Non è il momento, poi ho bisogno di una cisterna di caffè prima di qualunque spiegazione."

Storm si lasciò sfuggire un'imprecazione, ma non rispose nulla: erano amici di lungo corso e quando si ritrovavano entrambi single (cosa che a lui capitava sempre più spesso, ultimamente) ogni tanto finivano a letto insieme. Non avevano mai instaurato un vero e proprio rapporto di coppia, più che altro erano amici a cui piaceva fare sesso, ma del resto lui non aveva mai avuto l'impressione che Jillian volesse qualcosa di più. I fratelli e gli amici non capivano quel rapporto, ma non c'era bisogno che lo capissero. Gli unici due che dovevano capire quel rapporto erano proprio loro due, Storm e Jillian. Anche se nell'ultimo mese o poco più (da quando lui le aveva presentato Everly, per un problema idraulico) non si erano visti né si erano parlati molto al telefono. Quella sera era la prima volta che stavano insieme, dopo oltre un mese, ma non avevano nemmeno fatto sesso: erano entrambi esausti e non avevano voglia di fare altro, se non di dormire. Lei si era addormentata a letto con lui, invece di andare nella camera degli ospiti, più che altro per abitudine, almeno lui così immaginava.

Se non fosse stato così stanco, probabilmente Storm non si sarebbe fatto prendere dal pensiero di trovarsi in una noiosa routine, insieme a Jillian. Cercò di non pensare al fatto che lui e suo fratello gemello Wes erano gli unici due della famiglia Montgomery a non essersi ancora sistemati. Certo, in gran parte nemmeno i cugini erano sposati, ma lui non li frequentava molto, quindi non avevano su di lui molta influenza e non gli impedivano di sentirsi un po' in ritardo.

Tutti gli altri, invece? Tendevano a farglielo pesare. Del resto, Storm si avvicinava ai quaranta e davvero non voleva compierli da single. Certo, per riuscirci forse avrebbe dovuto cominciare a uscire con qualcun'altra, oltre a Jillian (con cui del resto non usciva ufficialmente).

"Eccola," gli disse Jillian dal sedile di fianco, "non mancare lo svincolo."

Storm uscì dall'autostrada e infilò il vicolo per il

parcheggio del pronto soccorso. Per fortuna era facile raggiungere il nuovo ospedale, quello più vicino a lui e a Everly. Sperava di trovarla già all'interno, del resto era probabile, perché lui aveva impiegato più tempo per mettersi in viaggio.

Storm cercò di togliersi dalla testa ogni pensiero sulla propria vita e si avviò con Jillian verso la sala d'attesa del pronto soccorso. Quella notte il suo cervello andava a scartamento ridotto, pensare troppo l'avrebbe fatto incazzare, probabilmente.

"Devo vedere Everly e Nathan Law," disse Storm appena raggiunto il banco dell'accettazione.

"Siete parenti?" gli chiese l'addetta di turno, facendo imprecare Storm. No, tecnicamente non erano parenti, per cui avrebbero dovuto sprecare tempo prezioso per riuscire a raggiungere i bambini.

"Sta con noi," disse Everly dall'uscio con gli occhi spalancati, vedendo Jillian di fianco a Storm, "li conosco entrambi."

L'addetta all'accettazione si fece seria: "Non posso far passare troppe persone all'interno, signorina."

"Io rimango qui in sala d'attesa," disse subito Jillian. "Storm deve andare dentro per occuparsi di James, vero?"

"Vero," confermò Storm.

Allora l'impiegata gli fece cenno di entrare e Storm annuì verso Jillian, che a sua volta fece un cenno con la mano verso Everly, con espressione triste. "Fagli tanti auguri da parte mia," disse Jillian, "salutali tutti e due, quegli ometti."

"Va bene," rispose concisa Everly prima di rivolgere lo sguardo verso Storm. "Grazie per essere venuto. I bimbi hanno chiesto di te."

I bimbi, non lei. Non c'era nulla da ridire, del resto ultimamente non si erano nemmeno sentiti molto.

"Ma certo. Eccomi qua, come sta?"

Everly si avvolse le braccia intorno alla vita e guardò verso la stanzetta in cui Nathan stava dormendo in un lettone, che lo faceva sembrare fin troppo piccolo.

"Sta bene, dorme. Lo hanno stabilizzato subito, James sta dormendo sul divanetto dietro la tendina. Se ti abbassi gli vedi i piedini."

Storm si abbassò, si sentiva un idiota, ma si rilassò un poco vedendo che c'erano entrambi i bimbi.

"Hanno fatto alla svelta," le disse sottovoce.

Everly giocherellava con l'orlo della maglia: "Ci hanno fatti entrare subito, evidentemente il nebulizzatore che ho usato a casa stava già facendo effetto. Solo che mi sono lasciata prendere dal panico."

Storm si fece serio e la scrutò, sforzandosi di non cercare il contatto fisico. In passato era abituato ad abbracciarla, persino a prenderla per mano, quando la vedeva stressata, ma lei col tempo lo aveva allontanato. Non doveva dargli fastidio, dato che erano solo amici, eppure gliene dava.

"Sei stata brava, Everly. Non te la prendere con te stessa, se sei stata troppo prudente. Non si sa mai."

Everly non lo guardò, ma rilassò un poco le spalle. "Non mi aspettavo che portassi con te anche Jillian." Si lasciò sfuggire una mezza imprecazione con un filo di voce. "Scusa, non sono affari miei, è solo che sono stanca."

"Siamo amici, Ev." Accidenti, doveva smetterla di chiamarla così. Era un livello di confidenza che metteva entrambi a disagio. "È stata lei a insistere, conosce i bimbi e le stanno simpatici."

"È stata molto brava con loro." Everly si rivolse a lui inarcando un sopracciglio: "A proposito, Storm, se una donna dorme a casa tua alle tre del mattino, non è solo un'amica."

Storm si infilò le mani in tasca: "Non abbiamo fatto niente. Siamo *solo* amici."

Everly chiuse gli occhi e si pizzicò il dorso del naso. "Non sono affari miei."

"Se lo dici tu."

Storm era stanco, confuso e ancora preoccupato per i gemelli. Non voleva andare fino in fondo con quella conversazione, né in quel momento, né mai. "Adesso esco e torno in sala d'attesa, così l'impiegata dell'accettazione la smette di lanciarmi delle occhiatacce."

Everly rise senza far rumore: "Non ti lancia delle occhiatacce, ti mangia con gli occhi. Hai i capelli tutti scompigliati, si vede che stavi dormendo." Alzò una mano per sistemargli i capelli, ma si fermò, impallidendo. Poi lasciò cadere il braccio e si schiarì la gola: "Ti avverto quando i bimbi si svegliano così potete parlare."

"Va bene," sbottò Storm, che poi si girò e se ne andò, lasciando Everly da sola nel corridoio. Appena rientrò nella sala d'attesa, Jillian si alzò in piedi mordendosi un labbro.

"Nathan sta bene," le disse subito, "Everly esce tra poco per dirci meglio com'è andata."

Jillian lo scrutò bene in volto, poi sospirò: "Mi fa piacere sentirlo. Storm… dobbiamo parlare."

Accidenti, Storm odiava davvero quell'espressione. Perché le donne la usavano tanto spesso, quando succedeva qualcosa di brutto?

"Che c'è?" le chiese. "Vuoi un po' di caffè? Un po' di caffeina farebbe bene anche a me, se stanotte dobbiamo stare alzati."

"No, ma… Storm, ho chiamato un taxi. Stanotte non dovevo venire con te. Non è stata una mossa giusta nei tuoi confronti o nei confronti di Everly, presentarmi così."

Storm si fece serio: "Ma di cosa parli?"

Jillian scosse la testa, gli occhi tristi: "Tu ancora non lo capisci, ma capirai. Spero tanto che tu lo capisca presto, mi farebbe piacere. Però senti… adesso vado ed è probabile che non ti telefoni per un po' di tempo. Però voglio che mi mandi notizie dei bimbi, scrivimi; però penso sia ora che la smettiamo."

Storm si irrigidì: "Si può sapere di cosa stai parlando?"

Lei alzò un braccio e gli diede un buffetto su una guancia: "Ti voglio bene, Storm, ma non nel modo in cui dovrei. So che anche tu provi lo stesso per me."

Storm sentì la gola seccarsi: "Jilly…"

Lei scosse la testa. "Tu sei il mio migliore amico, penso che sia il migliore rapporto che possiamo avere, adesso… o forse per sempre. Il rapporto che abbiamo portato avanti finora è stato solo una scorciatoia, per evitare spiegazioni complicate o cose del genere. Io penso… sì, penso di voler scoprire se posso avere di meglio dalla vita, e penso che tu dovresti fare altrettanto."

Con quelle parole, si voltò e si incamminò verso le porte scorrevoli, lasciando Storm senza parole, con la sensazione di essere appena stato preso a calci nello stomaco. Voleva bene a Jillian, ma non nel modo in cui lei si meritava, gli aveva detto la verità. Storm non si era mai *innamorato* di lei e lo stesso poteva dirsi per lei.

Jillian non era l'anima gemella di Storm, non lo era mai stata. Si lasciò sfuggire un sospiro. Jillian non era certo l'unica donna con cui aveva un rapporto strano.

Non in passato, certamente nemmeno nel presente.

Capitolo tre

EVERLY AVEVA BISOGNO DI UNA CISTERNA DI CAFFÈ, ma probabilmente non avrebbe avuto un bell'effetto sul suo stomaco sottosopra. Passò una mano sui capelli chiari di James; le piaceva tanto il modo in cui lui sorrideva, guardandola con quel sorrisetto grazioso da bimbo adorabile qual era.

"Dopo possiamo mangiare le patatine?" domandò James, addolcendo ancor più il sorriso. I suoi bimbi erano ancora piccini, ma sapevano esattamente che sorriso sfoggiare per ottenere ciò che volevano da lei. Davvero, come faceva una mamma a dire di no a quei sorrisi?

Anche se, di norma, lei avrebbe trovato il coraggio di dire di no al fast food; in quel frangente, però, un po' di unto poteva essere una spinta per arrivare a fine giornata.

"Magari," gli rispose, lisciandogli i capelli. Sia

James che Nathan avevano un ciuffetto ribelle graziosissimo, che però si rifiutava di sistemarsi come voleva lei.

"E vai! Magari!" gridò Nathan dalla sedia vicino al lettino per le visite. Aveva con sé i suoi libri di supereroi da colorare e i suoi pastelli di cera preferiti, per non annoiarsi durante la visita medica di James. Erano passati solo un paio di giorni dall'emergenza di Nathan, ma lui sembrava non averne risentito affatto.

"Magari!" gli gridò subito James in tutta risposta, battendo le mani. Lei non trattenne un sorriso, sapendo che per loro quel *magari* era già un *sì*. Lei non diceva spesso "magari", in fin dei conti. Ma dover andare dal medico con i bambini per la seconda volta in due giorni faceva sembrare alcune piccole cose, come mangiare al fast food, delle chicche, non qualcosa di negativo.

Stavolta toccava a James, era l'ultima visita prima dell'intervento per l'impianto cocleare. Il piccolo non ci sentiva quasi del tutto dall'orecchio sinistro, mentre l'orecchio destro era quasi perfetto, almeno secondo l'enorme serie di controlli fatti negli ultimi due anni. James aveva portato degli apparecchi acustici, avevano funzionato molto bene, ma lui cercava sempre di strapparseli via. Everly e i gemelli stavano imparando tutti il linguaggio dei segni, avrebbero continuato a impararlo anche dopo l'intervento. Era una conoscenza importante, anche qualora James finisse per sentirci bene da entrambi i lati, dopo l'intervento. Everly aveva valutato più volte pro e contro di un intervento molto invasivo, da quando le era stata prospettata quella possibile soluzione, la decisione era arrivata dopo aver parlato con molti altri genitori con opinioni discordanti al riguardo. Il suo bimbo non aveva *nulla* di sbagliato, ma se sentirci bene avesse aiutato James, nel mondo crudele in cui spesso ci si accorge di vivere, allora lei lo avrebbe favorito… lei avrebbe fatto qualunque cosa per James.

Quando l'assicurazione aveva confermato che avrebbe pagato l'intervento fino all'ultimo centesimo, lei era quasi caduta a terra priva di sensi e con le lacrime agli occhi dalla gioia. Tra l'udito di James e l'asma di Nathan, le spese mediche si accumulavano e non era molto semplice coprirle tutte. Lei aveva messo da parte il risarcimento ottenuto dall'assicurazione sulla vita di Jackson per pagare gli studi dei figli, per avere la certezza che, pur vivendo con il minimo, a loro non sarebbe mancato nulla. Lei era una piccola imprenditrice, ma ultimamente gli affari non andavano poi malaccio.

Con quel pensiero nella mente, bussò rapidamente sulla mensola in legno di fianco a lei, sperando che il pannello in legno pressato fosse sufficiente ad allontanare qualunque negatività.

La dottoressa Edelman entrò e sorrise dolcemente mentre Everly ritraeva la mano. "Ma guarda un po', evidentemente oggi ci vedo doppio." I gemelli risero come facevano sempre, quando la dottoressa ripeteva quella battuta. Anche Everly non trattenne un sorriso, per quanto avesse i nervi a fior di pelle.

"Allora, che ne dite, cominciamo?" chiese la dottoressa con un sorriso cordiale.

Everly deglutì a fatica e annuì. "Ma certo." Poi allungò una mano per prendere la cartellina con tutti gli appunti e le ricerche, lasciandosi andare a un sospiro profondo. I libri l'avevano già salvata in passato, sperava che tutto ciò che aveva letto l'avesse portata alla decisione migliore anche per James, scegliendo l'intervento.

Essere una mamma single comportava una serie ininterrotta di salti nel vuoto preoccupanti e decisioni difficili, Everly pregava di non commettere mai un errore. Alle altre mamme era concesso fare dei passi falsi, quanti ne volevano, invece lei non aveva altri su cui appoggiarsi, ogni risultato dipendeva solo ed esclusivamente da lei.

Era da sola.

Come sempre.

"ALLORA, COM'È ANDATA OGGI, TUTTO BENE?" chiese Tabby, seduta dall'altra parte del tavolo. Sembrava preoccupata, anche se non lo si capiva dal tono della voce, il che faceva piacere a Everly.

Dopo la visita medica, Everly aveva portato i bimbi al loro fast food preferito, avevano telefonato a Tabby e Alex perché li raggiungessero. Everly era amica di Tabby da anni, l'aveva vista innamorarsi non solo di un bell'uomo, ma anche di una bella famiglia. Il fatto che Alex fosse uno dei fratelli di Storm faceva sembrare il mondo davvero piccolo.

Everly aveva conosciuto Storm per via di Jackson, al college, poi di recente aveva conosciuto anche un altro Montgomery: Wes, il gemello di Storm. Non era entrata nelle stesse cerchie di Storm, al di là del rapporto con Jackson, quindi era logico che non avesse incontrato anche il resto dell'immensa famiglia dei Montgomery. Tabby, d'altro canto, lavorava alla Montgomery Inc., l'impresa edile di famiglia, i cui proprietari erano Storm e Wes. Everly non capiva proprio come avesse fatto a non dire a Tabby che conosceva Storm, prima che il cerchio si chiudesse da solo, qualche mese prima; evidentemente si era abituata a tenere dei segreti anche quando non era necessario. No, non era quello il motivo. Everly sapeva che Tabby aveva da anni una cotta per Alex, ma non aveva detto nulla a Storm, perché non stava a lei dirlo; si era impegnata per tre anni a tenere al minimo la frequentazione con Storm, perché le dava troppo fastidio doversi appoggiare a qualcuno; ecco perché lo aveva tenuto nascosto a Tabby e agli altri, senza volerlo.

Alla fine anche lei era stata coinvolta dai Montgomery, in un certo senso, anche se non sapeva bene come fosse andata. Evidentemente erano come i Borg di Star Trek: "Resistere è inutile." Ormai i Montgomery avevano scoperto che Storm conosceva Everly e non era successo chissà che. In fin dei conti, Denver era una metropoli enorme e non era necessario andare in giro a parlare di ogni singola persona che si conosceva, un giorno dopo l'altro.

Solo che a volte a lei sembrava strano e si sentiva in imbarazzo, ma sceglieva di ignorarlo. Aveva cose molto più importanti di cui occuparsi, nella vita, rispetto a informarsi sulle frequentazioni di tutti quelli che conosceva.

Tabby e Alex ne avevano passate di cotte e di crude, prima di trovarsi; Everly era molto contenta che alla fine i due si fossero innamorati, fidanzandosi. A lei non provocava la minima gelosia, il fatto che quei due, seduti di fronte a lei, avessero occhi solo l'uno per l'altra. Lei era stata sposata, aveva amato; aveva perso.

Non aveva intenzione di ricominciare.

A quel pensiero strambo, scosse la testa e finalmente rispose a Tabby. "La visita è andata bene," le disse lentamente, guardando al centro del divanetto a ferro di cavallo, dove i bimbi stavano seduti su dei rialzi a trangugiare patatine mentre parlavano con Alex. Volevano bene ad Alex e chiedevano spesso di passare del tempo con lui. Ma più di tutti amavano lo zio Storm, per quanto i Montgomery si somigliassero tutti molto.

Per quale motivo Everly continuava a pensare a Storm? Non c'era alcuna spiegazione logica.

Tabby allungò le mani sul tavolo per prenderla per mano. "Sono contenta di sentire che è andata bene. Ricordati sempre che non sei da sola, Everly. So che preferisci ogni volta arrangiarti, ma noi siamo disponibili. Ti vogliamo bene, tesoro."

Everly trattenne a stento le lacrime, era chiaramente troppo stanca per affrontare quella conversazione. Quando Jackson era morto, le era sembrato di perdere una parte di se stessa, ma non aveva trovato le energie per concentrarsi su quell'aspetto. Era andata direttamente in travaglio, proprio quella sera, costretta a imparare come fare la mamma single, dopo aver programmato tutta la propria esistenza insieme a Jackson. Tutti gli amici in comune si erano lentamente defilati, non riuscendo a vederla senza pensare all'uomo a cui avevano voluto tanto bene. Ormai gli amici non sapevano più come comportarsi con lei, non sapevano come aiutarla, anche perché lei stessa non sapeva bene in cosa avesse bisogno di aiuto.

Tabby invece le era sempre stata vicina, forse perché era amica di Everly prima che di Jackson.

Anche Storm le era sempre stato vicino. Lo era tuttora.

Everly fu tentata di prendersi a calci da sola, stava pensando di nuovo a lui, pensò di aver bisogno di altro caffè, una volta tornata in libreria, dopo pranzo. Negli ultimi giorni era talmente stanca che non riusciva a ragionare.

"Anch'io vi voglio bene," rispose Everly dopo un momento, con la voce affaticata. "Comunque grazie per aver accettato di incontrarci qui a mangiare, invece che al Taboo." Il Taboo era uno dei luoghi di ritrovo dei Montgomery, era attaccato alla Montgomery Ink, lo studio di tatuaggi di alcuni Montgomery. Ci si trovavano spesso, dato che la proprietaria era anche un'amica comune; ma quel giorno era dedicato ai gemelli, non a lei. "Ho promesso ai bimbi le patatine fritte, lo so che ci sono *anche* al Taboo, ma non sono quelle che volevano loro."

Tabby fece un gran sorriso. "Non c'è bisogno di spiegazioni. A volte servono proprio delle patatine con un bel panino unto." Si voltò per guardare Alex che mangiava un panino col pollo e scosse la testa: "Beh, magari non a tutti."

Alex guardò proprio in quel momento la fidanzata e le rubò una patatina. "Non c'è niente di salutista nel mio panino, Tabitha, non preoccuparti. Al massimo rubo un po' di unto da te."

Lei gli lanciò un bacio. "Che romanticone."

"Lo sai bene."

Everly si limitò a scuotere la testa. Non aveva bisogno di conoscere tutti i dettagli, sapeva bene quanto quei due si adorassero. Cercò di ricordare se anche lei e Jackson avessero avuto quel tipo di intesa, ma ormai i ricordi erano molto sfocati. Col passare del tempo, i momenti passati con Jackson continuavano a scivolare via sempre di più. Non sapeva bene cosa pensare, né sapeva cosa farci. Lo aveva amato proprio tanto, accidenti, a volte ci stava male a ripensarci, ma doveva ricordarlo, per i bimbi. James e Nathan sapevano del papà e crescendo avrebbero scoperto anche di più. Non avrebbe mai permesso che pensassero di non avere un padre, anche se non era al loro fianco.

Le tragedie capitano, i sopravvissuti le devono sopportare. Anche se a volte aveva l'impressione di camminare a fatica con i piedi nella sabbia, per trovare la pace interiore di cui tanti parlavano.

Everly guardò il panino, ormai non aveva più voglia di mangiare. Aveva ancora lo stomaco scombussolato dalla visita medica, anzi, a dirla tutta, non si era ancora ripresa dalla corsa al pronto soccorso della notte prima, per l'emergenza di Nathan. Si lasciò sfuggire un sospiro, cercando di rimanere calma. Non poteva dare di matto davanti ai figli, anche se ultimamente non voleva fare altro che impazzire.

"Possiamo andare a giocare?" le chiese Nathan, distraendola dai suoi pensieri.

Everly si voltò, cercando di non sembrare troppo preoccupata; le giostrine del fast food erano come calamite per i germi, con il recente attacco di Nathan e l'intervento di James dietro l'angolo, non era sicura di volerli lasciar andare in quell'angolo di perdizione.

Alex probabilmente lesse quel pensiero negli occhi di Everly e le accennò un sorriso dicendole: "Nel baule della macchina ho un pallone da calcio, ci gioco coi figli dei miei fratelli. Perché non andiamo a giocare fuori, sul prato che c'è sul retro?"

Lei lo guardò dubbiosa: "Non pensi che il pallone da calcio sia grande quasi quanto loro?" I gemelli potevano anche sembrare più cresciuti rispetto alla loro età, ma avevano comunque solo tre anni.

"Faremo i bravi, mamma," disse James sorridendo.

"Tanto bravi," aggiunse Nathan.

Lei sorrise, anche se le scappava da ridere: "State attenti. Fuori fa caldo, quindi non esagerate."

"Faremo i bravi," le disse Alex guardandola. "Prima li porto a lavarsi le mani e fare la pipì, va bene?"

Lei annuì, le venne un nodo alla gola. "Perfetto." I suoi bimbi stavano crescendo e portarli nei bagni delle donne stava diventando sempre più imbarazzante. A lei non importava poi molto di cosa pensassero gli altri, ma evitava volentieri le occhiatacce che alcune donne egoisticamente lanciavano ai gemelli. Che altro poteva fare, in un locale pubblico, portarli lei nei bagni dei maschi o lasciare che andassero da soli? Avevano tre anni, santo cielo! Anche se per fortuna avevano imparato a non farsela più addosso, mancavano comunque degli anni prima che potessero andare da soli ai servizi.

Tabby ed Everly scivolarono fuori dal divanetto a ferro di cavallo in modo da lasciar uscire i maschietti, i gemelli parlavano a mille all'ora e Alex annuiva, prestando loro attenzione anche mentre baciava Tabby sulla guancia e salutava Everly con un cenno della mano. Lei mise una mano nella borsetta e gli passò l'inalatore di Nathan, nel caso servisse; Alex se lo mise in tasca, dando l'impressione che fosse la cosa più normale al mondo… come se non ci fosse nulla di male ad aver bisogno di un po' di aiuto, ogni tanto.

Everly non affidava a molte persone la sicurezza dei propri bambini, ma si fidava incondizionatamente di Alex e degli altri Montgomery.

"Vedrai che con Alexander non si stancheranno troppo," le disse sottovoce Tabby, "così non dovrai preoccuparti dei germi che si annidano nei giochi del reparto bambini qua dietro."

Everly finse di tremare di paura: "Chissà quanti germi, bambini che non si lavano le mani, Dio solo sa che altro."

Tabby fece una smorfia. "Dopo questa considerazione disgustosa, sarà meglio che puliamo il tavolo. Penso proprio che non finirò le patatine."

Everly rise con l'amica, mentre insieme gettavano i resti nella spazzatura, per poi tornare di nuovo allo stesso tavolo, dato che a quell'ora non c'era molta gente.

"Allora, Nathan sta meglio, dopo l'attacco dell'altro giorno?" chiese Tabby con molta dolcezza. "Non riesco a crederci, che settimana!"

Everly sospirò, giocherellando con la cannuccia della sua bibita. "Respira meglio, so che Alex non lo farà affaticare, solo che penso di essere esausta. Troppe notti di fila senza dormire, troppe preoccupazioni per i miei piccoli. Se Storm non fosse venuto al pronto soccorso, l'altra notte, non so cos'avrei fatto. I medici hanno dovuto portare Nathan a fare un controllo e Storm si è prestato a stare con James, così non l'ho dovuto svegliare."

Tabby spalancò gli occhi. "Storm è venuto al pronto soccorso con te?"

Everly ebbe un sussulto, non era sua intenzione parlarne, anche perché era abituata a tenersi per sé la vicinanza di Storm, ma chiaramente era un po' troppo stanca; poi avrebbe anche pensato al *motivo* per cui si teneva sempre per sé l'aiuto di Storm.

Però non voleva star troppo a rimuginare.

"I bimbi hanno chiesto di lui, così gli ho telefonato. Erano le tre di notte."

Tabby si lasciò sfuggire un sospiro: "Sono proprio contenta che sia venuto ad aiutarti."

"Si presta sempre," sussurrò Everly, al che Tabby la scrutò con attenzione. "Ha portato con sé anche Jillian," sbottò Everly.

Tabby alzò le sopracciglia: "Ma davvero? Non sapevo che stessero ancora insieme."

Everly ripensò alla conversazione che le era capitato inavvertitamente di sentire: "Penso che non siano più insieme, anche se non sono affari miei."

Tabby la guardò in modo strano: "Non sono affari tuoi?"

"Io e Storm siamo amici. O meglio, Storm era

amico di Jackson e ci tiene a sapere che i bambini stanno bene. Tutto qua, Tabby, nient'altro."

Tabby la fissò a lungo, poi annuì: "Va bene." Everly sapeva bene che l'amica voleva dirle altro, ma non lo fece. Invece parlarono per una ventina di minuti delle nozze in arrivo e di tutto ciò che stava capitando intorno a loro, poi Everly sentì il telefonino fare il rumore di una notifica e capì che era ora di tornare a lavorare.

"Sei sicura che ti fa piacere tenere i gemelli?" domandò Everly mentre camminava insieme a Tabby nel parcheggio, dove doveva prendere i seggiolini dalla macchina per affidarli all'amica. "Posso sempre portarli alla babysitter, per me è un attimo."

Alex teneva in braccio i due bimbi, facendo un gran sorriso… santo cielo, quanto erano affascinanti i maschi della famiglia Montgomery. "Ci stiamo divertendo, non preoccuparti per noi."

Tabby abbracciò forte Everly: "Davvero. Così facciamo pratica." Le disse l'ultima parte più sottovoce, Everly faticò a trattenere le lacrime. Era contenta di vedere l'amica felice fino al midollo. Se c'era una persona che meritava un bel lieto fine, era proprio Tabby.

"Allora d'accordo, se siete sicuri." Sistemarono i seggiolini, poi Everly abbracciò e baciò i gemelli per salutarli, promettendo loro che li avrebbe rivisti presto. Loro le fecero un cenno disinvolto, come se non fosse un problema staccarsi da lei, ma lei ignorò quella punta di insicurezza. I bimbi erano felici e stavano relativamente bene, era tutto ciò che importava.

Dopo aver guidato fino in centro e lasciato la macchina nel piccolo parcheggio sul retro della Beneath the Cover, la sua libreria indipendente, Everly aveva i nervi meno a fior di pelle di prima, anche se non si sentiva ancora al cento per cento.

Eppure, appena mise piede nel suo negozio, sentì l'animo rasserenarsi per una frazione di secondo. Amava con tutto il cuore la sua libreria, adorava l'odore dei libri, nuovi e usati, che la permeava appena entrava. Le piaceva molto il modo in cui aveva decorato con il tempo le varie sezioni, a indicare i vari argomenti dei libri. Insieme alle sue assistenti, aveva fatto in modo che ogni settore e ogni genere letterario fossero ben contrassegnati e avessero decorazioni speciali appositamente studiate. Le piacevano molto le zone in cui potersi sedere, zone in cui aveva aggiunto sedie e poltroncine molto comode (a volte anche un po' vintage), così chi voleva poteva accomodarsi e leggersi un buon libro, magari sorseggiando una tazza di tè o di caffè. Vicino alla vetrina principale, c'era una zona più grande in cui sedersi, dedicata alle presentazioni degli autori, alle letture di gruppo, a volte anche alle serate divertenti. Al piano di sopra aveva aggiunto anche un settore dedicato ai libri di seconda mano, per chi cercava libri fuori catalogo o dal particolare valore affettivo.

La libreria era parte della sua anima, proprio come i gemelli; Everly era oltremodo grata di avere quell'attività nella vita. Jackson non aveva mai capito bene come Everly intendesse far funzionare una libreria indipendente in pieno centro a Denver, dove c'erano alcuni grandi franchising e anche qualche altra libreria indipendente già affermata, ma lei aveva trovato il modo. Gli inizi erano stati molto traballanti, ma col tempo lei aveva trovato le soluzioni che funzionavano, dopo aver aperto con i soldi dell'eredità dei genitori e aver messo nel progetto abbondanti quantità di sudore, lacrime e sangue.

Negli anni, vari negozi si erano avvicendati, aprendo e chiudendo nella stessa strada, vicino al centro commerciale della Sedicesima, ma alcuni avevano resistito, come il Taboo, la Montgomery Ink e la boutique più recente, l'Eden, la cui proprietaria guarda caso era sposata con un Montgomery. Lei era innamorata di ogni aspetto della sua libreria, persino delle bollette.

"Salve, capo," le disse Freddie con un gran sorriso da dietro il bancone. Mentre osservava i clienti nel negozio, la commessa teneva un libro aperto davanti a sé. Freddie non aveva ancora cinquant'anni, era alta, formosa, una persona fantastica. Si era laureata in economia e aveva lavorato ai piani alti di uno dei tanti grattacieli che costellavano il panorama di Denver, ma dopo aver scoperto che il marito la tradiva aveva deciso di cercare la sua vera passione.

La passione di Freddie era studiare medicina, il che faceva sempre sorridere Everly. La sua commessa era indaffarata fino al collo, aveva tre figli grandi che andavano all'università e lavorava part-time alla Beneath the Cover per pagare le bollette, dato che era stata costretta anche a pagare gli alimenti a quel cretino che aveva sposato.

Everly appoggiò la borsetta sul bancone e strinse Freddie in un abbraccio: "Ciao tesoro, va tutto bene?"

Freddie annuì e chiuse il manuale di chimica organica, poi cominciò a recuperare le sue cose. "Sì sì, tutto bene. Prima c'è stato un momento di pienone, alla grande! Hai ricevuto qualche telefonata, ti ho scritto i messaggi e te li ho lasciati sulla scrivania dell'ufficio. Ah, sono inciampata di nuovo sulle scale, sono proprio un'imbranata, allora ho chiamato qualcuno per ripararle, anche perché era uno dei compiti nel tuo elenco. Sapevo che l'avresti fatto tu, prima o poi, ma ho solo pensato di rendermi utile."

Everly ebbe un sussulto: "Mi dispiace, ti sei fatta male?"

Freddie scosse la testa mentre chiudeva la cerniera dello zaino: "No, no, ma è meglio non rischiare che qualcun altro si faccia del male. Poi ti conosco, magari insieme avremmo trovato il modo di dare una sistemata a quel gradino, ma sappiamo bene entrambe che non saremmo mai riuscite a ripararlo bene."

Everly sospirò e scrollò le spalle, da qualche tempo

era perennemente tesa. "Chi hai chiamato?" domandò, pur conoscendo già la risposta.

"Storm. Ha detto che sarebbe arrivato subito, dato che era già in centro in studio." Freddie fece spallucce. "Immagino intendesse lo studio di tatuaggi, ma non gliel'ho chiesto. Comunque adesso vado che ho il laboratorio." Arricciò il naso. "Che fastidio, i laboratori di chimica la sera. Un vero e proprio tormento esistenziale."

Everly ignorò la strana sensazione di disagio nello stomaco, ancora una volta doveva incontrare Storm. Continuava a chiedersi il motivo di quella reazione, ogni volta che pensava a lui. Era solo Storm. "Vedrai che passi il laboratorio con un bel *30* come al solito. Poi magari diventerai tu il mio medico, invece di quello scorbutico che ho adesso, così saremo tutti più contenti."

Freddie le fece l'occhiolino: "Se lo dici tu. Buona serata!" Poi uscì dal negozio nello stesso momento in cui entrava un viso familiare, che fece raddrizzare la schiena a Everly.

"Ciao," le disse Storm appena le fu di fronte. Aveva in mano la cassetta degli attrezzi, in volto uno strano muso. Ultimamente sembrava sempre guardarla storto, ma lei non capiva il perché.

"Grazie per essere venuto, anche se di sicuro potevo farcela da sola." Non era anche quella un'accoglienza da stronza ingrata? Doveva smetterla di essere così scorbutica e affrontare ciò che stava succedendo con Storm, invece continuava a fare gaffes una dopo l'altra.

Storm la guardò in modo strano: "Sono sicuro che potevi cavartela, ma adesso sono qui. Solo perché puoi fare qualcosa non significa che devi farlo sempre da sola."

Everly deglutì sonoramente: non le piaceva il modo in cui lui sembrava sempre capire più di quanto lei volesse fargli capire.

"Vado di sopra," le disse dopo un momento. Poi in tutta la libreria si sentì echeggiare un forte boato e Storm sussultò, spalancando gli occhi e impallidendo.

Everly si sporse sul bancone per avvicinarsi a lui, chiedendosi cosa mai fosse appena successo. Nessun altro dei presenti sembrò averlo notato, ma Storm chiaramente se n'era accorto. "Era solo il motore di una macchina, ma stai bene?" Lui sembrava il fantasma di se stesso, ma quando tornò a guardarla rilassò i muscoli del viso e un po' di colore tornò a infondersi nelle sue guance.

"Sto bene." Poi si avviò, con le spalle tese, mentre Everly abbassava lo sguardo fino a guardargli il sedere, bello sodo.

Ma distolse subito lo sguardo, odiando se stessa più di quanto credesse possibile. Santo cielo. Ma che diavolo le stava succedendo? Non solo era stata sgarbata con lui, ma qualcosa l'aveva spaventato a morte proprio in quel frangente.

E lei cosa faceva? Gli guardava il sedere.

Non era mai stata così contenta di dover battere in cassa gli acquisti di un cliente quanto lo fu in quel momento. Con una netta determinazione, si tolse dalla testa ogni pensiero su Storm e sul suo bel sedere.

Nettamente.

Capitolo quattro

IL GIORNO DOPO, STORM CAPÌ CHE, SE NON FOSSE uscito al più presto dall'ufficio, avrebbe finito per torcere il collo al gemello. Ovviamente voleva bene ai parenti, diamine, *sapeva* di essere affiatatissimo con Wes, solo che a volte Storm proprio non ne poteva più.

"Raymond ha fatto un altro casino," ringhiò Wes attraversando a grandi falcate l'ufficio. L'ambiente principale della sede era un open space in cui Storm, Wes, Decker, Meghan, Harper e Tabby avevano ciascuno una scrivania e potevano vedersi e parlarsi facilmente, quando c'era bisogno. Dato che molto spesso il lavoro si svolgeva in cantiere, di solito non c'erano problemi di rumore in ufficio. Per incontrare i clienti c'erano altre stanze sul retro, anche Storm aveva un ufficio separato, perché lui era l'architetto della ditta; erano poche le persone che durante il giorno entravano e uscivano dalla sede.

Tabby alzò un dito, dividendo la propria attenzione tra la telefonata e il computer. Storm si limitò a scuotere la testa, concentrato sul progetto che aveva davanti e non sul fratello. Wes era di pessimo umore e Storm non voleva affrontarlo. Ma lavorare con i parenti comportava proprio quel problema: era impossibile nascondersi. Mai.

"Ma mi ascolti?" gli chiese Wes, incombendo sulla scrivania di Storm.

Storm a quel punto sospirò e alzò la testa, irritato per il mal di schiena. Era rimasto seduto troppo a lungo, lavorando a quel progetto, invece di andare sul retro, doveva aveva una scrivania rialzata per lavorare in piedi. Stava diventando troppo vecchio per giornate lunghe come quella.

"Ti ascolto," rispose Storm passandosi una mano sulla faccia. "Anche se non capisco perché stai dando di matto. Sapevamo che Raymond era un casinista, l'abbiamo capito dieci minuti dopo averlo assunto, ma ci serviva un idraulico per il progetto Westcott. Lui e gli altri in cantiere lo stavano tenendo d'occhio, perché Raymond *può* far bene il suo lavoro, se non si distrae. Accidenti, l'abbiamo assunto in prova per due settimane, perché aveva garantito di aver ripreso il controllo della propria vita, ma si è capito che non era vero." Storm sbuffò e si pizzicò il dorso del naso. "Cos'ha combinato?"

Wes si sedette sul bordo della scrivania di Storm, il che gli dava un fastidio enorme; ma del resto anche Storm si sedeva sulla scrivania di Wes, quindi non poteva certo lamentarsi. Ultimamente, Wes lo irritava sempre di più e Storm capì di dover fare un passo indietro per prender fiato. Wes non faceva nulla di male, in realtà, continuava solo a punzecchiarlo fino a fargli venire voglia di sbraitare. Era tipico, tra gemelli.

"Non si è nemmeno presentato." Wes si passò una mano in faccia proprio come aveva appena fatto Storm. Anche se erano gemelli dizigoti, avevano spesso le stesse espressioni e facevano gli stessi movimenti, quindi si somigliavano comunque di più, rispetto agli altri parenti. Storm era talmente abituato a sentirsi chiamare "gemello" che per lui era diventato come un secondo nome. Nella famiglia Montgomery c'era un'altra coppia di gemelli, erano due cugini, anche loro dizigoti. A Storm venne subito in mente un'altra coppia di fratelli gemelli: James e Nathan, che però erano identici e noiosamente carini… l'immagine sputata della mamma.

Storm allontanò subito dalla mente il pensiero di Everly. Il rapporto con lei era diventato strano negli ultimi mesi (negli ultimi anni, a dirla tutta) e l'imbarazzo era aumentato, da quando aveva portato Jillian a riparare il lavandino di Everly.

Storm si mise a sedere con la schiena dritta, forse stava per fare un errore, ma non aveva altra scelta: "Io conosco un idraulico che potrebbe intervenire."

Wes strinse gli occhi: "Non ne hai parlato, quando abbiamo assunto Raymond."

"In quel periodo era impegnata con un altro cantiere, ma hanno finito la settimana scorsa." Tirò fuori di tasca il cellulare. "Lei sì che sarebbe un ottimo acquisto per la Montgomery Inc."

"Lei?" La voce di Wes non nascondeva una certa perplessità.

"Non dirmi che per te una donna non può essere brava a fare l'idraulico," disse Tabby dalla sua scrivania, "perché sappi che sono prontissima a prenderti a calci in culo usando le tecniche di lotta che Alexander mi ha insegnato."

Wes alzò le mani in segno di resa. "Non sto dicendo questo. Solo che ho l'impressione che mio fratello stia per chiedermi se la sua ex può venire a lavorare per noi." Lo disse con un tono irritante che fece alzare Storm in piedi.

"Prima di tutto Jillian non è la mia ex," alzò una mano per interrompere quel ragionamento, "accidenti, non entriamo nemmeno in argomento, non siamo più a scuola. In secondo luogo, è un idraulico a tutti gli effetti ed è anche molto brava."

Wes strinse di nuovo gli occhi. "Se è così brava, come mai adesso non sta lavorando?"

"Adesso stai solo cercando di fare lo stronzo," sbottò Storm.

"Sto solo cercando di sentire tutta la storia fino in fondo."

"Va bene, ragazzi, adesso fate un passo indietro e prendete fiato." Tabby si inserì tra loro e li guardò in faccia uno dopo l'altro.

Storm abbassò la testa, era incazzato con se stesso per aver perso le staffe. Solo perché Wes continuava a punzecchiarlo, non c'era bisogno di reagire in quel modo. Conoscendo Wes, probabilmente non si rendeva nemmeno conto di quel suo atteggiamento.

"Doveva portare a termine il cantiere con l'altra ditta, l'hanno tenuta in sospeso per un'eternità perché l'hanno assunta a ore e non a giorni. Ha lavorato anche per altre ditte, cerca la collocazione giusta perché non vuole mettersi in proprio."

"Una scelta intelligente," intervenne Tabby, "e da quel che so di Jillian, è una donna intelligente."

Wes strinse le labbra con forza: "So che Meghan e gli altri hanno delle quote di proprietà, ma in ditta siamo io e te a decidere chi assumere o cose così. Quindi se ti fidi di lei e pensi di poter lavorare insieme a lei, nonostante quello che c'è tra voi, allora va bene. Cioè, in fondo Luc e Meghan sono sposati e tanti altri dipendenti sono comunque entrati in famiglia, quindi non dovrebbe contare più di tanto." Fece una pausa. "Però conta comunque qualcosa."

"Dici così perché a te non piace," disse Storm dopo un momento. Non sapeva bene il perché, ma Wes e Jillian non erano mai andati tanto d'accordo, pur non passando tanto tempo insieme.

"Io non direi," rispose lentamente Wes, "ma non

voglio assumere una persona che poi finisca per danneggiare l'azienda, o la nostra famiglia."

Storm guardò negli occhi il gemello con la speranza che intravedesse ciò che lui voleva fargli capire. "È una brava persona, Wes, è mia amica." Almeno lui sperava che fosse ancora un'amica, dato che non l'aveva più vista, da quella notte al pronto soccorso, ma non c'era bisogno di specificare proprio tutto. "Come idraulico è fantastica."

Wes sbuffò: "Ci serve un idraulico che lavori al progetto Westcott, possibilmente da ieri, quindi dai, falla venire. Spero solo che non sia una grande cavolata."

Storm alzò gli occhi al cielo: "Certo che sei proprio ottimista."

"Mi preoccupo, è il mio compito."

"E il *mio* compito è assicurarmi che non ti venga un infarto, a forza di preoccuparti," disse Tabby con un sorriso; sembrava ancora preoccupata e guardava a turno prima l'uno, poi l'altro. "Adesso, Wes, torna alla tua scrivania e firma quei documenti che ti ho mandato, poi non dimenticare che Decker ha bisogno di una mano sul cantiere Bailey, oggi pomeriggio; gli ho detto che manderò uno di voi due, ma non gli ho detto chi."

Wes lanciò un'occhiata a Storm: "Pare proprio che ci andrò io, vero? Quand'è stata l'ultima volta che sei andato a lavorare in cantiere?" Poi gli fece l'occhiolino, per far capire a Storm che stava scherzando come facevano sempre, senza volersi davvero provocare, eppure Storm ebbe l'impressione di aver ricevuto un colpo basso.

C'erano dei motivi se non andava più in cantiere come una volta, ma non li aveva spiegati a Wes. Non era sicuro di poterglieli spiegare.

"Vado io ad aiutare Decker," disse Storm con la voce perfettamente calma. Wes aprì la bocca per dire qualcosa, ma Storm lo ignorò: "Tu vai a firmare i documenti, che Tabby ne ha bisogno. Io telefono a Jillian prima di andare da Decker, vediamo se ci può aiutare."

Poi si voltò e si avviò verso uno degli uffici sul retro; gli faceva male la schiena e aveva le spalle tese, tutti acciacchi che non lo avrebbero lasciato in pace tanto presto, lo sentiva. Ma alla Montgomery Inc. era solo un giorno come un altro e bisognava arrivare a fine giornata, in un modo o nell'altro.

STORM OSSERVÒ con circospezione Jillian che entrava nell'ufficio, era passata un'ora da quando le aveva telefonato. Lei aveva accettato di presentarsi subito per vedere se poteva assumere l'incarico, ma lui temeva ancora di aver fatto un errore. Non l'aveva più rivista, da quando se n'era andata dopo avergli detto che il loro rapporto, comunque fosse, era finito. Ma l'aspetto più triste, in tutta la situazione, era che a lui non era nemmeno dispiaciuto più di tanto. Storm aveva più timore di ferirla, in qualche modo, mentre non lo infastidiva non poter più andare a letto con lei. Jillian era un'amica, farla star male, anche senza volerlo, gli avrebbe dato un fastidio enorme.

Lei era vestita come al solito, quando lavorava: jeans e maglietta. In genere sulla maglia c'era il logo della ditta per cui lavorava, ma dato che in quel momento non aveva un contratto con nessuno, ne aveva indossata una non contrassegnata. Lui sapeva che in passato Jillian era abituata a indossare maglie larghe, per nascondere le curve, perché gli uomini potevano essere stronzi con lei e fissare più il suo corpo che il lavoro che svolgeva, ma negli ultimi tempi anche lei aveva cominciato a mettersi ciò che preferiva, senza curarsi di ciò che pensavano gli altri.

Se avesse accettato l'assunzione alla Montgomery Inc., Jillian sarebbe stata ben tutelata: chiunque si comportasse o anche solo si esprimesse in modo inappropriato, uomo o donne che fosse, avrebbe perso il posto. Ai Montgomery non piaceva chi si comportava male.

"Ciao, son contento che sei venuta, pur senza preavviso," le disse girando intorno alla scrivania. Poi prese un computer portatile in modo da evitare il solito abbraccio, come la salutava sempre. Era stata già abbastanza imbarazzante la tirata di Wes, Storm non voleva alimentare ulteriormente la tensione.

Lei lo salutò con un cenno del mento: "Grazie per avermi chiamata." Ci fu un silenzio imbarazzato che

Storm odiò con ogni fibra di se stesso, poi lei sospirò e si passò una mano tra i capelli. Quel mattino evidentemente non si era preoccupata di farsi la solita coda di cavallo. "Va bene, allora mettiamo le cose in chiaro, che dite?"

"Sì, forza," rispose Wes entrando nell'ufficio con un'espressione nervosa.

Storm pregò di rimanere calmo.

Jillian scrutò il gemello di Storm come se fosse un insetto e sbuffò: "Io e Storm siamo amici. Ormai non c'è altro, sempre che ci fosse prima. Inoltre siamo entrambi adulti e possiamo lavorare insieme, perché siamo dei professionisti." Poi fissò Storm con sguardo deciso.

"Per me non c'è problema," rispose subito Storm, trattenendo un sorriso. Se Jillian era una persona a lui molto cara c'era più di un motivo. Andava dritta al punto e quasi sempre non poteva soffrire i sottintesi. Anche se, a quel pensiero, gli venne in mente quanto era stata vaga all'ospedale; ma si tolse dalla testa quel ricordo, anche perché era sicuro che Wes, a giudicare dagli occhi, stesse per avere un ictus.

"Stai dicendo che il problema sono io?" chiese Wes a denti stretti.

Jillian incrociò le braccia al petto: "Tu hai sempre avuto qualche problema con me, Wes. Non cercare di negarlo. Non so il perché, vorrei dire che non è mai dipeso da me, ma se devo lavorare per voi, non voglio dover sopportare delle stronzate che nulla hanno a che fare col mio lavoro."

Storm guardò il soffitto sospirando, poi abbassò la testa guardando prima l'una, poi l'altro. Erano uno di fronte all'altra, come in guardia, con le spalle tese, si scrutavano a vicenda.

"Non ci sarà alcun problema, vero Wes?" domandò Storm, ormai stufo. In fin dei conti non erano più a scuola, accidenti, anche se a volte i rapporti interpersonali potevano essere molto infuocati, fino all'esagerazione. "Non ho voglia di fare da paciere, non c'è bisogno che voi due litighiate a ogni occasione. Ci serve un idraulico e Jillian è la migliore che io conosca. Finalmente è libera da altri impegni professionali e oggi si è presentata per esaminare il progetto e per sbrigare le formalità con Tabby, che è al telefono nell'altro ufficio." Spostò lo sguardo su Wes. "Come hai puntualizzato anche tu, spesso sei tu quello che va a lavorare nel cantiere, quindi dovrai lavorare con Jillian tutti i giorni. Se non ce la fai, allora dovremo prendere qualche decisione di conseguenza, ma preferirei pensare che siamo tutti abbastanza adulti da fare il nostro mestiere senza litigare. Mi sbaglio?"

Jillian sospirò, aveva le guance rosse e fissava Wes. "Scusami, è solo che ho preso la cattiva abitudine di reagire a spada tratta, quando sento che qualcuno mi giudica male. Tu non mi hai vista lavorare e non siamo mai nemmeno stati insieme in un cantiere.

Quindi penso sia logico concludere che non ti piaccio per motivi personali, il che non è un problema. Non dobbiamo diventare amici, ma non voglio che ne risenta il modo in cui mi tratti sul posto di lavoro."

Wes strinse i denti prima di parlare, Storm pregò di non dover rimanere troppo a lungo tra loro due. Dovevano chiarirsi al più presto, perché lui aveva un sacco di cose da fare e di problemi da risolvere.

"Ho sentito parlare molto bene di te, quindi vediamo se ti meriti la tua buona reputazione."

Storm si trattenne appena dallo sbuffare.

"Sei molto generoso," commentò Jillian con voce dolce.

"Basta che arrivi puntuale e che fai un buon lavoro, non mi stare tra i piedi e andrà tutto bene," concluse Wes prima di porgerle una mano. "Benvenuta alla Montgomery Inc."

Jillian strinse con esitazione la mano di Wes e Storm trattenne il fiato. "Grazie," rispose lei, "ho sentito parlare molto bene della vostra ditta."

"Ma certo, per forza," commentò Storm sbuffando, "siamo i migliori in circolazione."

Wes fece un gran sorriso rivolto a Storm, ma si irrigidì quando gli squillò il telefono: "Devo rispondere, ma Tabby arriva tra un attimo così ti aiuta con i documenti." Poi guardò Storm. "Sei sempre dell'idea di andare tu in cantiere ad aiutare Decker? Se vuoi posso andarci io."

Storm sentì la tensione alle spalle quando Jillian

parlò: "Vai a lavorare in cantiere in giacca e cravatta?" gli chiese un po' scettica.

"Prima di andare in cantiere mi cambio, mi metto i jeans. Oggi devo incontrare dei fornitori, per questo mi sono vestito così." Poi Wes fece un cenno verso Storm. "Solo perché lui si veste sempre con le maglie di flanella non vuol dire che anch'io debba vestirmi così. Saremo anche gemelli, ma non siamo la stessa persona."

Jillian alzò le mani in segno di resa e spalancò gli occhi: "Ho capito che non devo intromettermi, scusate, non succederà più."

Storm ridacchiò: "Succederà ancora, ma del resto capita a tutti. A proposito, Wes, fuori fa un caldo della malora e non indosso flanella, ma grazie lo stesso."

"Però ci pensi, alla flanella, è la tua preferita." Wes fece un gran sorriso e Storm alzò gli occhi al cielo. Sì, gli piaceva la flanella, una questione di comodità, e allora?

Tabby entrò nell'ufficio e sorrise con grande gioia: "Jillian! Dai, son contenta che sei già qui. Ho preparato tutti i tuoi documenti, possiamo cominciare." Poi fece cenno a Wes e Storm perché se ne andassero: "Voi due avete degli appuntamenti che vi aspettano, quindi forza, a Jillian ci penso io."

Storm scosse la testa e sorrise, mentre raccoglieva le sue cose dalla scrivania per poi uscire dall'ufficio salutando tutti con un cenno del mento. Non era esattamente dell'umore giusto per spaccarsi la schiena andando a lavorare in cantiere con tutto il caldo che c'era, ma era comproprietario della Montgomery Inc. e se doveva tirarsi su le maniche e faticare, non si tirava certo indietro.

Quando arrivò in cantiere, Decker era sul tetto con quasi tutti gli altri, stavano staccando le vecchie tegole per installarne di nuove. Wes e Tabby non avevano detto a Storm che doveva lavorare sul tetto, con tutto quel caldo; in quel momento non voleva far altro che tornarsene pian piano alla sua scrivania. Accidenti, la schiena gli faceva già un male cane al solo pensiero del peso che stava per alzare.

Ma era il suo lavoro e doveva smettere di lamentarsi e darsi da fare. Uscì dalla macchina tirando fuori le sue cose. Per fortuna si era portato dietro anche una bottiglietta d'acqua che poteva riempire al distributore che Decker aveva installato in cantiere.

"Ciao, amico," lo chiamò Decker, "son contento di vederti arrivare. Prendi ciò che ti serve e sali su con noi." Storm vide il cognato che si passava il lembo della maglia sulla faccia per togliere sudore e sporcizia. "Prima finiamo sul tetto e prima ce ne possiamo andare da questo caldo infernale."

"Arrivo!" gli urlò dietro Storm, grato di aver indossato quel giorno una maglia leggera, invece della sua solita flanella.

Smontare tutto il tetto nel calore dell'estate fu davvero un lavoraccio da mal di schiena, ma andava fatto. Storm aveva il corpo tutto intriso di sudore e polvere, chissà che altro c'era attaccato a quelle vecchie tegole. Quando il lavoro fu terminato, grazie all'impegno di dieci uomini, le imprecazioni si erano susseguite più di quante Storm potesse contarne.

Una volta tornato a casa, Storm sapeva di doversi fare un bel bagno ghiacciato.

Non lo aveva abbandonato anche l'ormai consueta fitta alla schiena, che gli ricordava non solo che aveva esagerato, ma che si era fatto male a sufficienza e che se non fosse stato più attento sarebbe dovuto tornare presto dal medico per un'altra terapia. Tornare in terapia *non era* certo tra i suoi desideri, pregò che un po' di ghiaccio e un bel bagno lungo fossero sufficienti. I fratelli lo avevano preso in giro, quando si era fatto installare a casa un'enorme vasca da bagno, ma se solo avessero saputo il *perché* la usava tanto spesso, forse avrebbero evitato di scherzarci.

Lui non intendeva certo svelare loro il motivo. Mai. Alcuni dettagli andavano tenuti segreti. Alcune verità non andavano rivelate.

Salutò tutti gli operai e si accertò che fosse tutto pronto per il giorno dopo. Decker aveva tutto sotto controllo, ma a Storm faceva piacere controllare che i dipendenti avessero tutto il necessario, per sicurezza.

Con addosso il bisogno di un lungo bagno e di una birra ghiacciata, Storm si avviò in auto per tornare a casa; la luce del sole basso all'orizzonte lo accecava, nel traffico dell'ora di punta. Un altro fastidio che lo portava al limite, tanto che dovette stringere con forza il volante; con tutti gli spasmi di dolore alla schiena, doveva evitare gli scossoni, altrimenti avrebbe finito per piangere come un disperato.

Quando accostò nel suo vialetto, il viso gli si era riempito di nuovo di sudore e gli venne in mente di lasciare tutta la sua roba in macchina, ma ci ripensò al volo. Non voleva certo dover uscire dalla vasca o dal letto, una volta entratoci. Entrò in casa arrancando come un vecchietto e con le mani tremanti. Non soffriva in quel modo da oltre un anno, non era proprio dell'umore giusto per un attacco del genere.

Poi cominciarono i guaiti... per fortuna non fu lui a lamentarsi.

"Cazzo," borbottò con un filo di voce. Si era dimenticato del suo cucciolo, dannazione. Durante il giorno, un amico passava a giocare con Randy, anche per controllare che facesse i suoi bisogni e tutto il resto, ma per il resto era un cagnolino ancora troppo giovane e doveva rimanere chiuso nella gabbia, quando a casa non c'era nessuno. La gabbia era grande quanto metà della veranda sul retro, quindi il cucciolo aveva comunque più spazio di quanto ne avesse Storm nella sua postazione di lavoro, in ufficio, ma non poteva certo correre finché il suo padrone non tornava a casa, e questo a Storm dispiaceva.

Storm posò le sue cose sul tavolo da pranzo e si avviò lentamente verso il retro della casa. Appena lo vide, Randy cominciò ad abbaiare e mugolare, saltando nel suo gabbione.

Nonostante il dolore, nel vedere il cagnolino Storm non trattenne un sorriso. Secondo il veterinario, Randy era un incrocio di razze pastore, infatti aveva delle belle orecchie grandi, come era tipico di quei cuccioli. Randy faceva parte di un programma, per cui Storm si era offerto volontario: il cucciolo sarebbe cresciuto sotto quelle orecchie e su quegli zamponi adorabili. A quel punto, Randy avrebbe finito per diventare grande e grosso come il padrone, alzandosi sulle zampe posteriori, Storm ne era sicuro.

A Storm piaceva molto collaborare al programma Pets for Progress, anche se non poteva sempre aiutare quanto voleva, per via del lavoro e degli impegni di famiglia. Aiutava nell'addestramento sia dei cuccioli che dei cani adulti per diventare cani amici di chi soffriva di sindrome post-traumatica da stress, la tremenda PTSD. Ognuno ne soffriva in modo diverso, il programma mirava a garantire il massimo supporto con l'aiuto dei cani, che con il loro calore fisico confortavano durante gli attacchi di panico, un aiuto impareggiabile per alcuni. Pets for Progress era un programma limitato all'assistenza dei cani, ma nel paese c'erano altri programmi che includevano l'aiuto di gatti, lama e altri animali utili a dare conforto o ad avvertire, quando gli effetti del PTSD diventavano eccessivi. Storm non poteva certo salvare il mondo, ma almeno poteva aiutare le persone che riusciva a raggiungere. Lo sentiva come un dovere personale.

"Ciao, piccolino," disse Storm sorridendo mentre apriva la gabbia. "Seduto, Randy."

Randy scodinzolò allegramente, era contento che il suo padrone fosse tornato a casa, ma poi si mise seduto, con il corpo che tremava per l'entusiasmo.

"Fermo," disse Storm a voce bassa.

Randy rimase fermo per una ventina di secondi, poi si mise sulle zampe posteriori mentre agitava le anteriori in aria in cerca di affetto.

Storm trattenne un sorriso: "Beh, sei durato più a lungo di ieri, ma c'è ancora del lavoro da fare. Allora dai, forza, andiamo fuori, poi ti do da mangiare prima di crollare."

Randy trotterellò al fianco di Storm, chiaramente in cerca di coccole. Se Storm fosse stato in grado di piegare la schiena, avrebbe coccolato il suo cagnolino. Il cucciolo fece i suoi bisogni in giardino sul retro, mentre Storm rimaneva in piedi sulla veranda in legno, non riuscendo a scendere le scale, in quel momento. Sapeva di dover installare una rampa di accesso, prima o poi, ma chiaramente era ancora in una fase di negazione per alcuni aspetti.

"Andiamo, Randy, ti do qualcosa da masticare."

Il cagnolino scorrazzò su per le scale e saltò sulla panchina, su un lato della veranda, per raggiungere Storm.

Lui sorrise ampiamente, finalmente riusciva a raggiungere il cucciolo e lo accarezzò su e giù con le mani sulla schiena. "Che bravo cagnone che sei, Randy."

Randy mise fuori la lingua a penzoloni, felice come mai, mentre Storm lo coccolava. Quando Storm lo prese in braccio (gemendo solo un poco, per il peso non eccessivo) e lo portò all'interno, Randy si girò di schiena in modo da mostrare la pancia al padrone.

Storm procurò da mangiare per Randy e guardò il suo cucciolotto divorare la pappa mentre lui preparava qualcosa anche per sé; aveva trovato qualche rimasuglio nel frigo. Storm era ancora sudato, sporco e pieno di dolori, ma doveva mettere qualcosa nello stomaco. Si mise in bocca una pillola di antinfiammatorio e la mandò giù, poi si tolse la maglia e i pantaloni, rimanendo in cucina solo con i boxer, ancora sudato, ma con un po' meno di polvere addosso.

Tirò fuori dal congelatore il suo fidato impacco di ghiaccio e portò la cena in salotto, dove si accasciò sul divano in mutande e mangiò da single, qual era. Almeno aveva usato un piatto, invece di mangiare direttamente dal contenitore di plastica.

Randy saltò sul divano e Storm era davvero troppo stanco per insegnargli a comportarsi meglio, in quel momento. Il cucciolo si accomodò e si appisolò sulle gambe di Storm, che si sistemò l'impacco di ghiaccio sulla schiena.

Gli faceva male dappertutto.

Gli venne una stretta allo stomaco, per il cibo unto e riscaldato.

Indossava solo le mutande, sul divano.

Tra l'altro, il suo cagnolino gli aveva appena fatto la pipì sulle gambe.

Ecco, che vecchio Montgomery era diventato. Non c'era da stupirsi che fosse da solo.

Di nuovo.

Capitolo cinque

Everly avrebbe preferito farsi devitalizzare un molare senza anestesia, rispetto a ciò che stava per sopportare. Considerando che al solo pensiero di farsi toccare i denti da un professionista le veniva la pelle d'oca dalla paura, il peso di quel giorno era davvero notevole.

I suoceri stavano per farle visita.

Che allegria.

I bimbi giocavano in salotto e lei pregava che non trovassero il modo di macchiarsi i vestiti. I suoceri avevano spedito proprio quei completini, perché sostenevano che le scelte di Everly in campo di abbigliamento non erano sempre il massimo. Lei avrebbe tanto voluto prendere a schiaffi la suocera, ma aveva fatto comunque indossare ai gemelli i maglioncini color camoscio, togliendo di torno liquidi e viveri di ogni tipo, per eliminare il rischio che contaminassero i vestitini dei bimbi.

Perché mai i genitori di Jackson avessero scelto proprio quei completini color camoscio, Everly non lo sapeva, ma se vedere i nipoti con quegli orribili maglioncini serviva a far ripartire i suoceri il prima possibile, a lei andava bene così.

Everly si passò una mano sul prendisole che le copriva spalle e torso in modo molto più casto di ciò che avrebbe indossato normalmente e cercò di rimanere calma... e lucida. I suoceri non avevano spedito un completo anche per lei, ma Everly non era dell'umore giusto per sopportare gli sguardi pieni di pregiudizio, qualora avesse osato mostrare troppa pelle o indossare qualcosa di diverso da un vestito da signora per bene. Si avviò fuori dal salotto, felice che i bimbi stessero ancora giocando con un libro imbottito, borbottando tra loro mentre "leggevano" una pagina dopo l'altra.

I genitori di Jackson non erano cattivi, solo che avevano dei gusti molto precisi e volevano tutto *a modo loro*. Sempre, a prescindere da quanto fosse ridicolo.

"Va bene, bimbi," disse fingendosi allegra. Per fortuna i bimbi erano troppo piccoli per accorgersene. Meno male. "Siete pronti per la visita della nonna e del nonno?"

James si grattò un orecchio mentre annuiva, Everly sentì la solita stretta allo stomaco nel vedere il suo bambino dolorante. L'intervento era previsto dopo tre giorni, ma lei continuava a pensare che il tempo passasse troppo lentamente, o troppo alla svelta, a seconda della sensazione del momento. Tutto procedeva come da programma, ma lei sapeva bene che ogni programma poteva cambiare in un attimo.

"Voglio andare in libreria," disse Nathan col broncio. "Voglio con te."

Everly trattenne le lacrime, ultimamente le sue emozioni sembravano scombussolate. Nel bel mezzo dell'estate, i bimbi non andavano all'asilo che li aveva accolti in primavera. Durante la settimana, Everly si faceva aiutare da una babysitter, poi c'erano dei gruppetti di attività apposta per bimbi di quell'età, ma duravano solo qualche ora ed Everly di solito li accompagnava per socializzare un poco. A volte portava i piccoli in libreria, dato che c'era un'area per bambini con una sessione di letture di un'ora; ma quel giorno non era andata così. A volte i suoceri si occupavano dei nipoti, ma quel giorno avevano preferito venirli a trovare a casa di Everly, piuttosto che portarli a casa loro. Avevano spiegato che il motivo era il recente attacco di asma di Nathan, insieme alla imminente operazione di James: rimanere in un ambiente di famiglia doveva essere più rassicurante per i bambini, ma Everly non credeva che il motivo fosse quello. La casa dei suoceri era un luogo ben noto ai gemelli, dato che ci andavano abbastanza spesso, quindi Everly immaginava che Nancy, la suocera, volesse solo ficcare il naso... non era nemmeno la prima volta.

La casa di Everly non era mai abbastanza pulita, non era mai abbastanza in ordine. Secondo loro, i gusti di Everly erano terribili, ma c'era da aspettarselo, per il modo in cui era stata cresciuta. A quel pensiero, Everly trattenne un gemito. Se la mamma fosse stata ancora in vita, avrebbe preso Nancy a borsate con la grande borsa che portava sempre con sé.

In giorni come quello, Everly sentiva più che mai la mancanza dei genitori; ma non aveva il tempo di rimuginare su tutto ciò che aveva perso, doveva concentrarsi per rimettere la casa in ordine, prima di lasciare i gemelli con i suoceri e partire per il lavoro.

Farsi devitalizzare un molare sembrava un'idea molto più allettante.

Proprio in quel momento, il campanello della porta squillò e lei si abbassò per baciare in testa i suoi piccoli, prima di andare ad accogliere Nancy e Peter. Come sempre, la porta fu aperta, Nancy si fece strada da sola senza nemmeno curarsi di salutare o di essere invitata a entrare. Se chiunque altro si fosse comportato così, Nancy avrebbe parlato di maleducazione, inoltre spesso si lamentava di non avere una chiave per entrare a casa del figlio, perché con la chiave non ci sarebbe stato alcun problema.

Motivo in più per non dare una chiave ai suoceri, almeno non nel prossimo futuro.

"Peter," disse Everly dopo un momento, spostandosi da parte in modo che anche il suocero potesse entrare in casa.

"Everly."

Peter non parlava tanto quanto Nancy, ma anche lui aveva molti pregiudizi, Everly lo sapeva. I due suoceri tendevano a giudicare allo stesso modo, solo che Peter lo lasciava intravedere dalle espressioni del viso, senza necessariamente esprimersi a parole.

"Vedo che hanno indosso i loro bei maglioncini," disse Nancy esaminando i nipotini. "Probabilmente li hanno appena indossati, poco prima che arrivassimo, eh? Ecco perché sono così puliti. Nemmeno una macchia."

Se anche ci fosse stata una macchia, perché non fosse mai che i nipotini si comportassero da bambini e si sporcassero, Nancy avrebbe avuto lo stesso qualcosa da dire. Ma erano i genitori di Jackson, per i gemelli erano gli unici nonni in vita, quindi Everly si morse la lingua. Di nuovo.

"Sono adorabili nei vestitini che hai comprato per loro, Nancy," disse Everly abbozzando un sorriso. Poi guardò l'orologio al polso e trattenne un'espressione seria: "Finirò per fare tardi, se non parto subito per la libreria. Grazie tante per aver accettato di tenere i bambini, oggi. Sono sicura che vi divertirete tantissimo." Era stata Nancy in realtà a *insistere* di stare con i nipoti, quel giorno, non era stata proprio un'idea di Everly, ma non importava farlo presente in quel momento. Nathan e James avevano bisogno di una famiglia, quindi Everly avrebbe fatto tutto il possibile per garantirgliene una.

A costo di soffrire.

"Hmm." Nancy contrasse le labbra. "Tardi? Se ci dicessi con precisione a che ora arrivare, non saresti sempre in ritardo. Jackson non era mai in ritardo, lo sai, per lui era motivo d'orgoglio essere sempre puntuale." Poi abbassò lo sguardo verso i nipotini, ma senza sorridere come una nonna affettuosa. I suoceri non avevano detto a Everly a che ora sarebbero arrivati, non le avevano dato scelta, quindi la responsabilità era un po' di tutti. "Mio figlio era sempre puntuale, arrivava anche in anticipo al lavoro. Per questo ha ottenuto così tanto, nella sua breve vita." Tirò fuori un fazzoletto per asciugarsi le lacrime agli occhi.

Per quanto i genitori di Jackson fossero dei rompiscatole, chiaramente amavano il figlio e facevano in modo di raccontare ai nipotini quanto più potevano del loro padre. Anche se a volte raccontavano un po' troppo, secondo Everly. A parer loro, Jackson era perfetto, nessun difetto, almeno così raccontavano a Nathan e a James. Everly non avrebbe mai sminuito Jackson davanti ai figli, ma non lo metteva nemmeno su un piedistallo dorato, come invece faceva sua madre. In fondo anche lui era un essere umano.

"Grazie di nuovo per essere venuti. Non dovrei arrivare troppo tardi." Almeno ci sperava. Si avvicinava la chiusura contabile del trimestre, la contabilità le faceva sempre venire il mal di testa. Gran parte del lavoro veniva svolto dal commercialista, ma lei doveva comunque preparare tutti i documenti.

"Lavori in libreria," disse Nancy chiaramente disapprovando, mentre si sedeva sull'ottomana vicino ai nipoti. "Mi sorprende ancora che Jackson te lo permettesse." Poi guardò i nipoti e disse loro: "Vostro padre era un professore molto rispettato, era il migliore nel suo campo. Ha fatto miracoli per il dipartimento e ha ottenuto tutti i finanziamenti che ha richiesto."

I bimbi la guardarono con gli occhi spalancati, chiaramente confusi. In fondo, avevano solo tre anni.

Everly non lo fece notare alla suocera. Né le fece notare che Jackson *non* aveva ottenuto tutti i finanziamenti che aveva richiesto, o che non era proprio il migliore nel suo campo. Certo, era uno dei migliori, ma aveva un rivale nel dipartimento e diceva sempre che quell'antagonismo gli rendeva il lavoro più difficile. Lei lo aveva ascoltato un'infinità di volte lamentarsi e probabilmente si ricordava ancora alcune diatribe, parola per parola.

"Sono la proprietaria della libreria," rispose Everly, desiderando subito di non aver risposto. Non serviva a nulla difendersi con Nancy, non era mai servito. Everly era laureata e aveva avviato un'attività, ma non sarebbe mai stata all'altezza del ragazzo d'oro Jackson Law, agli occhi della suocera. Ormai se n'era fatta una ragione da anni e di solito l'ignorava. Ma quel giorno evidentemente non riusciva a tenere la bocca chiusa. "I libri sono i mattoni su cui tutti costruiscono la propria vita. Quindi entro in contatto con un po' di tutto."

"Hmm." Nancy strinse gli occhi, poi tornò a prestare attenzione ai gemelli, che le passarono il loro libro; lei lo guardò e poi cominciò a leggerlo ad alta voce. Di solito era una nonna meravigliosa, Everly si aggrappò a quella certezza. Peter si era seduto sul divano e aveva preso il suo tablet, come al solito si era messo a leggere. In genere, Everly era contenta di vederlo leggere, anche se lui molto spesso la guardava dall'alto al basso per i gusti nella scelta dei libri, dato che a lei piaceva di più leggere romanzi, mentre lui aveva gusti diversi. In fondo, Everly viveva un'esistenza molto pratica che non le aveva regalato alcun lieto fine. Per questo preferiva rifugiarsi in un mondo in cui potesse trovare quella pace.

A quel punto ne ebbe abbastanza.

Salutò tutti e si avviò verso la libreria per fare il turno dal pomeriggio alla sera. Freddie quel giorno aveva lezione, l'altro assistente invece aveva telefonato per darsi malato (un fatto insolito per lui), quindi Everly sarebbe stata in libreria da sola per il resto della giornata. Si prospettava una giornata non semplice, ma ce la poteva fare. Del resto, non aveva altra scelta.

Mentre camminava tra gli scaffali, Everly passava

la mano sui libri; doveva rimettere a posto i libri spostati dai clienti. Nel frattempo, toglieva anche la polvere, rispondeva alle domande dei presenti e accompagnava chi ne aveva bisogno alla sezione giusta della libreria. Passando nei vari settori, genere dopo genere, si faceva degli appunti mentali delle zone che potevano migliorare, magari con altre decorazioni. le piaceva tenere sempre un'atmosfera fresca e rinnovata nei vari mesi, in modo che i clienti non si stancassero mai di esplorare la libreria. Del resto come si faceva ad annoiarsi in una libreria, lei non se lo spiegava. In ogni libro c'erano mondi interi, volumi pieni zeppi di personaggi che si innamoravano o che odiavano con ogni fibra del loro essere. Un giorno si poteva leggere di un guerriero, il giorno dopo di una damigella in una terra remota. C'erano libri per il fai da te, libri di storia in attesa che qualcuno li sfogliasse. La sezione per i bambini offriva storie senza fine con colori vivaci che facevano venire il sorriso anche ai bambini più imbronciati.

Everly trattenne un sorriso di contentezza mentre riempiva di libri la borsa di una cliente che aveva appena pagato in cassa. Vedere i clienti che uscivano con dei libri nuovi la rendeva sempre un po' gelosa, sapendo che le nuove letture avrebbero portato nuove avventure. Era una sensazione un po' sciocca, ma in alcune occasioni si sentiva la sognatrice che Jackson non aveva mai compreso pienamente. Era una donna competente (magari anche esperta nel gestire un negozio e tutte le scelte critiche legate alle responsabilità del caso), ma nel cuore era una lettrice appassionata. Amava i libri. Era una sognatrice.

Il sole cominciò a tramontare, mentre lei sbocconcellava il panino che si era portata da casa. Avrebbe anche potuto andare al Taboo e prendere qualcosa di molto più gustoso di un sandwich con burro di arachidi morbido e marmellata di uva, ma quel giorno sapeva di non avere tempo. Tra l'altro, lei andava matta per il burro d'arachidi con una consistenza diversa e per la marmellata alle fragole, ma dato che i bimbi avevano altri gusti lei si adattava per risparmiare un po'.

Forse, se Jackson fosse stato ancora in vita, si sarebbe concessa qualcosa di diverso (anche lui amava la stessa marca di burro di arachidi), ma ora lei doveva risparmiare e non poteva permettersi due vasetti diversi nella dispensa.

Che pensiero triste, la speranza di avere un marito sopravvissuto per poter spalmare ciò che preferiva sul panino!

Everly posò il suo misero pasto per fare una smorfia. Jackson le mancava per molto più del semplice burro di arachidi. Ne sentiva la mancanza con ogni fibra di se stessa, tanto che le faceva male, anche se il dolore non era più atroce come un tempo. Il tempo aveva contribuito ad attutirlo. Il tempo, insieme al bisogno. Non poteva crescere i due bimbi e lavorare tanto duramente, piangendosi addosso troppo a lungo. Ormai aveva accettato da molto tempo il fatto che suo marito non sarebbe tornato mai più, che non avrebbe mai conosciuto i figli. Anche se lei non aveva voltato pagina, nel senso che negli ultimi tre anni non era uscita con nessuno, almeno aveva smesso già da tempo di addormentarsi piangendo.

Si fece seria, raccattò i resti della cena e le cartacce e gettò i rifiuti nel cestino sotto la scrivania. Doveva ricordarsi di svuotarlo prima di chiudere la libreria, quella sera. Davvero non era *mai* uscita con nessuno, dopo Jackson?

Ma certo, la risposta era "no, mai". Non aveva voluto frequentare altri uomini, quando era da sola, a casa, ad allattare i gemelli mentre cercava di non piangere. A quel tempo, Storm le era stato di enorme aiuto, si era sempre assicurato di farle trovare la spesa e badava ai bambini per lasciarle il tempo di farsi una doccia e lavarsi via dai capelli gli schizzi di latte vecchi di tre giorni. Quando poi era riuscita a trovare il ritmo per fare la mamma, recuperando giorno dopo giorno la lucidità dopo la perdita del marito, non aveva avuto il tempo di cercarsi un uomo. Accidenti, aveva appena il tempo di mettersi un po' di fondotinta al mattino.

Forse avrebbe *dovuto* ricominciare a uscire con qualcuno. Cavolo, il suo ultimo primo appuntamento con un uomo risaliva a oltre dieci anni prima, non era nemmeno sicura di ricordare come funzionasse. Il cuore non le si stringeva più come una volta, quando pensava di conoscere un altro uomo, quindi forse anche quello era un segno.

Si lasciò sfuggire un sospiro, non sapendo bene che fare, ma in quel momento non poteva starci troppo a pensare. Né poteva pensare al fatto che la prima immagine che le veniva in mente, pensando di uscire con un uomo, era proprio quella dell'uomo con cui non poteva uscire.

No. Non avrebbe pensato a quell'uomo, al suo corpo muscoloso, sotto le sue maglie morbide in flanella.

Everly chiuse il suo libro e andò nel retro per recuperare le lettere che la postina le aveva consegnato poco prima, in un momento molto frenetico. Passò il plico di bollette, volantini e biglietti delle case editrici mentre tornava nella zona pubblica della libreria, nel caso entrasse qualche cliente. Però ne dubitava, dato che si stava facendo tardi e che si prevedeva un bel temporale. Le rimaneva solo un'oretta o poco più, prima di dover chiudere, quindi pensò di portarsi la posta a casa, anche per evitare di dover conversare troppo con i suoceri e dover così sopportare troppe occhiatacce piene di pregiudizi.

Mentre appoggiava la posta sulla scrivania, si ritrovò in mano una lettera e si irrigidì.

Era indirizzata a Jackson.

Deglutì a fatica, notando che sulla lettera c'erano sia il francobollo che il timbro postale di Fort Collins, ma non c'era l'indirizzo del mittente. Jackson non aveva mai ricevuto posta in libreria. Persino le lettere più al maschile, quelle inviate un po' a tutti, erano indirizzate al *Signor Everly Law* come se una donna non potesse avere un suo negozio.

Everly aprì la lettera con esitazione, poi si irrigidì di nuovo.

Sto ancora aspettando.

Cosa *diavolo* poteva significare?

Chi aveva scritto quella lettera? Per quale motivo? Voltò il foglio per guardare il retro, era completamente vuoto. Non aveva alcun senso, le fece venire i brividi anche più del dovuto. Posò la lettera sopra il resto della posta e guardò fuori dalla finestra, le nuvole si stavano accumulando, sempre più scure. Il temporale si stava avvicinando prima del previsto, non era un evento strano per Denver; così Everly decise di chiudere la libreria un po' in anticipo per occuparsi della cassa e di tutto il resto.

Stava quasi per finire di mettere i contanti nella borsa che teneva in cassaforte, quando fiutò un odore particolare nell'aria.

Fumo.

Si voltò a sinistra terrorizzata e vide del fumo che proveniva dalla stanza sul retro, mentre le fiamme facevano capolino dagli infissi e da sotto le mensole. Everly sentì le mani tremare, prese la borsa con i soldi, la sua borsetta e tutto ciò che poteva afferrare dalla scrivania e cercò di decidere se poteva affrontare o meno da sola il fuoco con l'estintore in dotazione.

Le fiamme si muovevano molto più rapidamente di quanto lei credesse possibile, libri e tende presero fuoco, poi intere sezioni della libreria in un attimo. Quegli scaffali contenevano tutto il suo mondo, tutti i suoi ricordi, tutto il suo passato, il presente, il futuro. Ma il fuoco non faceva alcuna distinzione, bruciava tutto.

Everly cominciò a tossire, sentiva il fumo bruciarle nei polmoni e capì che il fuoco era partito in un attimo e che la libreria era come una scatola piena di carta in attesa di bruciare. Chiamando subito i vigili del fuoco, forse c'era ancora una speranza. L'incendio era troppo, davvero troppo per lei.

Sentì le lacrime agli occhi, la gola cominciò a bruciarle, corse fuori dalla porta principale e cercò di chiamare un contatto rapido sul cellulare, con gli occhi pieni di lacrime e ceneri.

"Everly!"

Everly guardò in alto con le mani che le tremavano, tanto che il telefono le cadde. "Sta bruciando," tossì, "la mia libreria. Io… come mai sta bruciando?"

Storm la raggiunse rapidamente, era pallido in volto, le passò le mani sul viso, poi giù sulle braccia: "Sei ferita? Parla, dimmi qualcosa, Ev."

"Io… devo… devo telefonare ai vigili del fuoco."

"Ci sta già pensando Austin." Storm si abbassò per raccogliere da terra il telefono di Everly e se lo mise in tasca. "Ero alla Montgomery Ink a fare due chiacchiere quando ho visto il fumo. Non sento l'allarme antincendio, Ev. Come mai non sta suonando?"

Lei si fece seria e non si voltò verso la libreria. Non poteva. Non ancora. "Non lo so. C'è stato un controllo proprio la settimana scorsa, dovrebbe andare tutto bene." Ripeté l'ultima frase due volte, sapendo che era una bugia bella e buona.

Storm le prese di mano la borsetta, in cui lei aveva ficcato posta, borsa con i soldi e tutto ciò che era riuscita a prendere, prima di mettere la borsa a tracolla e scappare. Storm con la borsetta doveva sembrare ridicolo, eppure lei non riusciva a far altro che tentare di non piangere.

Si sentirono in lontananza le sirene, la cui eco risuonava tra i grattacieli del centro di Denver. Everly sapeva che erano i vigili del fuoco e che venivano per lei, il che rendeva tutto ancor più vero. Storm le mise una mano sotto al mento, così lei riuscì in qualche modo a trovare la forza di alzare la testa, fare un passo indietro e voltarsi.

Il fuoco traboccava dalle finestre, dalle porte, il fumo usciva fitto e la gente nei paraggi urlava, per cercare di proteggere gli altri negozi e le macchine. Il temporale che si stava avvicinando non ce l'avrebbe fatta in tempo. La pioggia sarebbe caduta troppo tardi per placare le fiamme e salvare qualcosa.

Everly aveva perso tutto.

Storm la avvolse con le braccia, lei gli appoggiò la

testa sul petto, mentre guardava tutti i suoi sogni e le sue speranze andare letteralmente in fumo.

Ancora una volta era costretta a stare a guardare, mentre il corso della sua vita cambiava drammaticamente, per sempre. Ancora una volta, Storm era con lei.

Non era da sola.

Ma non era in sé.

Capitolo sei

STORM STRINSE LE BRACCIA INTORNO AL CORPO minuto di Everly e cercò di controllare il ritmo incostante del proprio battito cardiaco. Temeva che lei potesse sentire le pulsazioni frenetiche, con l'orecchio appoggiato sul petto all'altezza del cuore, ma non si soffermò molto su quel pensiero, perché in quel momento riusciva a malapena a pensare. Santo cielo, quando aveva visto il fumo fuoriuscire dalle finestre della libreria Beneath the Cover, gli era sembrato di sentire morire una parte di sé.

Non sapeva come prendere la propria reazione, non capiva perché fosse così potente, ma non aveva il tempo di rifletterci. No, doveva tener stretta Everly, assicurarsi che fosse salva.

L'aveva quasi persa.

Lasciò andare un sospiro tremante mentre le passava le mani sui capelli scompigliati per poi tornare ad abbracciarla forte; infine si allontanò appena, per poterla guardare negli occhi.

"Stai bene? C'era qualcun altro con te in libreria?"

"Ero da sola." Everly scosse la testa e fece per parlare di nuovo, ma tossì, al che Storm imprecò: Everly aveva bisogno di cure mediche e lui se ne stava là fermo impalato come un idiota egoista, solo perché aveva bisogno di quel contatto, per sapere che era davvero viva. Prima ancora di poter pensare alla propria schiena e alle conseguenze di quanto stava per fare, Storm si abbassò e la prese in braccio, mettendosi alla ricerca di un'ambulanza o di qualcuno che potesse aiutarla.

Everly gli avvolse le braccia intorno al collo e gridò tossendo: "Storm! Ma cosa fai?"

"Ti porto da un medico," rispose lui con voce roca; un dolore atroce gli attraversava la spina dorsale, facendolo quasi tremare.

Austin, Jax, Derek (che erano allo studio di tatuaggi con Storm e avevano visto il fumo) si avvicinarono; avevano interrotto ciò che stavano facendo per accorrere alla libreria, per vedere se potevano aiutare, però sembrava troppo tardi per salvare l'edificio.

Ma non era troppo tardi per salvare Everly, col cavolo: Storm non avrebbe perso nessun altro, a qualunque costo.

"Cosa succede? Sta male?" gli chiese Austin con voce roca.

"Aspetta, cerco qualcuno," disse Jax rapidamente, prima di andare via di fretta. Jax era l'ultimo tatuatore entrato nella Montgomery Ink, Storm non lo conosceva molto bene, quindi si voltò verso Derek, un altro tatuatore dello studio, facendogli un cenno col capo. Derek corse dietro a Jax per aiutarlo a trovare assistenza, ma Storm non poteva concentrarsi se non sulla donna che aveva tra le braccia. Non che non si fidasse di Jax, solo che aveva bisogno di sapere che a cercare aiuto c'era anche qualcuno che lui *conosceva*. Storm sapeva che Derek avrebbe capito anche senza dirgli nulla, perché conosceva il suo passato.

"Così ti farai del male," disse Everly, che poi tossì di nuovo. "Sono troppo pesante per te."

Storm strinse la presa: "Non ho intenzione di lasciarti andare. Non ti agitare, adesso troviamo qualcuno che ti aiuti." Sentì uno spasmo alla schiena, ma ignorò il dolore. Se ne sarebbe occupato più tardi, come sempre. A preoccuparlo di più erano tutti i rumori e le grida intorno. Doveva fare attenzione, altrimenti gli sarebbe arrivato un altro attacco di panico, per via delle sirene. Doveva solo continuare a respirare e tenere Everly al sicuro. Nient'altro importava.

I soccorritori arrivarono dopo qualche momento, al fianco di Jax e Derek, così Storm rimise Everly con i piedi a terra. Lei si appoggiò a lui, con la schiena contro il petto di Storm, che capì che non l'avrebbe mai fatto, se fosse stata lucida e non chiaramente sotto shock. Dalla morte di Jackson, Everly e Storm avevano sempre fatto in modo di non entrare in contatto fisico. Era come se l'idea di abbracciarsi come in passato riportasse alla luce tutto il dolore. Quindi erano rimasti distanti.

Ma non quella sera.

Un infermiere fece indossare a Everly una mascherina collegata all'ossigeno, come precauzione, poi la fece sedere su una panchina, sul ciglio della strada; Storm invece non poté sedersi vicino a lei, così rimase in piedi al suo fianco, tenendole le mani sulle spalle per evitare che le venisse in mente la pazza idea di alzarsi e tornare a guardare cos'era successo alla sua libreria.

Un incendio in una libreria si alimentava alla svelta, lo si sapeva.

"Dovrebbe star bene, stiamo solo facendo dei controlli," le disse l'infermiere. "Non è rimasta all'interno troppo a lungo, ma è sempre meglio non rischiare."

"Tieni la mascherina," le disse Storm con decisione.

Everly gli lanciò un'occhiataccia mentre si teneva la mascherina premuta contro il viso. Storm sapeva che a lei non piaceva prendere ordini, del resto lui non era solito usare quel tono, ma in quel momento era troppo agitato.

La polizia arrivò poco dopo, insieme all'ufficiale dei vigili del fuoco, per parlare con Everly; Storm fu felice di poterle stare al fianco insieme agli altri parenti.

"Signora Law?" le chiese l'uomo più anziano, che era l'ufficiale dei vigili del fuoco. "So che ha detto ai soccorritori che era l'unica persona all'interno dell'edificio, ma ne è sicura al cento per cento?"

Everly annuì e abbassò la mascherina dal volto.

"Dovrebbe tenere la mascherina sul naso e sulla bocca," intervenne Storm con decisione.

L'ufficiale inarcò un sopracciglio: "Il signor Law?"

Per chissà quale ragione, sentendosi chiamare così Storm sentì come un calcio nello stomaco e scosse la testa. "Sono solo un amico."

Everly sospirò e per fortuna non tossì. "Ero da sola." Storm si abbassò per rimetterle la mascherina sul viso, guardandola intensamente. Lei lo guardò, poi inalò qualche volta, prima di tornare ad abbassare la mascherina. "Stavo per chiudere perché non c'erano clienti e lavoravo da sola."

Deglutì a fatica e la sua gola si strinse, Storm sentì dalla voce che stava per piangere. Accidenti, per lei quella libreria significava quasi tutto. Nella vita, Everly aveva i gemelli e la libreria, ora quella parte se n'era andata tra le fiamme e non c'era nulla che Storm potesse farci.

"Mi dica esattamente cos'è successo." L'ufficiale

aveva tirato fuori da una tasca un taccuino, i poliziotti la guardavano perplessi.

Storm si accigliò e si voltò verso Austin, che venne più vicino di fianco a lui, anche per dare a Everly maggiore sicurezza, perché non si sentisse sola. Arrivarono anche Jax e Derek per far sentire il loro supporto. Erano quattro uomini di una certa stazza e mostravano abbastanza tatuaggi e piercing da intimidire parecchi. Everly non avrebbe dovuto affrontare la situazione da sola, al minimo sentore di un problema, gli avvocati dei Montgomery sarebbero stati subito contattati. Era il minimo, per la famiglia.

Storm allontanò di nuovo quel filo logico dai suoi pensieri e si concentrò su Everly, che raccontava a tutti l'accaduto.

"Non ha visto nulla di insolito? Nessun odore?"

Everly scosse la testa. "Nulla. Non so cosa sia successo." A quel punto, una lacrima le scivolò sulla guancia e Storm si lasciò sfuggire un'imprecazione.

"Ha già raccontato cos'è successo, ora deve riposare."

Uno dei poliziotti lo squadrò e Storm reagì restituendo l'occhiata. Non era dell'umore giusto per una gara di incazzature.

"Ancora non possiamo andare all'interno, ma da quanto siamo riusciti a ricostruire da fuori sembra che sia stato usato un qualche accelerante per il fuoco e che gli allarmi antincendio siano stati disattivati. Devo sapere tutto."

Everly fece un singhiozzo strozzato: "Cosa?"

Storm sentì il corpo irrigidirsi completamente; lui pensava si fosse trattato di un cavo difettoso, di un incidente. L'edificio non era molto recente e lui non aveva mai fatto un'ispezione approfondita degli impianti per controllare che fossero a norma. Avrebbe dovuto controllare, maledizione; ma se l'incendio era *doloso*, un controllo non avrebbe fatto alcuna differenza.

"Conosce qualcuno che potrebbe essere il responsabile?"

Everly scosse la testa. "Incendio doloso? Come… ma com'è possibile? E gli allarmi?" Si voltò verso Storm con gli occhi spalancati e persi. Le fecero altre domande, ma Storm capì che avrebbero finito presto. Nessuno sapeva cosa fosse successo e lui doveva riportare a casa Everly.

Si voltò verso Austin, che gli fece cenno col capo; lo avrebbe sostenuto, nel caso nessuno avesse voluto ascoltarlo. Era bello poter contare sui parenti; in quel momento Everly era della famiglia, anche perché non aveva nessun altro.

"Deve andare al caldo, al chiuso." Appena lo disse, il cielo fu illuminato da un lampo e Storm trattenne un'altra imprecazione. "Qui sta per diluviare, non voglio che rimanga sotto la pioggia."

"Sono capace di parlare," disse Everly sottovoce, ma le sue parole erano prive di emozioni, era sotto shock e doveva tornare a casa, Storm lo sapeva.

L'ufficiale dei vigili del fuoco alzò lo sguardo e sospirò. "Ci metteremo in contatto presto." Poi la guardò e si fece serio. "Dovremo aprire un fascicolo e fare un'indagine, quindi non potrà rientrare nell'edificio finché non le daremo il via libera. Mi dispiace per quanto è successo, ma intendo fare tutto il possibile per capire *come mai* è successo."

Anche se non sembrava una minaccia aperta, Storm cominciò a preoccuparsi. "Sì… grazie," rispose Everly sottovoce. "Io… la mia libreria." Le ultime parole furono appena sussurrate e a Storm venne voglia di prendere a pugni qualcuno. Lui non era certo il più manesco in famiglia (sempre che *qualcuno* in famiglia fosse davvero manesco), ma cercava sempre di usare le parole o dei silenzi mirati per arrivare al punto senza dover passare alle mani. Eppure, in quel preciso istante, avrebbe tanto voluto prendere a pugni qualcuno. Chiunque guardasse Everly in quel modo.

Lei era la persona più forte che Storm conoscesse, tanto forte che lo spingeva via tutte le volte che lui cercava di aiutarla. Eppure in quel frangente sembrava tanto piccola, minuta, inerme.

Storm non era disposto a lasciarla in quello stato, a qualunque costo, solo perché qualcuno osava mandare in fumo parte della sua felicità.

Finalmente la polizia raccolse le generalità di Everly, che prese il biglietto da visita di uno degli agenti. Storm aveva ancora a tracolla la borsetta e ci mise dentro il biglietto, insieme a tutto ciò che Everly ci aveva infilato dalla libreria, poi chiuse la zip.

"Ti accompagno io a casa," le disse Storm dopo un momento, "non voglio che ti metta a guidare in questo stato."

Lei fece un lungo sospiro, ma non tossì, con grande sollievo di Storm. "Che si fa con la mia macchina?" gli chiese.

Storm guardò dietro di lei, il fumo usciva ancora dall'edificio, anche se cominciava a piovere. "Immagino che tu abbia parcheggiato dietro l'edificio, adesso l'uscita è comunque bloccata dai veicoli di soccorso. Torniamo domani a prendere la tua macchina, te lo prometto. Ma adesso sta già piovendo e tu hai bisogno di riposare."

Lei strinse le labbra, poi si voltò per guardare di nuovo la libreria: "Non so proprio cosa farò."

Storm le mise le mani sulle spalle, non sapendo che dirle. "Non sei da sola."

Lei girò la testa per guardarlo, negli occhi aveva una tristezza difficile da interpretare anche per Storm. "Sono già da sola." Con un sospiro, tornò a guardare il fumo, mentre la pioggia cominciava a farsi fitta.

"Dobbiamo andare," le disse Storm prendendola per mano. "Dai, forza."

Everly sfilò la mano da quella di Storm e si voltò, poi annuì: "Grazie per il passaggio."

Era un ringraziamento sincero ed educato, ma dietro quelle parole non c'era altro. Nessuna emozione. Una volta tornata a casa con i bimbi, forse quello stato d'animo sarebbe cambiato, ma in quel momento Storm si sentiva come perso. Fece un cenno agli altri, che tornarono tutti alla Montgomery Ink, ma Everly sembrò non notare nulla. Invece si mise a camminare veloce al fianco di Storm verso il retro dello studio di tatuaggi, dove lui aveva parcheggiato. Lui l'aiutò a montare in macchina e fece per sistemarle la cintura di sicurezza, ma lei lo fermò con un cenno della mano.

"Sto bene, Storm." Poi scosse la testa. "Beh, non proprio bene, ma troverò un modo di star bene. Ci riesco sempre." Il tono della sua voce era tanto vuoto e desolato che Storm avrebbe voluto esplodere, ma non c'era niente che potesse fare. Non c'era mai nulla da fare, quando le cose sfuggivano di mano. "Posso riavere la mia borsetta?" gli chiese Everly.

Lui se la sfilò dalla spalla, ignorando di nuovo il violento dolore alla schiena. Doveva essersi rotto qualcosa, nel sollevarla, ma non aveva ascoltato la vocina di allarme nella testa che gli diceva di non fare stupidaggini con il corpo. Mettere in salvo Everly era più importante di qualche acciacco, di qualche dolore.

"Grazie," gli sussurrò.

"Non devi ringraziarmi," le rispose goffamente, "non ho potuto far molto."

Lei lo guardò negli occhi: "Hai fatto tutto." Everly trattenne le lacrime prima di tornare a guardare avanti, mentre lui chiudeva lo sportello della macchina. Storm non aveva capito esattamente cosa intendesse, erano entrambi troppo scombussolati per chiederle un chiarimento. Quindi fece ciò che gli riusciva meglio, trattandosi di Everly: ignorò le proprie sensazioni e girò intorno al veicolo per mettersi al volante.

Mentre andavano da lei, non si dissero nulla, ma lei tirò fuori il cellulare dalla borsetta per telefonare ai genitori di Jackson, che stavano tenendo i gemelli. Le spazzole del tergicristalli andavano rapidamente avanti e indietro, mentre la pioggia scrosciava.

Almeno così il fuoco si sarebbe spento del tutto, in libreria. Che pensiero terribilmente triste.

Quando accostarono nel vialetto di casa, nessuno uscì ad accoglierli… nemmeno nel portico coperto. Se fossero andati a casa Montgomery, dai genitori o da qualunque altro fratello o sorella, dopo un incendio, i parenti sarebbero usciti di corsa nonostante la pioggia per andarli ad accogliere, senza aspettare un solo momento di più per controllare che fossero sani e salvi.

Invece nessuno uscì ad accogliere Everly.

Aveva preso le chiavi di casa dalla borsetta prima di uscire dalla macchina, per poter aprire comodamente da sola, ma quando entrò in casa Storm era dietro di lei.

"Mamma!" urlò James correndole incontro; Nathan lo seguiva a ruota. Everly lasciò cadere la borsetta sul pavimento e si mise in ginocchio, stringendo più che poteva i bimbi, che la abbracciavano. Poi i gemelli si staccarono per un attimo dalla mamma per abbracciare anche Storm, ma tornarono subito da Everly. Storm amava quei due pargoletti come fossero stati figli suoi, anche se molto spesso non aveva idea di quel che stava facendo. Alzò lo sguardo e incontrò quello dei suoceri di Everly, che lo stavano fissando.

Storm si mise le mani in tasca, sentiva l'imbarazzo crescergli dentro mentre guardava Nancy e Peter. I genitori di Jackson erano in piedi impettiti a un paio di metri di distanza, entrambi con lo sguardo sdegnato. Storm non aveva mai capito il motivo per cui Everly li sopportava in quel modo, ma immaginava che fosse per il ricordo di Jackson. La coppia di anziani non aveva mai approvato la scelta del figlio e nei confronti di Everly c'era sempre stata una certa rigidità. Accidenti, i due non apprezzavano nemmeno Storm, solo perché lo consideravano un impiegato con la laurea, più che un accademico come loro figlio. Ma quando Jackson era ancora vivo, Ev veniva trattata con più affetto. Storm se lo ricordava bene. Poi Jackson era morto e i suoi genitori lo avevano messo su un piedistallo, a un'altezza tale che nessuno poteva raggiungerlo, ignorandone completamente errori e difetti. Nel farlo, puntavano sempre il dito sulla nuora. Se il figlio era perfetto, anche Everly doveva esserlo.

Quella freddezza contrastava ancor di più con quanto *sarebbe* dovuto succedere, nel sentire che Everly aveva perso non solo la sua libreria, ma aveva anche rischiato la vita.

Se solo non fosse uscita dall'edificio in tempo…

No, Storm non poteva pensarci, in quel momento, senza perdere la testa.

Everly baciò di nuovo i suoi bimbi, poi si alzò in piedi. "Grazie per essere stati con loro più a lungo di quanto avevamo concordato."

"Sono i nostri nipoti." Nancy non disse altro; non chiese a Everly se stava bene, non fece un commento sul fatto che Storm fosse con lei, quando normalmente non era presente. Era tutto troppo… sbagliato.

Everly mise le mani sulla testa dei due gemelli, tenendo la testa alta. Aveva ancora una macchia scura su una guancia e i capelli tutti scompigliati, aveva bisogno di sedersi, Storm lo sapeva. Accidenti, persino *lui* aveva bisogno di sedersi, altrimenti la schiena gli si sarebbe bloccata molto presto.

"Grazie di nuovo."

I genitori di Jackson la guardarono ancora una volta, poi raccolsero le loro cose e se ne andarono dopo aver salutato i bambini, ma senza curarsi di parlare con Storm e senza dire altro nemmeno a Everly. Storm immaginava che stessero ancora soffrendo per la perdita del loro unico figlio, ma accidenti, riconosceva a stento le persone che avevano appena lasciato quella casa.

"Nonna fatto spaghetti," disse Nathan con un gran sorriso. "Che buoni."

Everly sorrise tristemente e passò una mano tra i capelli fini del figlio. "Sono contenta che ti siano piaciuti, piccolo."

Storm si schiarì la gola, così tutti lo guardarono. "Che ne dici di farti una doccia, Ev? Io rimango con i bimbi mentre tu ti dai una ripulita." Fissò i vestiti che Everly aveva addosso, puzzavano di fumo, lei sospirò. Non ne avevano parlato, ma dato che i bimbi non sembravano affatto preoccupati e che Storm aveva sentito la telefonata con Nancy, immaginò che Everly non volesse ancora far sapere ai figli dell'incendio… del resto lui era totalmente d'accordo. Ma i bimbi erano ottimi osservatori, per quanto fossero piccoli, si sarebbero presto accorti che c'era qualcosa di strano, se Everly non fosse stata attenta.

"Oh," gli disse Everly dopo un momento, abbassando di nuovo lo sguardo. "Tu… non devi restare, Storm."

Storm attese che Everly alzasse di nuovo lo sguardo per guardarla negli occhi: "Sì che devo."

"Oh, allora grazie." Si schiarì la gola. "I bimbi devono mettersi il pigiama e prepararsi per andare a letto. Il bagnetto domattina."

"Ce la posso fare. Tu vai a lavarti, Ev." Storm le parlò con tono dolce, anche se c'era sempre un accento deciso.

Lei lo squadrò, ma andò comunque a farsi la doccia, lasciandolo a occuparsi dei gemelli. I bimbi erano tanto contenti di vedere Storm che impiegarono più tempo del solito a mettersi il pigiama, perché non volevano fare altro che correre per la stanza con i pantaloni in testa. Nonostante ciò che era successo quel giorno, Storm trovò la forza di ridere con loro e li aiutò ad andare a dormire.

Quando Everly arrivò in cameretta, indossava pantaloni della tuta, una canotta e una vestaglia larga di cotone delle sue; i bimbi si erano già lavati i denti e avevano indossato il pigiama, pronti per ascoltare una storia.

"Grazie, Storm," disse Everly dolcemente. Lui annuì e baciò i gemelli sulla testa, poi tornò in cucina. Sapeva che Everly probabilmente voleva stare un po' da sola con i figli; dopo tutto ciò che era successo, era normale.

Invece di tornare a casa, come forse avrebbe dovuto, andò in cucina a prendere un paio di tazze e di bustine di cioccolata che Everly teneva sempre per i bimbi. A quell'ora tarda, Everly preferiva bere una bella cioccolata con abbondanti marshmallow, non certo del caffè; Storm lo sapeva e voleva farle bere qualcosa di caldo, prima di andarsene.

Quando Everly lo raggiunse in cucina, sul top c'erano due tazze di cioccolata fumante, più una zuppa al pomodoro che si scaldava sul fornello. Sembrava una combinazione strampalata, ma quella era l'unica zuppa che lui era riuscito a trovare senza la pastina con le formine per i bambini.

"Non dovevi preparare tutto questo," gli disse

Everly avvolgendosi con le braccia all'altezza della vita.

"Lo so, ma mi andava." Storm non sapeva che altro dire, quindi le passò una tazza.

"Grazie." Everly prese la cioccolata calda e mise le mani intorno alla ceramica tiepida. "Penso di non aver ancora elaborato del tutto."

"Non devi elaborare tutto subito. Devi scaldarti e dormire un poco. Puoi affrontare la situazione domani, scoprire cosa devi fare." Storm parlò tutto d'un fiato. "Sono davvero dispiaciuto, Ev, accidenti."

Lei lo guardò negli occhi, le lacrime si stavano formando. "Odio piangere. *Odio* piangere. Eppure ultimamente sembro capace solo di piangere."

Storm imprecò e appoggiò la propria tazza sul mobile, poi prese anche quella di Everly e l'appoggiò; le mise le mani intorno al viso e lei si irrigidì. "La tua libreria è appena bruciata, completamente distrutta, tra l'altro sembra un incendio doloso. Piangi, Everly, non c'è nulla di male. Hai diritto di sfogarti."

Lei strinse le labbra e una sola lacrima le rigò una guancia. Lui l'asciugò con un pollice e lei spalancò gli occhi. Quando Everly fece un passo indietro, Storm capì che era meglio così.

Prima che potesse dirle qualcosa, Everly si fece seria e prese la borsetta dal tavolo della cucina, su cui l'aveva appoggiata. "C'era un biglietto."

Storm si irrigidì: "Un biglietto?"

Everly tirò fuori dalla borsetta un foglio di carta

tutto stropicciato: "Non so se ho preso anche la busta, perché ho ficcato tutto dentro di fretta per uscire di corsa, ma oggi mi è arrivata questa lettera. Era indirizzata a Jackson, quindi non c'entra nulla con tutto ciò, almeno non penso, comunque è strano lo stesso."

Passò il foglio a Storm, che si fece serio.

Sto ancora aspettando.

"Ah. Dovremmo farla vedere alla polizia, non si sa mai."

Everly sbuffò: "Non ho idea di cosa farò."

Lui appoggiò il foglio sul tavolo e se la tirò più vicina. "Non devi saperlo adesso, ma sappi che non ti lascerò da sola." Si era ripromesso di aiutarla sempre, ma non era bastato. Lui non le bastava.

Lei gli avvolse le braccia intorno alla vita e Storm le accarezzò la schiena con una mano, su e giù, calmando se stesso tanto quanto lei. Quando si staccarono, dopo qualche momento, i loro volti erano a pochi centimetri di distanza.

Quasi sentendosi un altro uomo, un uomo ignaro delle conseguenze, Storm abbassò la testa e appoggiò la bocca sulle labbra di Everly. Lei si irrigidì per una frazione di secondo, poi spinse le labbra contro quelle di lui, una pressione dolce e agonizzante che lui non poté capire se non quando era ormai troppo tardi.

Quando Storm fece scivolare la lingua tra le labbra di Everly, lei aprì la bocca e i loro respiri si fusero, mentre i corpi si spingevano l'uno contro l'altra. Lui stava quasi per approfondire il bacio, quando capì che diamine stava facendo e si allontanò, con il corpo tremante.

"Cazzo, scusami, Ev. Mi dispiace, cazzo."

Lei sbatté le palpebre stupita, la confusione le si leggeva in faccia.

Lui non la lasciò parlare, non si concesse di dire altro. Invece si defilò, cercando di riprendere il controllo, poi fuggì da quella casa.

Aveva baciato la moglie del suo migliore amico.

La moglie del suo migliore amico *morto*.

All'inferno non c'era un girone abbastanza profondo per lui; era condannato e se lo meritava. Eppure… eppure sapeva che non avrebbe mai dimenticato quanto erano morbide quelle labbra, non avrebbe mai dimenticato il sapore di quella lingua.

Sì, era condannato.

CARLA ALMEIDA

Capitolo sette

EVERLY AFFERRÒ IL CELLULARE PER CONTROLLARE ancora che ore fossero. Era trascorsa più di un'ora da quando un'infermiera era passata a controllare in sala d'attesa, ormai aveva i nervi a fior di pelle.

Era una sensazione a cui Everly era abituata, negli ultimi tre anni.

Da quando l'incendio aveva mandato in fumo la libreria, tre giorni prima, lei aveva ripercorso gli eventi un'infinità di volte, aveva parlato con decine di persone su ciò che poteva fare, ma ormai non poteva far altro che aspettare, per scoprire il prossimo passo. Non aveva avuto modo di entrare all'interno di ciò che era rimasto dell'edificio in cui lavorava, ma *sapeva* che la libreria era stata fatta bruciare di proposito.

Incendio *doloso*, aveva stabilito l'indagine. Doloso. Per fortuna gli investigatori si erano convinti che fosse stato qualcun altro, non lei, altrimenti Everly si sarebbe sentita ancor più distrutta. Il rapporto finale non era ancora stato ultimato, lei non aveva ancora un posto di lavoro, un impiego, ma ancora non poteva pensarci.

Perché quel giorno non era per lei, non era per la libreria.

Quel giorno era per James.

Il suo bimbo era nel bel mezzo dell'intervento chirurgico e lei non poteva stargli vicino. Poteva solo stare seduta, o camminare avanti e indietro nella piccola sala d'attesa, tra i divanetti scomodi e le sedie rigide. Per fortuna, almeno non era da sola. Nancy e Peter erano seduti di fronte a lei, Peter teneva in mano un libro, mentre Nancy aveva in volto un'espressione austera. Era proprio per occasioni come quella, che Everly non aveva mai allontanato troppo i genitori di Jackson. Anche se la facevano sentire indesiderata, a volte, come una cattiva madre, ma amavano i nipotini con tutto il cuore.

Però non erano gli unici a essersi presentati: Storm era seduto sulla sedia vicino a Everly, con Nathan in braccio che dormiva. Everly non era sicura che Storm si presentasse, dato che non avevano più parlato, dopo l'*episodio* in cucina di quella sera. Ma Storm conosceva giorno e ora dell'intervento, era arrivato con del caffè e dei dolcetti e aveva passato quasi tutto il tempo con Nathan, per tenerlo occupato. Con Everly aveva parlato poco, il che a lei non dispiaceva affatto. Non era quello il luogo, né il momento; francamente, non sapeva nemmeno lei che dire.

Persino i genitori di Storm si erano presentati, commuovendo Everly quasi fino a farla piangere. Marie e Harry Montgomery erano tra le persone più meravigliose che lei conoscesse. Negli ultimi tempi, anche loro si erano ritrovati all'ospedale fin troppe volte, per problemi propri o dei figli grandi; Everly si era sentita onorata da quella presenza. Il signore e la signora Montgomery in quel momento erano al bar dell'ospedale, erano andati da qualche minuto a prendere altro caffè per il resto del gruppo. Everly sentiva la loro mancanza, i Montgomery avevano tenuto a bada i genitori di Jackson, che ora non avevano nessuno ad arginarli.

"Jackson non l'avrebbe permesso," disse Nancy all'improvviso.

Everly si irrigidì e reagì: "Come?"

"La libreria. Jackson non ti avrebbe mai permesso di stare in libreria così a lungo, mentre i bambini erano a casa. Se ci fosse stato lui, non l'avresti fatta bruciare. Adesso non hai alcun reddito per i bambini e sei troppo stressata per occupartene a modo."

Everly stentava a credere alle proprie orecchie. Di tutte le idee strampalate che Nancy poteva farsi venire, quella superava ogni immaginazione di Everly.

"Nancy," intervenne Storm con voce roca, "è ridicolo e lei lo sa." Tenne la voce bassa e continuò ad accarezzare la schiena di Nathan, come per non svegliarlo. Se da un lato Everly gli era grata, dall'altro *non* aveva bisogno di farsi difendere.

"Ci penso io, Storm," gli disse tranquillamente, con voce calma. Poi si alzò in piedi, si avvicinò a Nancy e si abbassò per farsi sentire anche solo sussurrando: "Conosco il tuo dolore, conosco la tua paura, ma…"

Non riuscì a concludere la frase, perché in quel momento si aprirono le porte e il chirurgo di James entrò con un'espressione calma in volto. Everly si girò immediatamente e si avviò verso di lui.

"Come sta James?"

"James sta bene," rispose sottovoce il chirurgo anziano.

I genitori di Jackson si raccolsero intorno a Everly insieme a Storm, che si era alzato in piedi tenendo Nathan in braccio e facendolo dondolare; Everly lo aveva visto con la coda dell'occhio.

"L'intervento è riuscito, ora il paziente è monitorato e verrà riaccompagnato nella sua stanza tra qualche minuto, ma se volete potete seguirmi così possiamo parlare. Si sta risvegliando dall'anestesia, ma rimarrà in stato di veglia parziale per qualche ora. Chiede della mamma e di qualcuno di nome Storm. Per un po' non ho capito se intendesse dire *sto*, ma poi ho pensato che fosse il nome di qualcuno, magari di un suo pupazzo o qualcosa del genere. Intanto che lo raggiungiamo vi spiego i dettagli dell'operazione e della convalescenza. C'è qualcuno che si chiama Storm?" chiese infine, con un sorriso gentile sul volto.

Everly si irrigidì e rifiutò di guardarsi alle spalle, per riuscire a mettere ordine nei propri pensieri. Dietro di lei, Nancy sbuffò, ma Everly non era dell'umore giusto per affrontarla o per sopportare quell'atteggiamento.

"Sono io Storm," rispose lui sottovoce. "Ev, a te sta bene se ti accompagno? Solo perché così James può dormire tranquillo, se è questo il problema."

Lei finalmente si girò e annuì. "Penso che gli farebbe piacere, anche se è mezzo addormentato."

Storm annuì, ma invece di appoggiare Nathan sul divano, lo passò a Marie, che cominciò a far dondolare il bimbo facendogli dei versolini. Quella signora sembrava abituata a portare in braccio tutti i giorni un bimbo di tre anni senza alcuna fatica. Del resto, con tutti i figli e i nipoti, Everly immaginò che fosse davvero così.

Sempre ignorando i genitori di Jackson, per non affrontare il dolore e l'irritazione per i commenti di Nancy, Everly seguì il chirurgo verso la stanza di James, con Storm al suo fianco. Aveva i nervi a fior di pelle, ma quando lui la prese per mano, lei intrecciò le dita con quelle di lui e così si calmò leggermente. Si rifiutò di riflettere su cosa significasse tutto ciò, concentrandosi invece su ciò che stava dicendo il medico. Durante l'intervento, era andato tutto alla perfezione, l'impianto era stato inserito. C'erano ancora molti ostacoli da superare, ma il peggio era passato. Everly sentì l'istinto di crollare piangendo per il sollievo, ma si trattenne. Ultimamente aveva pianto fin troppo e non poteva concentrarsi sui figli mettendosi a frignare e singhiozzare.

Non le sfuggì il fatto che Storm la tenesse per mano per tutto il tempo. Il fatto che quella mano le desse forza, invece, la preoccupò.

Quando arrivarono alla stanza di James, il bimbo le sembrò tanto minuto nel lettone, aveva tubicini attaccati in varie parti del corpo. Gli avevano rasato tutti i capelli, invece che solo da un lato, perché lui aveva chiesto così, gli sembrava più bello. Anche Nathan aveva chiesto di tagliarsi i capelli a zero, ma Everly poteva sopportare solo fino a un certo punto, così lo aveva convinto a lasciar perdere.

Nathan se n'era stato tranquillo e buono in un letto di ospedale, meno di un mese prima, ed eccoli di nuovo in ospedale, con uno dei bimbi che soffriva davanti agli occhi della mamma.

Quanto altro poteva sopportare Everly, nell'animo?

"Potete rimanere quanto volete," disse il medico sottovoce, "in questo reparto possiamo anche far portare una branda, se desiderate dormire qui."

Everly annuì, non aveva le forze per tirar fuori la voce e parlare.

"Grazie," rispose Storm tranquillamente, "ci fa piacere."

Il chirurgo se ne andò, Everly si avvicinò al fianco di James. Aveva una flebo al braccio, lei gli afferrò il polso e trattenne le lacrime. Non era il primo intervento, ma era comunque difficile. Everly non voleva abituarsi a vedere i suoi bambini in pena.

"Ciao, amico," disse Storm sottovoce, mentre James apriva gli occhi sbattendo le palpebre.

Il bimbo sorrise, ma non disse nulla. Everly immaginò che non fosse ancora del tutto sveglio e che non avrebbe conservato ricordi di quel momento, ma gli parlò lo stesso.

"Che bambino forte che sei," disse Everly sottovoce, "ti voglio bene, piccolo."

Everly e Storm parlarono a James per qualche minuto, poi lui si addormentò di nuovo, il suo petto si alzava e si abbassava col respiro. Everly si lasciò sfuggire un sospiro tremante e si alzò, doveva riordinare i propri pensieri.

Storm la seguì verso la sala d'attesa, standole al fianco come un guardiano silenzioso. Ma prima di arrivare si fermarono nel corridoio, come se entrambi avessero bisogno di un attimo, prima di tornare dagli altri.

"Grazie," gli disse Everly dopo un attimo, "so che ultimamente lo dico spesso, ma grazie."

"Sono i bimbi di Jackson, Ev, ci mancherebbe, certo che ci sono."

Lei rifiutò di lasciar trapelare il dolore per quelle

parole, ma prima che potesse dire qualcosa, lui borbottò un'imprecazione con un filo di voce.

"È una bugia. Non sono qui per Jackson. In parte sì, ma non del tutto. Voglio bene a quei bimbi, Ev. Sono qui anche per te." Poi Storm sospirò. "Non so bene cosa significhi, ma sono qui lo stesso." Poi alzò una mano verso il viso di Everly, ma si fermò e l'abbassò prima di toccarla.

Lei non aveva idea di cosa stesse succedendo, ma capì che qualcosa era cambiato.

Proprio in quell'istante sentì il cellulare di Storm squillare e l'infermiera di guardia lo squadrò: "Per telefonare deve andare in sala d'attesa, qui non è permesso."

Everly si fece seria e lo vide chiudersi in se stesso. Storm spense la suoneria, le spalle contratte per una tensione che prima non c'era. "Comunque devo andare," le disse dopo un momento con un certo imbarazzo. "Di' pure ai bimbi che tornerò."

"Cosa succede?" L'atteggiamento di Storm era cambiato in un batter d'occhio e lei non riusciva minimamente a seguirlo.

"Devo andare. Sono contento dell'esito dell'intervento, accidenti, sono contento di averlo visto svegliarsi, anche se per pochi minuti. Vuoi che mandi via Nancy e Peter? Sono sicuro che i miei genitori possono occuparsi di Nathan, tanto sono già qui, possono aiutarti. Hai detto che Nathan stasera doveva stare con i genitori di Jackson, magari voi tre dovete parlare."

Storm stava parlando a vanvera e lei non capiva il perché. Everly si accorse di non capire il motivo di molte cose, negli ultimi giorni.

"Io… sì, diglielo pure." Fece una pausa, sempre più preoccupata. "Cosa succede, Storm?"

Lui strinse i denti. "Niente di nuovo. Solo che devo andare."

Con quelle parole, Storm si voltò e la lasciò da sola in piedi in quel corridoio; Everly si sentiva una sciocca, confusa, un po' ferita, ma sapeva di dover mettere tutto da parte, perché i figli venivano prima di ogni altra cosa.

Era così che si comportava lei, prima di tutto era una mamma, poi veniva Everly, al secondo posto.

Era l'unico modo in cui sapeva andare avanti. L'unico modo in cui *doveva* andare avanti.

Capitolo otto

"QUESTO DOVE VA?" DOMANDÒ STORM CON LA scatola di luci in mano, gli pesava quasi troppo, dopo tutto ciò che aveva sollevato quel giorno. Giurò a se stesso che non avrebbe sollevato più nemmeno una penna per almeno una settimana, dopo tutto ciò che si era costretto a fare ultimamente.

"Va in salotto," disse Clay con espressione seria. "Aspetta. No, va nell'altra stanza." Il ragazzo si passò una mano nei capelli e sorrise a Storm con imbarazzo. "Continuo a dimenticare il nome delle stanze di casa. Non ho mai avuto così tanto spazio, sai?"

Storm scosse solo la testa accennando un sorriso allegro. "Ma te lo sei guadagnato, ragazzo. Quindi chiama pure le stanze come preferisci, basta che te lo ricordi."

Clay alzò gli occhi al cielo e sollevò uno scatolone molto pesante. Aveva quasi quindici anni in meno di

Storm e non aveva problemi alla schiena, quindi poteva sollevare tutti i pesi che voleva.

"Sai che adesso ho ventiquattro anni, non sono più tanto un ragazzo."

Storm appoggiò la scatola vicino alle altre e si massaggiò la schiena. "Io ormai ne ho quasi quaranta, Clay, stai pur sicuro che per me sarai sempre un ragazzo."

Il giovane sbuffò: "Va bene, vecchio saggio, come preferisci. Vuoi fare una pausa? La schiena deve farti proprio male, dopo tutti i pesi che hai sollevato."

Storm scosse la testa. "Sto bene."

"Ma…"

"Dai che finiamo," lo interruppe Storm, che non era dell'umore giusto per rivangare il passato. Certo, era inevitabile, dato che lo rivangavano sempre. L'unico motivo per cui era andato ad aiutare Clay nella nuova casa era perché il loro passato si era incrociato, la notte fatidica di venti anni prima.

Merda, erano davvero passati vent'anni?

Due decenni di segreti, di dolori, di incubi. Eppure di sicuro non sarebbe finita tanto presto. Clay sarebbe sempre stato ai margini della vita di Storm. Un simbolo perenne di tutto ciò che era andato perso. Un promemoria di continua contrizione.

Storm aveva aiutato Clay e i suoi nonni negli ultimi venti anni. Tra loro si era formato un legame una serata di pioggia, quando il loro mondo era andato all'inferno al suono echeggiante del metallo che strideva… un ricordo che ancora impediva a Storm di dormire la notte.

Clay lasciò andare un sospiro: "Bene, vecchione, ma poi ci sediamo e mi aiuti ad aprire gli scatoloni, invece di trascinare tutto in giro. Sono già passate un paio d'ore, non credevo ti fermassi così tanto ad aiutarmi."

Storm fece spallucce. "Stai traslocando nella tua prima casa. Casa tua, senza affitto, hai solo venti-quattro anni. Sono fiero di te e volevo solo accertarmi che avessi tutto il necessario."

Clay sorrise, tornando a essere più il ragazzo di sempre, che l'uomo che era diventato. "Sono davvero contento che la banca abbia accettato la richiesta di finanziamento. Da queste parti gli affitti costano molto più della rata del mutuo."

Storm annuì. "Di sicuro il mercato del nuovo adesso è stagnante. Facciamo più ristrutturazioni che costruzioni nuove. Ma ho la sensazione che presto le cose cambieranno. È un'economia ciclica, nell'edilizia."

Clay raccolse un'altra scatola. "A te piace proget-tare ristrutturazioni? So che sei l'architetto della ditta. Non preferiresti progettare qualcosa di nuovo, da zero?"

"Non necessariamente."

I due posarono le scatole in cucina e poi si sposta-rono in salotto per sedersi sul divano, Storm sentì sollievo alla schiena e respirò a fondo, poi aprì col taglierino un altro scatolone per cominciare a impilare le cose di Clay.

"Cosa intendi dire?" gli chiese Clay, mentre apriva un altro scatolone.

Storm pensò a cosa rispondere, non ci aveva mai pensato veramente, prima. A Storm piaceva molto il suo lavoro, anche se molto spesso era stressante. Ma lo stress poteva essere causato dai parenti con cui lavorava ogni santo giorno. "Immagino che tutti gli aspetti del mio lavoro siano comunque legati alla creatività. Non si tratta sempre e solo di fare qualcosa di nuovo; a volte mi vengono più idee guardando cosa posso fare con qualcosa che esiste già. Le case richiedono tempo, anche se facciamo tutto il possibile per contenere i tempi al minimo indispensabile. Mi piace in un edificio scoprire come posso trasformarlo in ciò che serve al momento. C'è un che di interessante nel trovare una nuova disposizione, un design che non solo conservi parte del passato, ma lo fonda con la realtà odierna. Funzionalità e qualità."

Clay gli fece un gran sorriso, quando Storm lo guardò.

"Che c'è?"

Clay fece spallucce. "Da come parli si capisce che ti piace il tuo lavoro e che credi in ciò che fai. Ti ho sempre ammirato per questo."

Sentendosi a disagio, Storm fece un cenno per minimizzare. "Per questo hai deciso di fare matematica all'università, invece che architettura? Per non seguire le mie orme?"

"Beh, il mio sogno era diventare un ingegnere aerospaziale, quindi ho cercato la strada per arrivarci. Mi piace guardare quando qualcosa viene costruito, ma sono più portato a scoprire *come* funziona, che non a farlo funzionare praticamente. Mio papà era un saldatore, sai, era come te: bravo *sia* con le mani che con la testa." Clay fece un sorriso triste a Storm. "Io riesco a tagliarmi persino con le forbici per bambini."

Storm si era irrigidito, quando Clay aveva accennato al padre, ma si sforzò di rilassarsi. Qualunque accenno allo spirito che aleggiava nell'aria scatenava sempre la stessa reazione in Storm. Clay e Storm avevano parlato più volte del padre del ragazzo, faceva parte della loro terapia, ma rimaneva comunque difficile per Storm sentire ricordi come quello, infilati in una conversazione qualunque.

Il fatto che Clay potesse ricordare il padre con tanta serenità, però, permetteva a Storm di calmarsi. Tra loro due ci sarebbe sempre stato quel dolore inespresso, ma l'idea che Clay potesse ricordare il padre con un sorriso faceva capire a Storm che Clay stava meglio. Era cresciuto.

Storm non era sicuro di potersi riprendere allo stesso modo, come ci si aspettava da lui; del resto non meritava di *non* sentire il senso di colpa, il dolore. Aveva rovinato molte vite, in una notte di metallo stridente e grida. Non gli era permesso di voltare pagina come aveva fatto Clay. Quel ragazzo meritava di vivere in pace, Storm no.

Clay sembrò notare la reazione senza parole di Storm e si schiarì la gola: "Vorrei tanto che avessi portato Randy con te. Mi piace quando porti i cani che hai in addestramento."

Contento per quel cambio di argomento, Storm fece un sorriso: "È ancora un po' troppo piccolo, starebbe tra i piedi, tra tutti gli scatoloni e le altre cose da spostare. Comunque Randy rimane con me, non lo sto addestrando per un'altra famiglia o per un altro paziente."

Gli occhi di Clay brillarono di gioia: "Davvero? È passato un po' di tempo da quando hai avuto un cane tutto tuo."

Storm fece spallucce e passò a un altro scatolone. "Ho pensato che fosse giunto il momento."

Ci fu un attimo di silenzio, poi Clay parlò con voce morbida: "I sogni stanno peggiorando, vero?"

Storm sospirò lentamente. Non aveva raccontato ogni segreto a Clay, ma quasi tutto ciò che riguardava il loro legame. Se lo era imposto venti anni prima, quando si era impegnato per assicurarsi che Clay, che all'epoca aveva quattro anni, stesse bene.

"A volte. Ho provato le pillole per un po', me le ha consigliate lo psichiatra, ma non mi hanno aiutato molto."

"Invece un cane in casa può aiutare di più, vero?"

"Forse." Storm deglutì a fatica. "Se non altro, quel

matto di un cucciolo è carinissimo, ha le zampe troppo grandi rispetto al corpo, anche le orecchie. Mi fa sorridere, quindi almeno è già qualcosa."

"Hai una sua foto?" gli chiese Clay.

Storm prese il cellulare dalla tasca e cominciò a passare in rassegna le fotografie, finché ne trovò una in cui Randy era seduto, con la testa inclinata e le orecchie mezze alzate. Aveva la bocca aperta e la lingua a penzoloni. Era davvero un cucciolo troppo adorabile, addestrarlo per diventare un cane da terapia era difficilissimo.

Storm tirò fuori la plastica a bolle dallo scatolone che aveva davanti e si acciglò quando vide una fotografia appoggiata su una cornice. Non era inserita in una cornice come le altre foto, anzi, era stata infilata nello scatolone un po' a casaccio. Ma non fu quel dettaglio a farlo diventare serio; fu il viso del ritratto, fin *troppo* familiare. Era un viso che Storm non vedeva da tre anni. C'erano anche decine di altre foto sotto a quella. Decine di foto di quella donna e di un uomo che Storm pensava di conoscere… erano circondati di bimbi.

Storm sentì la gola secca, mentre con mano tremante tirava fuori dallo scatolone quella fotografia, cercando di comprendere ciò che vedeva.

L'uomo nella foto era in piedi con le braccia intorno a una donna più giovane, erano entrambi sorridenti, l'uomo aveva una mano appoggiata sulla pancia della donna, chiaramente gonfia. In qualunque altra situazione, quella foto sarebbe stata una foto normale di una coppia felice, scattata durante una gravidanza.

Eppure quella foto non aveva nulla di normale.

Jackson. Quell'uomo aveva la faccia di Jackson. Aveva il corpo di Jackson. Era il braccio di Jackson, intorno a una donna incinta che *non era* Everly. Chi diavolo era quella donna e perché Clay aveva portato nella sua nuova casa in uno scatolone una foto di Jackson (o almeno di un uomo che aveva *esattamente* lo stesso aspetto del suo migliore amico morto)?

"Cosa c'è che non va, Storm? Sembra quasi che tu abbia visto un fantasma."

Storm impugnava la foto con forza, piegandola, e lasciò andare un'imprecazione prima di sforzarsi ad allentare la presa. "Penso di averlo visto, un fantasma," sussurrò in risposta con la voce sbiancata. Poi alzò la mano con la foto per farla vedere bene anche a Clay: "Chi è questo?"

Clay si fece serio, poi la sua espressione cambiò, più scura. "Oh. Quello. Non lo conosci? L'hai accompagnato tu una volta, te lo ricordi? Me n'ero completamente dimenticato. Quello è l'imbecille che ha messo incinta mia zia e poi non è più rimasto con lei, pace all'anima sua. Si chiamava Jackson, o un nome simile."

Storm sentiva le orecchie ronzare, il cuore gli batteva a mille. "Io... sono... l'ho accompagnato io?"

Clay si passò una mano tra i capelli. "Sì. Una

volta, quando stavi andando a un campeggio, qualcosa di simile, ti sei fermato da noi. È passato molto tempo, ma mia zia Rachel era dai nonni e ha incontrato Jackson. È chiaro che c'è stato qualcosa tra loro." Clay si stava alterando. "Poi non l'hai più accompagnato, non ne hai più nemmeno parlato, quindi mi sono immaginato che non foste poi tanto amici. Dato che mi fa incazzare al solo pensiero, non ne ho più parlato nemmeno io. Perché? Che succede?"

Storm respirava affannato, cercando di comprendere per bene ciò che gli raccontava Clay. Cercò di ricordare l'occasione in cui aveva accompagnato Jackson a Fort Collins e per un momento non gli venne in mente nulla; poi gli sovvenne il fine settimana lungo di circa dieci anni prima, Jackson stava già con Everly, Storm invece usciva con un'altra donna di nome Susan. Entrambe volevano andare in gita in compagnia dei rispettivi uomini, ma alla fine la scuola e il lavoro si erano messi di mezzo, quindi Storm e Jackson si erano goduti una gita tra uomini. Storm aveva deciso di fermarsi da Clay per consegnargli di persona il regalo di compleanno, dato che Jackson era uno dei pochi a conoscere il *motivo* per cui Storm frequentava Clay, l'aveva portato con sé.

In quella casa avevano trovato anche un'altra donna, Storm se la ricordò. C'erano i nonni e la zia di Clay, avevano organizzato una festa di compleanno anticipata. Rachel, la zia di Clay, aveva grossomodo l'età di Everly… era giovane, bella, capelli rossi ribelli e occhi chiari. Storm non ci aveva fatto caso. Jackson stava già con Everly e l'avrebbe sposata dopo poco tempo.

"Stai dicendo che Jackson è il padre dei tuoi cugini?" chiese Storm a Clay con voce profonda.

Clay lo guardò scuro in volto. "Tu e Jackson eravate ancora amici, all'epoca? Io pensavo di no, dato che non parlavi mai dei suoi figli."

Perché Storm non sapeva ne avesse altri, oltre ai gemelli. Santo cielo. "Rispondimi!" esclamò con rabbia.

Clay spalancò gli occhi. "Non ne so molto, dato che con Rachel non parlo. È una stronza." Sussultò. "Scusa, ma è la verità. Non è una persona gentile, non è mai andata d'accordo con mio papà. Ma sì, lei e Jackson si sono visti, di tanto in tanto. Non hanno mai convissuto, ma hanno avuto tre figli. Il più piccolo ha tre anni, è nato circa una settimana prima della morte di Jackson." Fece una pausa. "Mi spieghi cosa succede, Storm?"

Tre figli. Jackson aveva avuto *tre* figli da un'altra donna. Proprio mentre usciva con Everly, anche dopo averla sposata. Dannazione, il più piccolo aveva la stessa età dei gemelli. Porca vacca, Storm si rese conto di non conoscere affatto l'uomo che credeva un amico. Non riusciva a pensare, non aveva idea di cosa fare, ma sapeva di non poter far nulla stando seduto sul divano vicino a Clay.

"Devo andare."

Clay si alzò con lui. "Aspetta, dai, spiegami."

Storm scosse la testa ma trattenne la foto. "Non posso. Non ancora. Ma presto ti spiegherò tutto. Questa mi serve." Mostrò la foto a Clay.

Clay fece un cenno di assenso. "Prendila, non sapevo nemmeno di averla portata, quella brutta foto. Te la senti di guidare?" La faccia di Clay sbiancò mentre parlava e Storm imprecò, fece un passo avanti e mise una mano sulla spalla del giovane: "Me la sento di guidare, te lo garantisco, solo che devo andare. Presto ti spiegherò tutto." Ma prima doveva spiegare tutto a un'altra persona.

Se poteva.

"Mandami un SMS quando arrivi a casa," gli suggerì Clay, Storm annuì prima di andarsene. Doveva guidare per più di un'ora, nel frattempo avrebbe pensato a che diavolo fare; sapeva bene che gli sarebbe servito molto più tempo.

Mentre si dirigeva verso sud, Storm rimase concentrato sulla strada, semplicemente per non pensare ad altro, per evitare che la sua mente vagasse chissà dove mentre guidava… non poteva più permettterselo. Ma pur concentrandosi sulla guida, non riusciva a mettere da parte lo sconcerto per quanto aveva appena scoperto.

Jackson aveva un'altra famiglia? Sembrava veramente impossibile. Era un amico, una brava persona. A volte aveva la testa un po' tra le nuvole, specialmente nelle faccende domestiche di tutti i giorni, come ricordare di pagare le bollette, ma Storm lo aveva sempre capito, perché lo vedeva sempre concentrato sugli studi, sulla ricerca. Everly era stata altrettanto comprensiva con Jackson, Storm se lo ricordava bene. Si era sempre occupata lei delle bollette e della casa. Aveva seguito lei tutto il percorso di preparazione per l'arrivo dei gemelli; anche Jackson era molto contento al pensiero di diventare papà, Storm se lo ricordava, anche se era sempre un po' perso.

Strinse con più forza il volante. In realtà, alla fine si scopriva che era già diventato padre tre volte, prima di morire e prima che arrivassero i gemelli. Merda. Il bimbo piccolo di Rachel aveva la stessa età dei figli di Everly, accidenti.

Dove diamine aveva trovato le energie, Jackson, per seguire due famiglie?

Storm sentì l'amaro in bocca, mentre la risposta gli sovveniva.

Viaggi di lavoro. Jackson viaggiava continuamente per lavoro; alcuni di quei viaggi dovevano essere stati veramente impegni professionali, proprio come quello da cui Jackson tornava quando era morto, ma ormai era ovvio che non lo erano stati tutti. Era impossibile che fosse stato fuori città così tante volte, senza *mai* vedersi con Rachel in alcune occasioni. L'idea di essere stato proprio lui a presentare Jackson a Rachel fece star male fisicamente Storm. Non poteva sapere che quell'incontro avrebbe cambiato per sempre il corso della vita di tante persone, ovviamente inclusa anche Everly.

Accostò nel proprio vialetto, ormai il sudore gli rigava la fronte. Doveva raccontare tutto a Everly, era impossibile nasconderglielo. Doveva trovare un modo per dirglielo, doveva mostrarle la fotografia, confessare il ruolo che lui stesso aveva avuto.

Il mondo le si sarebbe squarciato sotto i piedi.

Eppure non poteva mentirle, non avrebbe mai potuto tenere un segreto simile, proprio a lei, ma non aveva idea di come trovare le parole giuste. Esistevano mai *parole giuste* per un frangente del genere? Storm non lo sapeva. Il rapporto con Everly era diventato stranissimo, da quel bacio in cucina. Ancora non sapeva come affrontarlo, ma ora gli sembrava tutto perso. Everly non avrebbe più voluto avere a che fare con lui, dopo aver scoperto tutta la verità. Il dolore che gli si formò nel petto a quel pensiero gli fece capire meglio ciò che provava per lei, più di quanto osasse ammettere.

Spense il motore e si voltò verso destra, sorpreso di notare la macchina di Wes parcheggiata proprio lì vicino. Era talmente concentrato a parcheggiare senza troppi grattacapi che gli era sfuggita l'ovvia presenza del gemello a casa sua. Proprio ciò che ci voleva. Altre domande. Altre occhiatacce. Altri motivi per cui Wes l'avrebbe odiato, perché Storm non poteva aprirsi con lui.

Del resto, non toccava a lui raccontare al fratello quella verità.

Uscì goffamente dall'abitacolo della macchina, il dolore alla schiena stava diventando atroce; chiuse lo sportello e con cautela si avviò verso la porta di casa. Appena la aprì, gli venne da sospirare.

Wes era sdraiato per terra in mezzo al salotto con le braccia tese verso l'alto, lanciava una pallina in aria e Randy gli correva intorno saltando come un matto per prenderla. Era un gioco divertente, anche se per prendere la pallina il cagnolino saltava sulla pancia di Wes, sul petto e probabilmente anche in altre parti più sensibili. Non era esattamente il tipo di addestramento di cui Randy aveva bisogno, Wes lo sapeva (o almeno così credeva Storm). Ecco la conseguenza dei troppi segreti, poi ti dimentichi chi sa che cosa.

"C'è un motivo per cui sei sdraiato per terra nel mio salotto e fai correre il mio cane come un matto?" domandò Storm, lasciando cadere le chiavi di casa in una ciotola vicino alla porta.

Wes fece un gran sorriso mentre Randy gli leccava un orecchio, poi si sedette tenendo in braccio il cucciolo che scodinzolava. "Dovevo rivedere con te alcune cose, ma visto che non eri a casa ho pensato di passare un po' di tempo con questo bel cagnone." Massaggiò la pancia di Randy, che chiaramente gradiva.

"Potevi telefonarmi," disse Storm prima di sedersi sul divano. Dovette far ricorso a tutte le proprie forze, per non lasciar trapelare il dolore che gli pulsava nella schiena. Accidenti, aveva proprio bisogno di un lungo bagno caldo. Aveva trattato malissimo il proprio corpo nelle ultime due settimane.

"Potevo telefonarti, ma volevo comunque vederti per sapere se volevi uscire a cena o fare qualcosa insieme." Wes si alzò in piedi appoggiando Randy a terra.

Storm alzò un braccio e Randy trotterellò verso di lui, sedendosi sulle zampe posteriori al comando di Storm, che dedicò un po' di attenzione e di affetto a Randy, prima che il cucciolo tornasse di nuovo da Wes.

"Di cosa dovevi parlarmi?" domandò Storm premendosi il dorso del naso. "Sono esausto, non possiamo rinviare a domani?"

Wes sospirò. "Cosa ti succede, fratello? Ultimamente sei più scontroso, ti chiudi sempre più nel tuo mondo, che ti sta succedendo?"

Storm scosse la testa e mentì: "Nulla. Sono solo stanco e ho avuto una giornata lunghissima." Gli serviva anche del tempo per elaborare le conseguenze di ciò che aveva appena scoperto quel giorno.

"Dobbiamo parlare di questo progetto, Tabby va in vacanza con Alex e Harper è in luna di miele con Arianna. Devi intervenire in cantiere. Non posso fare tutto da solo, Tabby ha *bisogno* di un po' di ferie con Alex, non fa una pausa da anni."

Almeno questo è vero, pensò Storm. Tabby si era appena fidanzata con Alex, il fratello Montgomery che aveva superato il proprio personalissimo inferno. Meritavano di passare del tempo insieme, lontano dal resto della famiglia. Storm non era attirato dall'idea di uscire dall'ufficio per andare a caricare ulteriormente la schiena, ma non poteva lamentarsi se gli altri si prendevano del tempo per vivere. Storm invece non era sposato.

"Vedrò cosa posso fare," rispose finalmente.

Wes lo guardò male. "Tutto qua? *Vedrò cosa posso fare?* Prima assumi la tua ex ragazza, adesso ti tiri indietro? Pensavo che fossimo soci, Storm, invece non me la racconti tutta. Siamo gemelli, te lo sei dimenticato? Me ne accorgo. Però a quanto pare non sono all'altezza di meritarmi la tua fiducia. Però stai attento a non mandare a puttane la ditta e la famiglia, mentre cerchi di scoprire che cazzo ti succede." Wes aveva gli occhi pieni di dolore e Storm avrebbe tanto voluto raccontargli tutto. Ma non l'aveva fatto vent'anni prima, per vergogna, non poteva farlo nemmeno quella sera. Non dopo quanto aveva appena scoperto.

Wes strinse le labbra al silenzio di Storm, poi espirò a lungo. "Vorrei tanto che me lo dicessi, Storm. Sono sempre tuo fratello gemello." A quel punto se ne andò, lasciando Storm da solo coi suoi pensieri, coi suoi demoni.

Stava incasinando tutto, ma Storm sapeva che il peggio doveva ancora arrivare.

Era sempre così.

Capitolo nove

Everly passò la mano tra i capelli di Nathan e si abbassò per baciarlo sulla fronte. Aveva già fatto lo stesso con James, anche se aveva dovuto fare attenzione, per via delle fasciature. Era il primo giorno in cui erano tornati a casa, in cameretta, dopo l'operazione chirurgica; era l'ora del pisolino. James doveva riposare più del solito, perché era ancora in convalescenza, ma anche Nathan aveva chiesto di fare un sonnellino insieme al gemello, per solidarietà. I bimbi commuovevano sempre il cuore della mamma, che non li aveva mai amati così tanto come in quel momento.

Quando sentì il telefono vibrarle in tasca, Everly si chiese perplessa chi potesse essere. Guardò lo schermo del cellulare e vide che il numero del chiamante era *Sconosciuto*. Di solito non rispondeva e lasciava intervenire la segreteria vocale, ma stava aspettando una telefonata dall'agenzia delle assicurazioni e anche dalla polizia, quindi rispose velocemente, appena allontanatasi dai bimbi.

"Pronto?"

Non rispose nessuno.

Lei provò di nuovo: "Pronto?"

Ci fu un altro momento di silenzio, poi la chiamata fu interrotta. Everly si fece seria.

Che stranezza. Con un sospiro, rimise il telefonino in tasca e tornò a ciò che stava facendo. Aveva un elenco chilometrico di faccende da sbrigare e le mancavano le forze.

Le faceva male la schiena, non aveva dormito più di un paio d'ore nelle ultime notti; purtroppo, però, non poteva unirsi ai gemelli e fare anche lei un pisolino. Non ne aveva proprio il tempo. Nell'andare sempre avanti e indietro dall'ospedale con i figli, aveva trascurato i mestieri di casa e altre faccende di cui doveva occuparsi. Per non parlare del fatto che il test all'udito di James e la terapia postoperatoria sarebbero arrivati presto, quindi doveva aggiornare tutta la famiglia. Le lezioni di linguaggio dei segni continuavano, perché anche se l'intervento aveva ridato a James il dono dell'udito bilaterale, Everly desiderava che tutti in famiglia avessero una preparazione a tutto tondo, con una possibilità in più per comunicare col mondo.

Ovviamente doveva anche sbrigare delle scartoffie, tra cui i documenti e il rapporto dei vigili del fuoco sull'edificio della libreria; non era ancora riuscita a entrare per valutare i danni, non gliel'avevano consentito. Era come una spada sospesa sulla testa, Everly sapeva di poter crollare, se si fosse davvero lasciata andare alla paura.

Si mise le mani sulla pancia, le venne una fitta allo stomaco al solo pensiero di tutto ciò che aveva perso. Aveva visto la sua libreria dall'esterno e sapeva che non c'era rimasto molto da recuperare... forse proprio nulla. Dopo tutti gli anni passati ad abbellire quei locali, come fossero stati una seconda casa, un rifugio per chi cercava dei libri nuovi, dei mondi nuovi, tutto era andato perduto. Everly non aveva idea di chi potesse aver appiccato quell'incendio, di chi potesse odiarla tanto. Non fosse stato per quel biglietto indirizzato a Jackson, il biglietto che lei aveva trovato nella posta, avrebbe pensato si trattasse di un atto casuale di vandalismo. Invece non ne era più così sicura.

Qualcuno bussò alla porta di casa facendola sussultare, Everly guardò i suoi bimbi, dormivano, così sospirò sollevata perché non si erano svegliati. Si affrettò a rispondere alla porta, per vedere chi fosse, anche per evitare che qualcuno suonasse il campanello e svegliasse davvero i gemelli.

Guardò dallo spioncino e sentì un'energia instabile che le attraversava il corpo, mentre apriva la porta. "Storm," lo salutò sottovoce, "non sapevo saresti passato."

Storm teneva le mani in tasca e aveva in volto un'espressione molto seria. Non era certo una novità, Storm aveva spesso quell'aspetto, quando le stava vicino… o quanto meno non lasciava trapelare alcuna emozione. Dopo la morte di Jackson, le occasioni in cui Storm sorrideva erano rare. Everly espirò con esitazione, irritata con se stessa per essersi lasciata prendere da quei pensieri, in quel momento.

Aveva *baciato* l'uomo che le stava davanti, per poi non fare altro che pensare al proprio marito? Storm era il migliore amico di Jackson, eppure lei non faceva altro che ripensare a quel bacio… si chiedeva che altro potesse fare Storm, con quella bocca.

Basta con quei pensieri.

"Posso entrare?" le chiese, con la voce profonda e roca che le era sempre piaciuta, anche se non l'aveva mai ammesso.

Lei si fece da parte e Storm entrò in casa, poi Everly chiuse la porta. "Che succede?" gli chiese. Doveva essere successo qualcosa. Per una frazione di secondo, Everly si chiese se Storm avesse intenzione di parlare del bacio, ma chissà perché sapeva che doveva trattarsi di qualcos'altro. Non avrebbe avuto un aspetto così tormentato, solo per via di quanto era successo tra loro.

"Devo dirti qualcosa," le rispose sottovoce, fissandola dritto negli occhi. "Qualcosa che non ti piacerà."

Lei reagì sbuffando: "Beh, se non mi piacerà, dimmelo lo stesso, tanto devo fare la lavatrice e neanche quella mi piace. Così prendiamo due piccioni con una fava."

Storm fece per allungare una mano verso di lei, ma poi evidentemente ci ripensò e abbassò di nuovo il braccio. Lei cercò di non sentirsi ferita da quel gesto mancato. "Ti aiuto," le disse con calma.

"Solo se ti va di farlo." Era solo un modo per rimandare, lo sapevano entrambi. Everly non aveva idea di cosa volesse dirle Storm, ma non voleva comunque sentirlo. Eppure era una donna adulta, quindi doveva ascoltarlo, anche se doveva tenere le mani impegnate, perché quando c'era lui nei paraggi, ultimamente, la rendeva troppo nervosa. "I bimbi stanno dormendo, non dobbiamo fare rumore."

Storm annuì mentre la seguiva. "Immaginavo fossero stanchi, dopo la settimana intensa che hanno avuto. Per questo ho bussato invece di suonare il campanello."

Un pensiero così attento e premuroso non era da tutti, per Everly era un ulteriore segno dello spessore di Storm, che andava oltre ciò che gli altri vedevano ogni giorno. "Grazie."

Everly si mise a tirar fuori i vestiti bagnati dalla lavatrice, infilandone alcuni nell'asciugatrice e stendendone molti altri perché si asciugassero appesi a un filo. Storm l'aiutò in silenzio, gettando i vestitini dei gemelli nell'asciugatrice, dato che erano soprattutto di cotone e sopportavano bene il calore. Invece i vestiti di Everly col calore si rovinavano, perché evidentemente nessuno riusciva a produrre più vestiti da donna belli e resistenti. Everly pensava più ai vestiti e a impostare l'asciugatrice, che a quanto Storm aveva da dirle. Era un modo nuovo di mettere la testa sotto la sabbia, a un nuovo livello.

"Dai, dimmi tutto, Storm. Sputa il rospo, è ovvio che è qualcosa che ti rode." Fece una pausa. "Cioè, lascia stare. Non ascoltare quel che dico." Avviò l'asciugatrice e si spostò per mettere altri vestiti in lavatrice, ma Storm le afferrò il polso leggermente, giusto per farla fermare. Lei si lasciò voltare per guardarlo in faccia, dando la schiena all'asciugatrice in funzione, con la fronte assai vicina a quella di lui.

"Non si tratta del bacio," le disse sottovoce, "quello non mi rode affatto." Lasciò andare un sospiro, mentre lei stringeva le labbra, non sapendo bene dove andasse a parare quel discorso. "Devo dirti qualcosa che potrebbe portarti a odiarmi, ma devi saperlo."

Lei si fece seria. "Per quale motivo potrei mai arrivare a odiarti?"

Lui si fece leggermente indietro e mise una mano in tasca, tirando fuori una foto. Lei si irrigidì, chissà come sapeva che quella foto, qualunque immagine contenesse, era qualcosa che lei non voleva vedere.

"Sono andato a trovare un amico," le disse Storm, "l'ho aiutato a traslocare nella nuova casa; a un certo punto ho aperto uno scatolone e ho trovato questa."

Le consegnò la foto girata con l'immagine verso il basso, ma Everly si rifiutò di prenderla.

"Cosa c'è in questa foto?" gli chiese, con voce priva di espressione. Provava una sensazione strana, c'era qualcosa di sbagliato che lei non riusciva a individuare.

Storm girò la foto, lei abbassò lo sguardo di sfuggita e il suo mondo andò in frantumi. "Clay, il tipo che conosco, è il nipote di questa signora. Sembra che Jackson sia stato con lei per alcuni anni." La voce di Storm si ruppe. "Hanno tre figli, Ev, cazzo, tre figli e io non ne sapevo nulla."

Everly deglutì a fatica, gli occhi già pieni di lacrime; ma invece di crollare, invece di esser triste, si sentì piena di rabbia. "Perché mi fai vedere questa foto? Non è lui." Si rifiutò di guardare di nuovo la foto, spingendo via la mano di Storm. "È solo qualcuno che gli somiglia, chissà chi. Mio marito non mi avrebbe mai tradito. Mi *amava*. È il padre dei miei figli, non c'entra con quella. Non so che palle ti abbiano raccontato, ma non ti consento di venire qui a raccontarle a me. Jackson era il *mio* uomo." Ma già mentre finiva di parlare, il dubbio cominciava a farsi strada nella sua mente. Era sempre stato cordiale e carino con le cameriere e con le altre donne che incontravano, ma sempre in modo soft, lei aveva sempre interpretato quel comportamento come un atteggiamento galante e gentile, senza doppi fini. Poi era sempre in viaggio per lavoro, era persino *morto* in uno di quei viaggi...

Ma no, non poteva essere vero. Jackson non poteva avere una seconda famiglia.

"Ev..."

"No. Non parlare. Non dire nient'altro. Qualunque cosa ti abbia detto questo Clay, è una palla. Dev'essere una bugia. Jackson non era quel tipo di uomo, era un brav'uomo. Un uomo meraviglioso. È morto, Storm, nulla lo riporterà in vita; macchiare la sua memoria in questo modo peggiora solo tutto."

Con le mani tremanti, Everly spinse il petto di Storm; aveva sete d'aria. Lui barcollò all'indietro, aveva gli occhi pieni di dolore. Per un attimo, Everly pensò fosse dolore per quanto le aveva appena detto, ma poi si accorse che non era quello: era un dolore *fisico*.

"Cosa c'è?" gli chiese. "Ti ho fatto male?"

Lui strinse i denti. "Sto bene."

Ma non sembrava star bene, dalla voce. Così lei gli alzò la maglia e gli mise le mani sui muscoli tesi del fianco e della schiena. Con la punta delle dita poté sentire delle vecchie cicatrici che non aveva mai notato prima, perché lui tendeva sempre a nasconderle la schiena. Everly si fece più seria: "Cosa ti è successo alla schiena? Santo cielo, ti ho fatto male?"

Gli passò le mani su e giù per la schiena e lui si tese. Quando lei lo guardò negli occhi, vide nel suo sguardo un calore pungente che la trafisse sul posto.

Storm le passò una mano sulla guancia, lentamente, sfiorandole la pelle con il pollice molto, molto dolcemente. Il callo sul lato del pollice, dove teneva sempre la matita quando lavorava, strofinò la pelle nel modo giusto. Troppo giusto. "Tu non mi fai male, Ev."

Lei deglutì a fatica, la mente le andava in mille direzioni, eppure ogni pensiero finiva sempre con lei tra le braccia di Storm. Everly non voleva pensare, non voleva fare altro, voleva *solo* stare tra le braccia di Storm, tanto vicina a lui da poter sentire il suo calore attraverso la maglietta sottile che indossava.

Everly doveva pensare a quanto le aveva appena detto, doveva ricordare che c'erano i gemelli che dormivano nella cameretta, che la sua libreria era appena stata distrutta da un incendio; ma non ci pensò. Invece allontanò ogni pensiero dalla mente e almeno in quella singola occasione decise di fare qualcosa per se stessa.

"Baciami," gli sussurrò, "ho bisogno di un tuo bacio." Bisogno. Una semplice parola per qualcosa di tanto grande. Lei non si concedeva dei bisogni, non più. Venivano sempre prima gli altri… anche se non se ne pentiva. Ma in quel frangente, nella lavanderia di casa, con il mondo che le crollava addosso, un peso che le toglieva il respiro, non voleva pensare ad altro.

Solo a se stessa. Solo a Storm. Solo a *loro due*.

Lui spostò la mano per stringerla dietro la nuca,

tirandole minimamente i capelli nel frattempo. Lei aprì la bocca, lui abbassò la testa. "Non dovrei farlo."

Lei inarcò la schiena: "Fallo lo stesso." Everly aveva bisogno di dimenticare, doveva smarrirsi. Poi se ne sarebbe anche pentita, ma in quel momento, doveva vivere solo quel preciso istante, tra le braccia di Storm, con *lui*.

Dal modo in cui Storm la guardava, Everly capì di non essere l'unica a pensarla in quel modo. Allora lui abbassò la testa e la *baciò*. Le loro bocche si unirono in un groviglio di gemiti e bisogno; lui strinse più forte la mano che le teneva dietro la nuca, portandole al fianco l'altra mano. Lei gli appoggiò le mani alla schiena, muovendole su e giù; la sensazione delle cicatrici era così flebile che le sarebbe sfuggita, se non fosse stata particolarmente propensa a toccare la pelle di Storm. Voleva sapere cosa gli fosse successo, voleva conoscere i suoi segreti, ma non gli fece domande. Non era il momento dei segreti, non era il momento di altro, se non per il loro bisogno, per le loro bocche, per le loro mani. Ogni preoccupazione rimandata.

Storm la fece spostare di un passo per farle appoggiare la schiena sull'asciugatrice, la sensazione di calore e le vibrazioni le inviarono scosse di piacere nel corpo. Everly non aveva mai baciato in quel modo, non aveva mai pomiciato in lavanderia, mentre il corpo le tremava in un modo meraviglioso. Jackson aveva sempre fatto in modo di fare l'amore a letto, con le luci spente, per potersi "esplorare" in modo soft. Prima di lui, Everly era stata solo con un altro uomo, ma quello non contava molto. Con il suo primo ragazzo lei non era mai venuta, con Jackson le era capitato raramente. Le serviva molto tempo per raggiungere quello stato mentale, quando ci arrivava, l'uomo aveva già finito. Lei sapeva di non essere l'unica al mondo con quel problema, quindi non se n'era mai preoccupata più di tanto.

Ma quanto Storm si appoggiò a lei, facendole sentire l'erezione sulla pancia, Everly ebbe la sensazione di perdersi, *non* venendo con lui. Tuttavia, era impossibile sperare in un pene magico e lei sapeva di aver bisogno di molto più di una bella erezione, per venire.

Storm si aggrappò di nuovo ai capelli di Everly, stavolta tirandoli all'indietro in modo da farsi guardare negli occhi. "Ti ho persa," le disse con voce roca, "ti stai già pentendo?"

Lei scosse la testa. "La mia testa è partita." Era proprio quello il problema, a letto. Everly continuava a pensare, a qualcosa che le sfuggiva, qualcosa da non dimenticare, tanto da non riuscire a godere del momento. Non era colpa di nessuno, era solo fatta in quel modo.

Storm inclinò la testa "Allora si vede che non sto facendo bene il mio dovere." Le appoggiò le mani sui fianchi e lei spalancò gli occhi. "Dovrai solo saltare un poco, Ev. Hai visto che la mia schiena non è più quella di una volta." Abbassò la testa e la baciò rapidamente. "Niente domande. Non adesso. Penso che in questo momento nessuno di noi due voglia pensare troppo."

Su quel punto erano d'accordo, infatti Everly non gli fece domande sulla schiena. Invece si mise le mani dietro il dorso, appoggiandosi all'asciugatrice, poi ci saltò su facendosi aiutare, finendo per sedersi sull'elettrodomestico in funzione. Il calore e le vibrazioni la raggiunsero direttamente sul clitoride facendola ansimare, sorprendendola.

Allora Storm fece un gran sorriso, che lo rese ancor più affascinante. Lei non poteva certo dire di non averlo mai trovato affascinante, sarebbe stata una bugia. Accidenti, Storm era un uomo fin troppo bello, ma lei non si sarebbe mai sognata, nemmeno in un momento di follia, di ritrovarsi con le gambe intorno a lui, seduta sull'asciugatrice di casa.

"Sei comoda?" le chiese Storm, avvicinandosi.

Si guardarono negli occhi, al che lei strinse la presa con le gambe. "Uh-huh."

Lui le mordicchiò il mento, poi la baciò ancora, ma con un po' più di passione, un po' più a lungo. "Dimmi quando fermarmi," le sussurrò in un orecchio, poi le mordicchiò il lobo. Lei sentì un brivido lungo tutto il corpo e si spinse contro di lui, appoggiandogli i seni al petto.

"Non fermarti." Era una follia e lei lo sapeva. Lo sapeva anche lui. Eppure nessuno dei due aveva intenzione di fermarsi. Everly non si raccapezzava di quanto stava facendo, eppure appena Storm le passò una mano sulla pancia per infilargliela sotto i leggings, lei inarcò la schiena; tutti i pensieri di ciò che non dovevano fare le sfuggirono di mente in un attimo.

Sentì il polpastrello ruvido del pollice di Storm sulle mutandine, si accorsero entrambi di quanto lei fosse bagnata. Everly dovette inarcare ancora un po' di più la schiena, per dare a Storm lo spazio di passare la mano sotto al cotone umido, per raggiungerla nel suo calore. Si guardarono negli occhi mentre lui le sfiorava il sesso con le dita, su fino al clitoride.

Appena lui cominciò a muovere la mano, Everly si sentì tremare e si morse un labbro, avvertendo di essere sempre più vicina al limite. Non si dissero nulla e lei apprezzò il silenzio, perché non era nemmeno certa di poter parlare. Storm la penetrò con le dita e lei sentì il corpo vibrare. Era passato molto tempo da quando era stata con un uomo, tanto da farla ansimare, stringendosi a lui con tutta se stessa. Everly non era abituata a usare dei vibratori interni, perché in genere veniva solo stimolandosi il clitoride.

Storm continuò a muoversi dentro di lei, seduta sull'asciugatrice, le cui vibrazioni la spingevano sempre più verso l'apice del desiderio. Ma anche in quel momento, sul punto di esplodere, senza volerlo se ne allontanò, mentre la sua mente andava a ciò che poteva succedere, invece che a ciò che *stava* succedendo. A letto andava sempre a finire così, un istinto che a lei dava estremo fastidio. Solo riuscendo a concentrarsi davvero, riusciva a raggiungere l'orgasmo.

Storm in quel momento le alzò la maglia con l'altra mano, esponendo il reggiseno. La baciò sul pizzo, lasciando un segno bagnato mentre passava all'altro seno. Lei abbassò la testa all'indietro, mentre il corpo le si scaldava per l'asciugatrice e per il potere di quei tocchi.

"Altre dita, Ev?" le disse con voce roca di desiderio. "O preferisci le mie dita sul clitoride o sui seni?"

Lei lo guardò sbattendo le palpebre, mentre tremava in tutto il corpo. "Eh?" gli chiese con la mente annebbiata.

"Continui ad andarci vicino, poi ti allontani. Dimmi cosa ti piace così ti garantisco che ti faccio venire. Riesco a leggere il tuo corpo, ma non c'è niente di meglio che sentirtelo dire a voce. Tu ti conosci meglio. Dimmi cosa fai per farti venire."

Nessuno gliel'aveva mai chiesto. Accidenti, Everly era piuttosto certa di non esserselo chiesta nemmeno lei. "Ehm, di solito non vengo con la penetrazione." Anche se in quel momento Storm teneva le dita *dentro* di lei, che arrossì. Era davvero molto intimo, riuscire a parlare di come lui potesse darle piacere, invece che sentirsi presa solo per il piacere del suo uomo.

"Di solito." Storm annuì. "Va bene, ci può bastare." Poi si abbassò e cambiò le impostazioni dell'asciugatrice, prima di farle un gran sorriso. "Mettiamo la centrifuga al massimo dei giri."

Lei sorrise, poi subito gemette per le vibrazioni che aumentavano sotto di lei, che cominciò a oscillare sulla mano di Storm. Lui continuò a baciarla sulla bocca, sul collo, sui seni, senza mai fermare le dita, che le stimolavano magicamente il clitoride. Everly si ritrovò di nuovo sul culmine del piacere, ma prima che potesse cominciare a pensare, allontanandosi dall'orgasmo, lui fece pressione sul clitoride proprio mentre le pizzicava un capezzolo e la baciava.

Everly venne ansimando, tremò con tutto il corpo e inarcò i fianchi sulla mano di Storm, sull'asciugatrice calda. Lui continuò a baciarla mentre lei gli gemeva in bocca, calmandosi dal picco di piacere. Quando l'asciugatrice completò il ciclo, Everly si appoggiò di schiena al muro, si sentiva bollente, pesante. Storm le tolse la mano dalle mutandine, sempre guardandola negli occhi, poi si leccò ogni dito. Lentamente.

Lei quasi venne di nuovo.

"Io… non ho mai raggiunto l'orgasmo così alla svelta. Mai. Cioè, non ho abbastanza orgasmi da capire se lo faccio nel modo giusto soprattutto…" Everly si interruppe e chiuse la bocca di scatto, impallidendo per quell'onestà improvvisa.

Storm ammorbidì lo sguardo e si abbassò su di lei per un bacio morbido, dolce e senza fretta. "Sei bella, quando vieni," le disse con voce roca e profonda, "mi sa che dovrò vederti venire ancora."

Lei si leccò le labbra e abbassò lo sguardo sul

rigonfiamento che spingeva dietro la zip dei pantaloni di Storm. "E tu?"

"E io?" ripeté lui provocandola con gli occhi.

Ma prima che lei potesse allungare una mano tra di loro, si sentì il campanello della porta suonare e la realtà tornò a concretizzarsi. Everly sospirò, mentre a Storm sfuggì una parolaccia.

"La prossima volta," le disse rapidamente, facendola bloccare. Ci sarebbe stata una prossima volta? Accidenti, in quel preciso momento non riusciva a pensarci. Tutto ciò che si era sforzata di non pensare mentre era tra le mani di Storm le piombò addosso di colpo, mentre tornava in sé. "Cazzo." Storm la aiutò a mettersi in piedi, facendola scivolare giù dall'asciugatrice.

Quando il campanello della porta squillò di nuovo, anche Everly reagì con una parolaccia. "Dannazione, vengo!" Arrossì a quel pensiero, ma passò di fianco a Storm chiedendogli: "Puoi controllare che i bambini stiano ancora dormendo? Io vado alla porta."

Storm annuì e andò sul retro della casa senza dire altro. Everly lo sentiva ancora dentro di sé e capì che l'eco di quel ricordo era tanto intenso che non sarebbe mai svanito del tutto. Però non aveva idea di cosa fare, perché la vita non girava solo attorno al benessere di un unico istante, c'era molto altro attorno e loro due avevano dei pesi notevoli sulle spalle, più di tanti altri... tra l'altro Storm non le aveva ancora raccontato i suoi segreti.

Everly si tolse di testa quei pensieri mentre apriva la porta, oltre la quale c'era una donna con i capelli rossi, il cui viso non era quello di una sconosciuta.

Era la donna che Everly aveva appena visto nella fotografia che aveva subito respinto come falsa.

Impossibile.

La donna alzò il mento: "Ho sentito che Clay ha vuotato il sacco. Penso sia ora che parliamo."

Everly sbatté le palpebre, chiedendosi come mai tutto sembrasse muoversi con tanta lentezza, come se ormai le fosse impossibile ragionare. Quella sembrava proprio la donna che era stata con suo marito e che gli aveva dato tre figli.

Non può essere, pensò Everly.

Doveva essere un sogno.

Un incubo.

Perché anche se Everly aveva perso quasi tutto ciò a cui teneva, la sua vita non poteva essere quella. Non poteva essere così brutta.

Eppure Everly lo sapeva, non solo poteva essere tutto vero. *Era* vero.

Capitolo dieci

STORM STAVA USCENDO DALLA CAMERETTA DEI gemelli e sentì una voce femminile, che sembrava risvegliare in lui un lontano ricordo. I bimbi erano ancora stanchi morti per la settimana stressante che avevano passato, per fortuna non si erano svegliati né durante l'intermezzo in lavanderia, né al suono del campanello. Ma Storm ricordava la persona a cui quella voce apparteneva e capì che il peggio doveva ancora arrivare.

"Possiamo anche affrontare questa conversazione qui all'aperto, così ci sente tutto il quartiere, oppure puoi farmi entrare, così possiamo anche parlare da persone adulte."

Storm si affrettò all'ingresso con i pugni stretti. Non riusciva a credere che Rachel avesse avuto la sfrontatezza di presentarsi a casa di Everly, dopo tutto quel tempo. Perché quella donna non poteva essere altro che Rachel. Appena la vide sull'uscio, la riconobbe. Storm non aveva idea di che intenzioni avesse, ma non si aspettava nulla di buono. Diamine, sentiva ancora su di sé l'odore di Everly, l'uccello fieramente in tiro. Eppure quei dettagli, insieme alle domande che gli frullavano in mente dopo la passione in lavanderia, svanirono appena vide alla porta quella donna coi capelli rossi.

Cazzo.

Storm si portò al fianco di Everly e le mise una mano sulla spalla, per darle la certezza di non esser sola. Dal modo in cui Rachel strinse gli occhi su quella mano, Storm capì che forse aveva sbagliato, ma non gli importava. Everly aveva bisogno di lui, in quel momento, anche se non era disposta ad ammetterlo.

Rachel sorrise, spalancando gli occhi: "Oh, Storm, anche tu qui. Potrai aiutarmi a spiegare a Everly tutto quello che è successo."

Everly si irrigidì, mentre Storm strinse i denti. "Non so bene cosa ti aspetti che dica, Rachel, l'ho scoperto solo ieri e sono venuto qui questa mattina."

"Entra pure," disse Everly con calma, anche se Storm capì che in quel momento Everly era tutt'altro che calma. "Solo perché sono stanca di questa confusione. Te ne *andrai* quando ti inviterò a farlo, mi capisci?"

Rachel rispose a Everly con un sorriso triste e annuì: "Ma certo. Dev'essere un momento difficile per te."

Storm era pronto a scacciar via quella donna in quel preciso istante, ma Everly fece un passo indietro, facendo spostare anche lui. Rachel entrò in casa, guardandosi attorno a testa alta. Certo che quella donna era davvero un bel tipo, se tutto ciò che Clay aveva detto era vero. Però Everly meritava delle risposte, quindi era giusto scoprire la verità. Nel frattempo, Storm avrebbe fatto tutto ciò che poteva per proteggere Ev e i gemelli.

Si sedettero in salotto, Rachel sulla poltroncina con lo schienale alto, Everly da un lato del divano, Storm dall'altro lato, lasciando a Ev un po' di spazio, solo perché sembrava averne bisogno. Si sarebbe avvicinato nel momento in cui lei avesse mostrato di aver bisogno di lui. Storm non sapeva cosa aspettarsi da quella conversazione, ma probabilmente nulla di buono.

Rachel aprì la bocca per parlare, ma Everly alzò una mano per fermarla. Sembrava così impassibile, così dannatamente austera che Storm temeva di vederla crollare da un momento all'altro. Non tutti potevano leggere i tratti delle emozioni che Everly nascondeva dietro quell'atteggiamento glaciale, invece Storm si chiedeva come potessero sfuggire a chiunque.

"Prima che cominci a raccontarmi quella che dev'essere una storiella affascinante, ti dirò cosa so e voglio che tu annuisca o scuota la testa per farmi capire cosa è vero e cosa è falso." Rachel strinse gli occhi ma per fortuna non disse nulla. "Se questo è tutto un malinteso, allora di sicuro potremo anche voltare pagina, ma dal modo in cui sei entrata, tutta sorridente, invece che con il dovuto contegno, ho l'impressione che ti vedrò uscire da quella porta abbastanza alla svelta."

"Pensi proprio di sapere tutto?" sbottò Rachel. "Non sai proprio un bel niente."

Storm dovette far ricorso a ogni briciolo di volontà per non intervenire, ma Everly non aveva bisogno di lasciargli prendere il controllo della situazione, perché aveva tutto saldamente sotto controllo ed era pronta a fare ciò che doveva. Se avesse avuto bisogno di lui, Storm era pronto. Ma in quel momento la sosteneva solo con la propria presenza.

"Ho detto che potevi annuire o scuotere la testa, non ho detto che potevi parlare. Sei a casa *mia*, la casa che ho condiviso con mio marito. Un marito che temo *potremmo* aver condiviso."

Storm quasi allungò una mano per prendere quella di Everly, ma si fermò appena in tempo.

"Ho sentito che hai avuto una storia con mio marito, forse anche all'inizio, quando io e Jackson ci eravamo appena conosciuti, è vero?"

Rachel la guardò male, ma annuì.

Everly strinse la presa sulle proprie cosce, unico segno visibile che si stava struggendo. Storm avrebbe voluto risolvere tutto cacciando via Rachel, avrebbe voluto tornare indietro nel tempo e prendere Jackson a calci in culo, invece non poteva far nulla se non guardare Everly che prendeva il toro per le corna, rimanendo il più possibile controllata. Storm si rifiutò di portarle via quel controllo.

"Sei andata a letto per anni con Jackson Law, mio marito."

Rachel annuì.

"Per quanti anni? Comunque sia, puoi parlare per rispondere a questa domanda."

Storm non capiva come mai Rachel permettesse a Everly di controllare la conversazione in quel modo, immaginò che anche lei vedesse ciò che vedeva lui: Everly faceva sul serio.

"Dieci anni," sbottò Rachel. "Siamo stati insieme per dieci anni. Mi amava, ci siamo fatti una *vita* insieme. Mi ha detto che doveva sposarti, per un motivo o per l'altro, ma è stato *con me* per dieci anni."

Gesù Cristo. Storm conosceva le tempistiche, dato che era stato lui ad accompagnare Jackson a Fort Collins, ma sentirlo dire da Rachel rendeva tutto più reale. Cosa cavolo passava per la testa di Jackson? Come avevano fatto tutti quanti a essere così ottusi da non accorgersi di quel che stava combinando?

"Dieci anni," ripeté Everly. Poi fece una pausa per un momento e Storm si sforzò di nuovo di non avvicinarsi a lei. Coccolarla davanti a Rachel non avrebbe fatto altro che innervosire Everly. "Hai avuto figli?" Everly sussurrò appena l'ultima parola facendo *capire* a Storm di essere sul punto di crollare.

Rachel annuì. "Tre figli. Jackson ha nove anni, Holden sette e Mariah tre."

Jackson. Quel cazzo di primogenito aveva lo stesso nome del padre, *Jackson*. Storm sentì le mani tremare e cercò di ricordare se l'uomo che aveva sempre considerato un amico si fosse mai tradito una sola volta. Davvero Storm era sempre stato tanto immerso nei propri pensieri da farsi sfuggire tutte le bugie? Gli era sfuggito il fatto che Jackson fosse un uomo orribile, tanto da poter far del male a Everly persino dalla tomba?

Everly sbatté le palpebre. "Tre anni."

Rachel sorrise, ma Storm percepì l'acredine di quel sorriso. "Sì, la stessa età dei tuoi figli. Non mi è stato molto vicino, durante l'ultima gravidanza, perché passava molto tempo con te." Rachel si asciugò una lacrima che Storm non poté intravedere, tanto che si immaginò fosse una finta. "Ci amavamo. Certo, non stava con noi tanto tempo quanto avrebbe dovuto, ma io lo capivo. Aveva delle responsabilità, con te e con il lavoro. Aveva dato la sua parola e non voleva rimangiarsela. Un comportamento che io trovavo nobile. Ma mi amava, sai, mi amava tanto che tornava sempre da me. È stato un ottimo padre." Rachel sorrise di nuovo, ma con un'espressione più sognante negli occhi. "Mi manca tantissimo. Non vedrà mai i suoi figli crescere."

"Sì, è così." La voce di Everly era così netta e tagliente che poteva fendere l'acciaio. "Non vedrà mai i *miei* figli crescere, dato che non li ha mai nemmeno conosciuti."

"Ha conosciuto i miei," sbottò Rachel.

"Si può sapere cosa vuoi?" chiese Everly dopo un momento, mentre Storm sentiva le tempie che gli pulsavano.

"Voglio che ci conosciamo," disse Rachel semplicemente, ma Storm sapeva che doveva esserci molto di più. Accidenti, da come Ev aveva raddrizzato la schiena, anche lei aveva capito.

"Si può sapere cosa vuoi?" ripeté Everly riaprendo le mani dai pugni, mani che sembravano ormai indolenzite.

Allora Rachel sospirò. "Va bene. Crescere tre figli è difficile. Crescere i tre figli *di Jackson* senza di lui è molto difficile. Tu hai avuto un aiuto, ha lasciato tutto a te; con me non ha potuto fare nulla."

Storm se l'aspettava. Si trattava solo di soldi. Dovevano essere i soldi. Rachel non aveva ricevuto un centesimo dal testamento, pur avendo vissuto una parte di Jackson di cui Everly non aveva mai avuto idea.

"Io non ho avuto nulla a che fare col testamento, Rachel." Storm avrebbe voluto avvolgere le braccia intorno a Everly e far sparire tutto il resto, ma sapeva di non poter fare nulla.

Rachel strinse gli occhi per un momento brevissimo, poi si costrinse palesemente a uno sguardo più innocuo. "Mi spettano, Everly. Spettano ai miei *figli*.

Se tu non vuoi ascoltarmi adesso, farò in modo che mi ascolti *presto*. Ci puoi giurare."

"Ora basta," disse con calma Everly, che era tutt'altro che calma. "Direi che basta e avanza."

Rachel strinse lo sguardo e Storm aprì la bocca per dire qualcosa, ma ci ripensò. Toccava a Everly decidere, ma lui avrebbe cacciato via Rachel con ogni mezzo, se avesse dovuto.

"Vattene," disse Everly con calma.

"Non finisce qui," gridò Rachel.

"Sì. Finisce qui. Vattene prima che ti cacci via con la forza, prima che chieda a Storm di fare ciò che avrebbe voluto fare dal momento in cui sei entrata… cacciarti da casa mia con ogni mezzo."

Everly si alzò in piedi e anche Storm si alzò. Era più che pronto a far uscire quella donna dalla casa di Ev, per poter parlare con lei. Non riusciva a credere che Rachel si presentasse in quel modo, dopo tutto quel tempo, pensando che non ci fosse nulla di male. *Sapeva* che c'era qualcosa sotto, ma non poteva capire cosa.

"Non posso andarmene, non ho ancora finito."

"Io dico di sì, adesso vattene." Storm non intendeva intromettersi, ma ormai non ce la faceva più. A giudicare dal modo in cui Everly rimaneva ferma, *immobile*, Storm aveva capito che anche lei non ne poteva più.

"Tu lo sapevi!" urlò Rachel. "Tu lo sapevi. Sei stato tu a presentarci."

Uno dei gemelli fece un rumore dal retro della casa e Storm trattenne una parolaccia al guizzo di follia nello sguardo di Rachel. Quella donna aveva qualche disturbo, per forza.

"Vattene," disse Everly con un po' più di decisione, "vattene prima che chiami la polizia." Fece un passo verso Rachel, che si alzò rapidamente dalla poltrona.

"Non finisce qui," disse Rachel andandosene di fretta.

"Tempo proprio di no, ma in questo momento non mi interessa. Adesso vattene da casa mia."

Rachel si avviò verso la porta di casa, tanto rapidamente che i capelli svolazzavano dietro di lei; Everly chiuse la porta in legno massello mettendo anche il chiavistello.

"Vado a controllare i bimbi," disse sottovoce Storm, "torno subito."

Everly si voltò verso di lui con gli occhi pieni di rabbia. "Ho bisogno di un momento per pensare, quindi grazie."

Storm si abbassò per baciarla, ma ci ripensò, perché non aveva idea di cosa stesse succedendo, così andò di fretta nella cameretta dei gemelli. James stava ancora dormendo, aveva il suo orsacchiotto tra le braccia, invece Nathan era seduto sul letto e si guardava intorno, ben sveglio.

"Zio Storm?" domandò Nathan sfregandosi gli occhi.

"Ciao, piccolo," disse Storm sottovoce, per non svegliare anche James. "Come te la passi?" Si mise in ginocchio vicino al letto e passò una mano sui capelli biondi di Nathan.

"Uh-huh. Ho sentito parlare forte."

Dannazione, Rachel.

"Era solo qualcuno alla porta, adesso è andato via. Vuoi giocare con i tuoi camioncini nella stanza dei giochi, così James può dormire?"

Nathan annuì e alzò le braccia per farsi prendere in braccio. Storm sentì una stretta al cuore mentre prendeva in braccio il bimbo, che non aveva mai conosciuto il padre. Ma dopo aver scoperto chi fosse veramente quell'uomo, Storm non era più sicuro che non conoscerlo fosse poi così male.

Si girò con Nathan in braccio e vide Everly nel corridoio, aveva le braccia avvolte intorno alla vita. "Ehi," le disse sottovoce.

"Ehi," gli rispose lei, prima di guardare Nathan e di accennare un lieve sorriso. "Ti porto uno snack tra poco, se giochi da bravo bambino. Che ne dici?"

Nathan si accoccolò addosso al collo di Storm e annuì: "Va bene."

"Come vanno i polmoni?" chiese Everly al figlio, mentre Storm si avvicinava.

"Bene." Nathan sospirò bagnando di saliva il collo di Storm, che fece del suo meglio per non fare una smorfia. I bimbi gli lasciavano addosso di continuo muco e saliva, anche se nessuno di quei bimbi era veramente suo. Solo che aveva una miriade di nipoti, oltre ai gemelli. Ma a lui faceva piacere. A differenza di altri, lui *amava* i bambini.

Everly fece una smorfia, poi negli occhi le passò una luce di gioia per un attimo fuggente, ma la realtà di tutto ciò che era già successo quel giorno tornò a pervaderla. Storm deglutì a fatica e seguì Everly nella stanza dei giochi, dove lasciarono che Nathan tirasse fuori alcuni dei suoi giocattoli. Everly accese la video-camera per controllarlo mentre parlava con Storm in salotto. Everly aveva l'abitudine di tenere sempre sott'occhio i bimbi direttamente, ma ciò di cui dovevano parlare non era adatto a una conversazione in presenza dei piccoli, Storm lo sapeva.

Così tornarono in salotto e Storm si passò una mano sulla ricrescita della barba, pensando di doversi radere presto. "Io... non so che dire."

"Ma tu lo sapevi?" gli chiese subito Everly. "Cioè, hai scelto proprio oggi per parlarmene e Rachel ha detto che sei stato tu a presentarle Jackson. Per quanto io non voglia credere a una sola parola che quella donna ha pronunciato, mi sembra comunque una coincidenza lampante, tu sapevi di loro due e tutto viene alla luce solo oggi."

Storm allungò le braccia per prendere le mani di Everly. Lei si lasciò prendere per mano, ma non si sedettero. Storm sapeva che erano entrambi troppo agitati per accomodarsi.

"Non sapevo che Jackson avesse una seconda

famiglia, l'ho scoperto solo ieri sera e ho passato la notte a girarmi e rigirarmi nel letto per trovare il modo di dirtelo. Lo so, forse avrei dovuto venire direttamente qui, appena l'ho scoperto, ma mi serviva del tempo per capire, anche per ricostruire i tempi della storia, prima di fare una stupidaggine, come ad esempio dirti tutto ciò che mi ha raccontato Clay per poi scoprire invece che era una palla."

"Chi è Clay? Comunque non hai ancora risposto alla mia domanda."

Storm ritirò le mani e se ne passò una tra i capelli. "Tutto corrisponde. Sì, sono stato io a presentarli." Everly inspirò seccamente e imprecò. "Ma a quel tempo non mi sono accorto di cosa ho scatenato. Io conosco il nipote di Rachel, Clay, è il tipo che mi ha dato la foto." Storm cercò di riordinare i propri pensieri, senza riuscirci, così proseguì a raccontare ciò che gli veniva in mente. "Ti ricordi quando sono andato in campeggio con Jackson, circa una decina di anni fa? Ti ricordi che volevi venire ma non hai potuto?"

Everly socchiuse gli occhi, ma annuì. "Sì, me lo ricordo."

"Beh, mentre andavamo al campeggio ci siamo fermati a casa di Clay perché voleva lasciargli un regalo, era il suo compleanno. C'era anche Rachel e immagino sia stata quella l'occasione in cui si sono conosciuti. Non so altro. Non sapevo nemmeno si fossero rivisti. Diamine, sono abbastanza sicuro di averla incontrata solo un paio di volte, da allora, sempre di sfuggita. Sapevo che aveva dei figli, ma non sapevo chi fosse il padre. Non conoscevo nemmeno il nome dei suoi figli. Nulla mi ha mai indicato che l'uomo che pensavo di conoscere, l'uomo che credevo il mio migliore amico, fosse uno stronzo bugiardo traditore."

Everly si strinse in se stessa e Storm si avvicinò a lei, spalancò le braccia e lei affondò in quell'abbraccio. Quando lui la strinse più forte, lei singhiozzò, le lacrime che versava gli stavano già bagnando la maglia. Everly pianse, mentre lui odiava se stesso. Odiava di aver preso parte in quella storia, pur inconsapevolmente.

"Come mai conosci Clay?" gli chiese Everly dopo qualche minuto, con la voce roca. "Immagino ci sia dietro un motivo."

Storm le accarezzò la schiena e sospirò. "Non sono in molti a sapere che lo conosco."

"È figlio tuo?" gli chiese lei all'improvviso.

Storm scosse la testa, ma lei non poteva vederlo. "No," le disse dopo un momento. "Sarebbe più semplice, se fosse mio figlio. Clay non è figlio mio, ma è entrato nella mia vita quando aveva quattro anni."

Storm si tirò indietro per poterla guardare negli occhi mentre le raccontava una storia che aveva raccontato a pochi altri in vita sua. *Lei merita di sapere*, pensò. Everly meritava molto di più.

"Quando avevo vent'anni, sai che andavo all'università con Jackson. Venivo spesso a trovare la famiglia a Denver o al campus di Wes; sai, siamo andati in due università diverse per via delle borse di studio. Poi abbiamo anche pensato che separarsi fosse positivo, perché prima eravamo sempre i gemelli attaccati. Inoltre, Jackson e Wes non andavano tanto d'accordo, quindi il distacco è stato positivo per tutti, così io e mio fratello abbiamo imparato a crescere come due persone indipendenti, al di là della famiglia Montgomery."

Everly lo prese per mano e lo tirò sul divano. "Penso che sia meglio metterci seduti per questa storia."

Storm annuì e si mise seduto vicino a lei, sempre tenendola per mano. "Dopo essere stato a trovare Wes, stavo tornando a casa, ero in macchina e pioveva. Ero stanco, ma sveglio." Storm sentiva ancora il suono della pioggia sul parabrezza. Poteva persino ricordare la sensazione del vento che lo aveva colpito in faccia quando il vetro era andato in frantumi. "Un tipo veniva in senso contrario, gli è venuto un colpo di sonno e ha invaso la mia corsia. Dato che pioveva, non andavamo veloci, ma l'impatto è stato notevole. Incidente frontale, auto distrutta. Non mi sono spezzato la schiena, ma ci è mancato poco." Lasciò andare un sospiro, Everly gli strinse la mano. "I medici mi hanno detto che mi sono giocato la schiena, che una vertebra incrinata sarebbe stata più facile da gestire. Per questo ho tanti problemi alla schiena e non vado in cantiere a lavorare quanto gli altri parenti. Il fatto è che ormai non posso più sostenere la fatica fisica. Quando ero giovane lavoravo lo stesso, nonostante il dolore, ma adesso non ce la faccio più."

Storm stava chiacchierando di sé invece di raccontare l'accaduto, doveva fermarsi.

"Sono stato fortunato," disse con voce roca. "Sono sopravvissuto, invece l'altro uomo no. È morto sul colpo. Aveva un figlio in macchina, Clay, quattro anni; non si è fatto niente perché era sul seggiolino, sul retro dell'auto, era legato bene con la cintura di sicurezza; però ha perso il padre. Aveva già perso la madre, era morta subito dopo il parto; ma per colpa mia ha perso anche il padre." Storm trattenne a stento le lacrime, aveva la gola in fiamme, una sensazione familiare. "Ho ucciso un uomo, Everly."

Lei scosse la testa, mentre le lacrime le rigavano le guance. "No, non è vero, non è stata colpa tua."

"Sì, è stata colpa mia, almeno in parte. Avrei potuto rallentare, o valutare che era troppo pericoloso mettersi in strada. Non importa. Un uomo è morto e al volante c'ero io." Lasciò andare un sospiro. "Lo sanno solo Austin e mio papà. A casa c'erano loro, quando hanno chiamato dall'ospedale." Strinse le labbra, cercando di raccogliere i propri pensieri. "Non l'ho mai detto nemmeno a Wes." Come poteva? Come poteva far conoscere agli altri la propria vergogna?

"Oh, Storm." Everly si avvicinò a lui sul divano e Storm spostò il braccio per lasciarle il posto di sedersi vicino a lui. Aveva bisogno di quel calore, anche se non se n'era reso conto prima di quel momento.

"Non l'ho mai detto a Wes perché non me la sentivo. Non a quel tempo. Poi sono passati gli anni e tutto si è fatto sempre più difficile. Wes ha sempre avuto la sensazione che fosse successo qualcosa, ma poi siamo andati oltre. Almeno, pensavo fossimo andati oltre. Adesso lui si sta stufando e dovrò dirglielo, lo so, altrimenti rischio di rompere il nostro rapporto speciale, rischio di spezzarlo in modo irrecuperabile."

Everly lo baciò sul mento, con grande sorpresa di entrambi. "Ma l'hai detto a Jackson?"

Storm deglutì a fatica, stringendola tra le braccia. "Sì. Eravamo compagni di stanza al campus, quindi lui sapeva del mio intervento chirurgico e della convalescenza. Austin è venuto vicino, ha preso un appartamentino in affitto, mi ci sono trasferito con lui, durante il recupero. Riuscivo a camminare, ma mi faceva un male cane, sai?"

"Perché non sei tornato a Denver dai tuoi?"

Storm lasciò andare la testa all'indietro, cercando le parole: "Non potevo. Non volevo che mi vedessero in quello stato, non avevo la forza di raccontare cos'avevo fatto."

"Non è stata colpa tua, Storm."

"Ma mi sento in colpa lo stesso, anche se non sono

stato io a invadere l'altra corsia per un colpo di sonno. Ci sono troppi "se", ma alla fine non ho potuto farci nulla. Ma Jackson lo sapeva. Mi è stato vicino quando ho ricominciato a studiare, dopo aver perso un semestre. Dormiva in appartamento con me, quando mi svegliavo nel sonno urlando, o quando mi venivano gli attacchi di panico per lo stress." Guardò Everly negli occhi. "Ho ancora degli attacchi, soffro di disturbo da stress post-traumatico, ma la psicoterapia mi ha aiutato molto. Per un po' ho tenuto anche un cane, si chiamava Ben, era un cane da terapia, certificato, che mi ha aiutato molto a calmarmi quando mi agitavo troppo, o quando succedeva qualcosa che mi riportava con la mente all'incidente. Quando Ben è morto, non ho preso un altro cane, ma ho cominciato a partecipare al programma per addestrare altri cani da terapia."

Everly si appoggiò con la testa sul petto di Storm, che espirò a lungo. "È per questo che hai preso Randy?"

Lui la baciò sulla testa, sentiva il bisogno di quel contatto. "Sì, ma ho intenzione di tenerlo con me," le disse con un sorriso. "In futuro posso addestrare altri cani, ma Randy rimarrà mio."

"Devo ancora incontrarlo, questo cagnolino," gli disse Everly dopo un momento.

"Lo incontrerai."

Rimasero in silenzio per un po', uniformando i propri respiri. Storm non aveva raccontato ad anima viva quanto era successo quella notte piovosa, dopo averlo detto al padre, ad Austin e a Jackson, eppure era riuscito a dirlo a Everly senza crollare. Doveva esserci un motivo. Anzi, c'era un motivo ben preciso. A lei poteva dire tutto… ma Storm capì di doverlo raccontare anche ai propri parenti. Non poteva più tenere quel segreto senza ferire i parenti più di quanto li avesse già feriti.

"Adesso che cosa posso fare?" gli chiese Everly a bassa voce.

"Non lo so, Ev," le rispose sinceramente, "ma non ti lascerò affrontare tutto da sola."

La tenne abbracciata per qualche altro minuto, poi si alzò per vedere come stavano i bimbi. Era stato onesto, dicendole che non sapeva quale potesse essere il passo successivo; ma non poteva a prescindere lasciarla da sola. Storm sarebbe stato presente, per lei, per i gemelli… per qualunque cosa nascesse, per ciò che stavano diventando. Per sempre.

____

Capitolo undici

PUR NON AVENDO PIÙ UN POSTO DI LAVORO, EVERLY aveva ancora bollette da pagare e documenti da compilare. La polizia non le aveva ancora dato il permesso di rientrare nella sua libreria, il che cominciava a farla innervosire. Continuavano a dirle che c'era bisogno di più prove e che le indagini erano ancora in corso. Lei avrebbe voluto fare un'ispezione almeno per vedere cosa si poteva recuperare, ma sapeva anche che un po' di attesa le sarebbe servita. O almeno così raccontava a se stessa, anche perché sapeva che, entrando in quella che era stata per lei come una seconda casa, non sarebbe più stata in grado di fingere che tutto andava bene.

Perché nulla poteva davvero andare di nuovo bene.

La lettera che aveva ricevuto la sera dell'incendio continuava a tornarle in mente. Se non fosse stata inviata per posta, Everly avrebbe potuto anche pensare che ci fosse un collegamento con l'incendio; ma più ci pensava e più arrivava alla conclusione che l'avesse spedita Rachel, la donna segreta che Jackson si era tenuto per sé, poteva essere stata lei a scriverle quella lettera. Oppure era un altro scheletro nell'armadio dell'uomo che per Everly era stato un marito, l'amore della sua vita? Everly non riusciva a capacitarsi di come collegare l'incendio e la lettera, soprattutto dopo aver scoperto di Rachel.

L'incendiario probabilmente era solo un piromane, qualcuno che voleva far bruciare gli edifici e non aveva nulla a che fare con quella particolare libreria.

Everly sospirò, irritata con se stessa per essersi imbarcata in un altro filo logico che l'aveva condotta a pensare all'incendio. Le autorità non le dicevano nulla, tranne che erano ancora alla ricerca dei colpevoli e che lei poteva solo stare ad aspettare e fingere di sapere cosa stava facendo. Ma il suo tempio ormai se n'era andato e nulla al mondo avrebbe potuto riportarglielo. Anche ricostruendo tutto da zero, non sarebbe stato più lo stesso.

Sentì il telefono squillare e rispose senza pensare di guardare il numero sul display. Ultimamente le sembrava che il telefono le squillasse ogni mezzo minuto, avrebbe preferito nasconderlo in un cassetto.

"Pronto?"

Nessuno rispose.

Everly si fece seria e guardò il display.

"Numero privato? Ancora?" borbottò; nonostante l'esaurimento mentale, ricordava l'altra occasione in cui aveva risposto e dall'altra parte avevano riattaccato.

"Pronto?"

Cadde la linea ed Everly mise giù il telefono. Sperava che quelle telefonate ossessive finissero presto, perché ormai cominciavano a spaventarla. Magari era solo qualcuno che sbagliava numero, ma sotto sotto lei sentiva che c'era qualcosa di strano. Ne stavano succedendo un po' troppe, ormai lei aveva i nervi a fior di pelle.

Finì di compilare i documenti e li mise nel cassetto della scrivania, poi spense il computer e si alzò per andare a vedere i gemelli, che nell'ultima mezz'oretta avevano giocato con i Lego nella stanza dei giochi. Everly li aveva tenuti d'occhio sul monitor, ma c'era sempre il rischio che si facessero del male.

Mentre andava verso la stanzetta dei giochi, guardò l'orologio che aveva al polso e trattenne una parolaccia: mancava meno di un'ora all'arrivo di Alex e Tabby, che dovevano tenere i bimbi. Si erano offerti volontari, perché Everly aveva altri programmi.

Anzi, Everly aveva un appuntamento.

Con Storm.

Era il loro primo appuntamento.

Cercò di non farsi prendere dal panico, anche se non le riusciva facile. Chissà come, era passata dall'essere amica di Storm, un'amica che sembrava sempre innervosirlo, all'essere la donna che lui aveva fatto venire sull'asciugatrice, la donna con cui lui voleva farsi vedere in pubblico. Era un terreno talmente nuovo che Everly faceva fatica persino ad apprezzarlo.

"Mamma!" gridò Nathan con un gran sorriso. "Guarda la costruzione!"

Everly sorrise e si sedette tra i bimbi. "Sì, che bella costruzione! Si può fare anche una torre?" Tra le visite in ospedale e la convalescenza, i gemelli ultimamente non erano andati all'asilo tanto quanto Everly avrebbe gradito, quindi lei si impegnava ad aiutarli a sviluppare le loro abilità motorie il più possibile. Everly passò una mano sul ginocchio di James. "Potete costruire una torre insieme?"

"Hmm," rispose James, intento a studiare i blocchetti di Lego che aveva davanti. Li esaminò in silenzio e poi le rispose annuendo. I gemelli facevano a turno nello scegliere chi doveva fare più rumore quel giorno, ma a volte i turni si sovrapponevano ed Everly sentiva le orecchie ronzare. Stavano diventando degli ometti, con un carattere personale unico; lei non vedeva l'ora di scoprire come si sarebbero trasformati, da grandi. Aveva tenuto ben caro quanto le aveva detto Storm un paio di sere prima, cioè che lui e Wes erano cresciuti diventando le persone che erano, oltre a essere i gemelli della famiglia. Everly si sentì in colpa, perché chiamava molto spesso i figli "i gemelli", ma

ricordava anche sempre di parlare a loro individual-
mente, scoprendo le conquiste e le esigenze di
ciascuno dei due.

I bimbi giocarono con le costruzioni finché squillò
il campanello della porta, che fece venire sulla punta
della lingua di Everly un'altra parolaccia. Era già
passata un'ora, da quando si era seduta tra i bimbi;
così, non solo le ginocchia l'avrebbero odiata per
essere rimasta troppo a lungo in quella posizione
scomoda, ma non avrebbe più avuto tanto tempo per
prepararsi all'appuntamento.

"Porta!" urlò Nathan, che si alzò rapidamente per
correre in salotto. Lui e James erano contenti di
andare alla porta con la mamma, ma Everly non
voleva che andassero da soli.

Per fortuna, Everly era ancora più veloce dei figli e
prese in braccio prima Nathan e poi James. Stavano
diventando pesanti, tanto che le braccia di Everly si
stancarono prima del solito, ma lei evitò di lamentarsi.
I suoi piccoli non erano più tanto piccoli, trascinarseli
in giro tenendoli in braccio diventava sempre più
difficile.

Everly riuscì in qualche modo a tenerli in braccio,
arrivò alla porta, guardò dallo spioncino e vide i suoi
babysitter che aspettavano davanti all'uscio.

"Alex!" gridò James.

"Tabby!" urlò Nathan allo stesso tempo.

Everly sbuffò per il tanto entusiasmo e si spostò,
per lasciarli entrare. Alex prese in braccio James,

Tabby prese Nathan. Everly si lasciò prendere i bimbi volentieri e chiuse la porta.

I gemelli erano contentissimi e pieni di allegria, quando salutarono Tabby e Alex. Conoscevano Tabby fin dalla nascita, mentre avevano incontrato Alex solo da poco, anche se gli si erano affezionati alla svelta. Everly immaginò che il motivo di quell'attaccamento fosse la somiglianza di Alex a Storm, anche se Alex sembrava un po' più sciupato: aveva dovuto superare un baratro, ma era riuscito a cavarsela e così si era conquistato anche l'ammirazione di Everly.

"Non sei ancora pronta," la provocò Tabby mentre metteva giù i bimbi perché giocassero con Alex in salotto. *Dovevano* mostrargli tutti i giocattoli, uno alla volta. Di nuovo.

Everly si guardò e trasalì: indossava dei leggings e una tunica. "No, non sono pronta e non mi sono nemmeno truccata." Lasciò andare un sospiro e guardò i bimbi.

"Alexander, puoi stare con i bimbi per un minuto? Devo aiutare Everly."

Alex alzò lo sguardo e fece l'occhiolino alla fidanzata: "Nessun problema, piccola. Ci pensiamo noi, non è vero, piccoli?" Poi Alex piegò il braccio a mostrare i muscoli e fece un verso di gola. Everly trattenne una risata quando vide i gemelli che lo imitavano: erano carinissimi, da impazzire.

Quando Everly entrò con Tabby in camera da

letto, notò che Tabby si asciugava una lacrima e la guardò impensierita: "Cosa c'è che non va?"

Tabby scosse la testa. "In realtà nulla." Tabby sorrise con molto affetto. "È solo che mi emoziono quando vedo Alexander con i bambini." Tabby non spiegò altro ed Everly immaginò ci fosse dietro una storia personale e privata.

Allora Everly abbracciò l'amica, appoggiandole la testa sulla spalla. Si erano aiutate a vicenda fin dal loro primo incontro, eppure c'erano dei segreti che non potevano raccontarsi. Everly non aveva parlato di Rachel con Tabby, non le aveva detto della seconda famiglia, anche perché in tutta sincerità non sapeva come andare in argomento. Sapeva di dover presto condividere con l'amica, altrimenti quel segreto le sarebbe marcito dentro, ma prima doveva pensare a cosa fare. Storm lo sapeva, pensò; Storm lo sapeva e l'avrebbe aiutata.

Lasciò andare un sospiro.

Quella sera uscivano insieme, un appuntamento.

Everly non riusciva ancora a capire come fosse successo. Era saltato fuori quasi per caso, Storm voleva portarla fuori a cena per prendere un po' di fiato, dopo la conversazione dell'altra sera sul divano. All'inizio lei aveva pensato che l'invito riguardasse anche i bambini, invece poi aveva scorto negli occhi di Storm un calore diverso. Certo, se lei avesse portato a cena anche i gemelli, sapeva che di sicuro Storm li avrebbe accolti con gioia, ma anche lei voleva passare una serata diversa, da sola con Storm.

Quindi eccola, completamente impreparata, aggrappata alla sua migliore amica, perché lei non aveva idea del da farsi.

"Questa è la prima volta che esci con un uomo, dopo Jackson, vero?" le chiese Tabby con un tono affettuoso.

Sentendo quel nome, Everly trattenne un sussulto. Ormai le faceva molto male, pensare a lui, non più per il dolore della perdita; come poteva perdere qualcosa che evidentemente non aveva mai avuto?

"Sì, ma è Storm."

"Sì, ma è *Storm*." ripeté Tabby tutto d'un fiato. "I Montgomery ti arrivano dentro al massimo della velocità, non è vero?"

Everly si massaggiò le tempie. "Non so come ci siamo arrivati, ma adesso devo trovare subito qualcosa da mettermi, qualcosa che non uso per lavoro o per giocare con i bimbi, poi devo darmi una sistemata ai capelli." Si tirò la coda di cavallo. "Penso di essermi dimenticata come si usa un arricciacapelli."

Tabby alzò gli occhi al cielo e afferrò la fascia in cui Everly aveva avvolto i capelli. I capelli biondo miele erano lunghi, era ora di tagliarli, ma Everly non ne aveva il tempo. Li portava sempre tirati all'indietro. A volte se li tingeva di un biondo più scuro, faceva tutto da sola, a casa, ma dopo poche settimane il colore svaniva.

"Li hai lavati stamattina?" le chiese Tabby.

Everly cerò di ripensarci, ma non se lo ricordava.

L'amica sbottò: "Beh, se devi pensarci tanto a lungo, allora probabilmente no. Vai a farti una doccia, intanto ti scelgo io cosa metterti."

"Non ho tutto questo tempo, per asciugarmi i capelli ci metto un'eternità."

"Non con l'asciugacapelli che ti ho portato. Vedrai che ci metti tre minuti. È il miglior fon sul mercato."

Everly inarcò un sopracciglio: "Dimmi che non hai comprato il Dyson."

Tabby mise una mano nella sacca che portava a tracolla, Everly pensava fosse solo una borsetta grande. "Ho comprato il Dyson."

Everly poté giurare di sentire cantare il coro degli angeli, mentre l'amica tirava fuori quel meraviglioso asciugacapelli molto costoso. Everly lo aveva inserito nel proprio elenco dei desideri, qualora vincesse alla lotteria… certo, non costava milioni, ma dall'aspetto poteva dare quell'impressione.

"Me l'ha regalato Alex." Tabby arrossì. "Il suo ultimo incarico gli ha reso molto bene e penso che fosse stanco di sentire le mie lagne sui miei capelli. Per stasera puoi usarlo tu, così arriverai all'appuntamento con dei capelli da sogno. Non dovrai nemmeno lisciarli, ti basta usare gli accessori." Everly probabilmente sembrava scettica, perché Tabby le fece un sorrisone dicendole: "Garantito! Guarda che ti aiuto! Dai, adesso datti una mossa."

Everly corse in doccia e si tolse i vestiti, fidandosi di Tabby per la scelta di cosa indossare. Era bello farsi aiutare da un'amica e sentirsi donna fino in fondo, ogni tanto, non solo una mamma o una imprenditrice. Era passato fin troppo tempo, dall'ultima volta che si era sentita così.

Si cosparse di sapone, si lavò e si depilò, facendo attenzione a non scivolare e cadere, dato che si muoveva rapidamente, poi uscì dalla doccia in un tempo record. Si passò una spazzola tra i capelli, si spalmò un prodotto e cominciò a massaggiare sui capelli il suo balsamo preferito, quello ai fiori d'arancio, nella speranza che piacesse a Storm.

Poi fece una pausa.

Si era *depilata* e ora si stava preoccupando del profumo della pelle.

Quella sera avrebbe fatto sesso con Storm Montgomery.

Sesso bollente e molto carnale, almeno a giudicare dall'assaggio fuggente nella lavanderia.

Lasciò andare un sospiro e ignorò la sensazione di farfalle nello stomaco. Ce la poteva fare. In fondo si trattava di Storm, non era una persona nuova, ma qualcuno di cui si fidava, qualcuno a cui teneva. Ecco, era proprio quello il problema.

"Smettila di pensare troppo," le disse Tabby entrando nel bagno. "Ti ho tirato fuori il vestito blu con il copri spalle nero, era in fondo all'armadio. Fai senza metterti le calze, perché fuori fa un caldo infernale, come scarpe ti presto i miei sandali aperti. Vedrai come svolazza bene il vestito blu, sarai spettacolare. Adesso diamo una sistemata ai capelli, poi scegliamo i gioielli mentre facciamo il trucco."

"Mi sembri un sergente dell'esercito."

"Grazie," rispose Tabby facendole l'occhiolino. "Adesso passami la spazzola che ti faccio vedere di cosa è capace questo aggeggio glorioso. Non solo un asciugacapelli, ma l'asciugacapelli. È il loro slogan."

In meno di dieci minuti Everly aveva già i capelli asciutti e il trucco finito, si stava mettendo le scarpe quando Tabby fece un passo indietro con un gran sorriso.

"Fantastico, vero?" chiese Tabby a Everly. "Il fon. Cioè, tu *sei*… santo cielo, sei così bella e provocante che Storm perderà i sensi appena ti vede… ma anche l'asciugacapelli non è male, vero?"

Everly rise; si sentiva un po' più a suo agio per l'amore che Tabby dimostrava verso un oggetto inanimato. "Se non sapessi già per certo che puoi battermi, dato che Alex ti dà lezioni di boxe, farei a botte con te per tenermelo."

Tabby socchiuse gli occhi, pur accennando un sorriso: "Certo che vincerei, Everly, non fare a botte con me per il mio Dyson."

"Penso che lo preferirebbe anche a me," disse Alex dal corridoio.

Tabby gli mandò un bacio: "Sarebbe difficile scegliere, di sicuro."

Alex si mise una mano sul cuore e fece un passo indietro. "Che dolore, piccola."

Everly sorrise per un momento, poi si fece seria e prese la borsetta. "Aspetta. Dove sono i gemelli?"

"Ho lasciato che giocassero in cortile con la sega elettrica. Ho fatto male?"

Everly gli fece un verso fingendosi arrabbiata: "Alex Montgomery."

Lui alzò le mani con un sorriso giocoso in volto. Era bello vederlo sorridere, perché aveva ricominciato a sorridere solo dopo aver trovato Tabby. "Storm ha bussato invece di suonare il campanello, quindi si sta facendo mostrare le costruzioni da James e Nathan, di nuovo."

Everly si bloccò: "Storm è già qui?"

Alex annuì. "Sì, vedrai che gli farai girare la testa, Everly. Sei proprio sexy!"

"Se non fossi sicura come sono della nostra relazione e non fossi d'accordo con te, ti prenderei subito a pugni," commentò Tabby facendo una ramanzina giocosa ad Alex.

Everly sentì il cuore battere forte, ma non era sicura se fosse per la scenetta a cui assisteva, o perché Storm era arrivato.

"Vai dal tuo uomo," le disse Tabby, "ti sta aspettando."

Everly allora sbuffò. "Va bene, ora vado."

Everly passò vicino ai due amici e andò in salotto, pregando di non incespicare: i sandali con la zeppa erano molto comodi, ma era passato tanto tempo dall'ultima volta che aveva indossato scarpe alte, invece delle solite ballerine.

Appena Everly entrò in salotto, Storm alzò lo sguardo e rimase di stucco. Indossava una camicia grigio antracite, con pantaloni ancor più scuri. Non aveva una giacca o una cravatta, ma stava benissimo ed era molto elegante. Era anche molto appetibile. Da leccare. Affascinante da impazzire.

Era tutto *per lei*… almeno per quella sera.

Storm si alzò in piedi lentamente, squadrandola dalla testa ai piedi: "Sei molto affascinante." Aveva parlato con voce profonda, tanto da costringerla a stringere le gambe per tenere a bada la pulsione erotica.

"Pensavo la stessa cosa di te."

"La mamma è bella," disse James sorridendo.

Nathan arrossì e si avvicinò ad accarezzare l'orlo della gonna della madre: "Blu."

Lei si abbassò per abbracciare i figli. "Grazie, ragazzi. Non sapete quanto mi faccia piacere sentirvelo dire." Voleva un bene dell'anima ai figli e avrebbe fatto qualunque cosa per loro, ma quella sera era tutta per lei e Storm. Poteva farcela. Doveva solo accettare quel rischio.

Storm le porse una mano per aiutarla e lei sospirò: "Siamo pronti?" le chiese.

Everly annuì: "Più pronti di così…"

Lui fece una risatina e le strinse la mano: "Mi

sembra giusto." Salutarono gli altri, poi Everly si avviò verso la macchina di Storm, ignorando le occhiate complici degli altri adulti.

"Lascia che ti aiuti," le disse Storm avvicinandosi.

"Come va la schiena?"

Storm fece spallucce: "Se non devo sforzarla troppo, va bene. Probabilmente non potrò portarti troppo in braccio, altrimenti ci facciamo male in due."

Lei si accigliò mentre si faceva aiutare a salire in macchina: "Mi hai presa in braccio, il giorno dell'incendio."

Anche lui si fece serio e le mise una mano sulla guancia: "Eri in pericolo, avrei fatto qualunque cosa, per te"

Lei deglutì sonoramente, le tremavano le mani. *Stiamo uscendo insieme*, ripeté a se stessa. Usciva con Storm. Il *suo* Storm. Anche se non sapeva bene quando fosse diventato suo. Doveva solo cercare di godersi quel momento, almeno per una volta.

Almeno per quella volta.

ERANO ANDATI in un ristorante di carne che piaceva a entrambi, avevano mangiato troppo e avevano riso altrettanto durante la cena. Everly non si aspettava di sentirsi così rilassata, vicino a Storm; invece, una volta superato l'imbarazzo iniziale dovuto al loro primo appuntamento ufficiale, era andato tutto a meraviglia.

Dopo cena, si avviarono verso casa di Storm, che voleva presentarle il cagnolino. Era una bella scusa, il cagnolino c'era davvero, ma era comunque solo una scusa.

Andavano a casa di Storm per fare l'amore, per fare sesso, per darci dentro alla grande. Lo sapevano entrambi, anche se non se l'erano detti. Everly era sì nervosa, ma non vedeva l'ora.

Storm accostò nel vialetto e spense il motore. "Sei pronta a incontrare Randy? Adesso è chiuso nel suo gabbione, anche se sono sicuro che quell'affare è più grande del mio letto."

Lei fece una risatina: "Mi piacciono molto i cagnolini, ne vorrei uno per i bimbi, solo che non ho il tempo per badare a un animale."

Storm annuì e uscì dal veicolo, anche Everly uscì, ma più lentamente. Si trovarono davanti al cofano, Storm la prese per mano e lei con l'altra mano gli accarezzò la schiena: "Prendono molto tempo. Quando sarà un po' più grande, me lo porterò anche sul lavoro. Adesso è troppo presto, è in una fase in cui continua ad abbaiare e darebbe troppo fastidio ai clienti. A me non interessa più di tanto se i clienti si infastidiscono, ma Wes e Tabby ci tengono, quindi è meglio aspettare." Storm aprì la porta di casa e si lasciò precedere. Anche sulla soglia, Everly sentiva già abbaiare forte; Storm alzò gli occhi al cielo: "Crescendo, abbaierà più profondo. Adesso dà già meno fastidio, quindi può anche darsi che me lo porti al lavoro questa settimana. Mi dispiace troppo lasciarlo a casa da solo."

Everly si appoggiò per un momento al braccio di Storm, mentre passavano sul retro della casa. Era già stata in quella casa, ma erano passati degli anni, quindi Everly aveva bisogno di fare un tour della casa. Avevano un lungo passato alle spalle, eppure le cose non erano più come un tempo. Nulla era più come un tempo.

"Sei un brav'uomo, Storm Montgomery."

Lui le mise le braccia intorno alle spalle e la baciò sulla testa: "Se lo dici tu… ora preparati a essere assalita e sbaciucchiata," le fece l'occhiolino, "ma non da me, non ancora."

Storm aprì la gabbia e Randy saltò fuori, aveva le orecchie e le zampe enormi rispetto al resto del corpo.

"Seduto, Randy," disse Storm, impartendo il comando con voce netta e profonda, tanto che persino Everly sentì di dover reagire di scatto.

Il cagnolino si mise seduto subito, ma continuò a scodinzolare con tanto entusiasmo che poi cadde. Everly vide un accenno di sorriso sulle labbra di Storm, che però non ci scherzò. In fondo, Randy era in addestramento. Così Everly si coprì la bocca per non mettersi a ridere, tanto erano adorabili quei due.

"Ma bravo," disse Storm accarezzando la testa di Randy. "Adesso andiamo fuori in giardino."

Doveva essere una specie di comando in codice, perché Randy saltò su e si mise a correre verso il giardino sul retro, quasi scivolando con le zampe sulle piastrelle.

"Non usa le unghie," commentò Everly, in piedi sulla veranda posteriore, intanto che Randy faceva i suoi bisogni.

"A volte le usa, ma sta imparando a non graffiare sul pavimento. È un cane intelligente," spiegò Storm, che poi si lamentò quando Randy capitombolò mentre tornava indietro di corsa. "Quando diventerà grande in proporzione a quegli zamponi che si ritrova, diventerà un cane gigante, speriamo che conservi un po' più di grazia." Poi si diede una pacca sulla coscia. "Dai, bello, vieni qui. Vieni a conoscere Everly."

Pur indossando un vestito e scarpe alte, Everly si inginocchiò per portarsi al livello di Randy. "Ciao, Randy."

Il cagnolino alzò una zampa, Everly se ne innamorò. Quando gli prese la zampa per stringerla, vide tutto il corpo di Randy vibrare a quel movimento, così si mise a ridere e lo accarezzò sulla schiena morbida. "Sei carinissimo." Poi alzò gli occhi verso Storm. "Non prendermi in giro se dico che questo cagnolino è *carinissimo*, ma guarda che bel pelo, è affascinante."

"Su questo non penso proprio di contraddirti," commentò Storm facendo spallucce. "È *davvero* carino.

Proprio adorabile, userei tutti quei commenti che gli uomini spesso fingono di non usare. Se vuoi, puoi prenderlo in braccio così torniamo dentro." Poi trasalì. "A meno che tu voglia evitare di sporcarti il vestito."

Lei allungò subito le braccia e prese in braccio Randy, alzandosi poi in piedi. Il cagnolino la leccò in faccia e lei gli appoggiò il naso sul corpo. "Che morbido."

Storm si avvicinò e le mise le mani sulle guance. "Anche tu."

Lei sospirò. "Storm."

Lui si abbassò sopra il cane e baciò Everly teneramente, ma poi si inserì Randy, che pretendeva di essere baciato a sua volta. Per fortuna sia Storm che Everly si spostarono in tempo per evitare la lingua del cucciolo.

Risero insieme, Storm scuotendo la testa. "Che stupidino di un cane. Che ne dici se andiamo a darci una rinfrescata, così poi mi fai vedere quanto sei morbida." Le passò una mano in vita e lei si avvicinò. Lo voleva, di più.

"Ti voglio, Ev. Ti voglio tutta. Voglio assaggiarti, leccarti, mangiarti. Poi voglio ficcarmi dentro di te, farti prendere il mio uccello. Ti prenderò con forza, grezzamente, poi con dolcezza, lentamente. Tutto ciò che preferisci, Ev. Tutto."

Lei strinse le gambe, ma prima che potesse replicare, le squillò il telefono. "Merda, è la suoneria di Tabby."

Storm prese il cagnolino mentre Everly rispondeva al telefono al secondo squillo. "Tabby? È successo qualcosa?"

"Nathan ha dei problemi di pancia. Li abbiamo separati, ma se è un virus intestinale potrebbe aver già contagiato anche James. Alex in questo momento sta con Nathan, mentre io sto con James, ma immagino che tu preferisca tornare a casa per stare con loro. Vogliono la mamma."

Everly si lasciò sfuggire un sospiro, addolorata per il malessere dei suoi bimbi. Tutti i bambini si ammalavano normalmente, Everly lo sapeva, ma le dava tanto fastidio quando ad ammalarsi erano i *suoi* bimbi.

"Arrivo subito," rispose, "di' ai bimbi che mi mancano tanto." Everly chiuse la conversazione e guardò Storm con tristezza.

"Ho sentito," le disse lui subito, "avevi il volume alto. Portiamo Randy con noi, così non deve tornare in gabbia per troppo tempo."

"Mi dispiace."

Storm le mise una mano dietro la nuca e la baciò con grande passione. "Non devi dispiacerti, quei due bimbi sono tutto e tu sei tra le mamme migliori che conosca. Dai, andiamo a casa tua; se vuoi mi fermo da te, così liberiamo Tabby e Alex. Sempre che a te vada bene, anche tenere Randy con noi."

Lei accarezzò il muso del cucciolo con una mano

e sospirò: "Penso che farà piacere a tutti. Grazie, Storm."

"Non devi ringraziarmi, se ci tengo ai due gemelli."

Lei lo sapeva. Storm era sempre stato presente, sia per lei che per i figli, anche quando si era creata una certa tensione. Per quanto Everly desiderasse portarselo a letto senza rimandare, sapeva anche che un po' di attesa non poteva fare che bene. Avrebbero avuto entrambi un po' più di tempo per pensare, per capire se lo volevano entrambi veramente.

Perché per quanto Everly desiderasse vivere il momento, non ci riusciva. Era tutto troppo complicato, era impossibile viverla come una scappatella; mentre tornavano a casa, Everly capì che anche Storm ci stava pensando bene.

Trattandosi di Storm, non era facile decidere; ma forse, chissà, magari valeva la pena di superare le complicazioni.

Solo che lei ancora non lo sapeva.

Capitolo dodici

STORM AVEVA IL MAL DI TESTA E AVEVA DORMITO DA schifo la notte prima, ma se l'era voluta: aveva scelto di dormire sul divano di casa di Everly. I bambini non avevano più voluto che andasse via, dopo che li aveva messi a letto; francamente, nemmeno lui voleva più andarsene, a quel punto. Il mattino dopo, era alla sua scrivania, in ufficio, tracannava caffè per mettere in moto il cervello e riuscire a lavorare.

"Hai dato un'occhiata ai documenti che ti ho inviato?" gli chiese Wes. "Come mai hai quell'aspetto di merda?"

Storm fece il dito medio al fratello. "Sai che siamo gemelli, vero? Sarà meglio che tu la smetta di criticare il mio aspetto esteriore."

"Siamo dizigoti, l'aspetto non c'entra. Cosa c'è che non va, Storm?" Wes aveva abbassato la voce, tanto che Storm si sentì come pungere. Doveva raccontare al fratello ciò che gli pesava da anni, voleva raccontarglielo, ma la scrivania dell'ufficio non era il posto giusto, né quello era il momento giusto. Ormai si era comportato da codardo fino troppo a lungo, doveva trovare il modo di spiegare a Wes cos'era successo e perché non glielo aveva raccontato prima.

Era proprio quest'ultimo il punto che lo preoccupava. Storm non aveva un motivo valido per non averlo raccontato a Wes, se non che se ne vergognava. Col senno di poi, anche quello non era affatto un motivo valido.

"Storm?"

Storm si risvegliò dai propri pensieri. "Scusa, sono stato da Everly tutta la notte e non ho dormito bene."

Wes inarcò le sopracciglia: "Vuoi dire che è successo quello che penso?"

Dato che in ufficio erano da soli, almeno per il momento, Storm non ebbe problemi a spiegare. Aveva già detto ad Alex dell'appuntamento con Everly, per chiedergli di fare da babysitter ai bimbi, ma non aveva parlato con gli altri. Accidenti, avrebbe dovuto dirlo anche agli altri. Aveva passato tanti anni della sua vita a tenersi tutto per sé, continuava a dimenticarsi di raccontare alle persone care le faccende importanti.

"Non proprio," disse Storm tutto d'un fiato, "sono andato da lei con Randy, la notte scorsa, perché Nathan è stato male, Ev aveva bisogno di una mano.

Wes si irrigidì. "Attacco di asma? Sta bene?"

Wes non sapeva che Storm fosse rimasto molto in contatto con Everly e i gemelli, dopo la morte di Jackson, ma quando Alex e Tabby avevano cominciato a stare insieme, la famiglia Montgomery aveva coinvolto anche Everly. Il fatto che Wes si preoccupasse tanto dei bimbi di Everly confermò a Storm che uomo era il gemello.

Accidenti, anche Storm doveva darsi una regolata, essere un uomo alla pari di Wes… anche se Wes era fastidiosissimo, molte volte.

"Solo un disturbo intestinale, stamattina stava già meglio. Ma dato che James è stato operato da poco, eravamo preoccupati che anche lui stesse male, quindi li abbiamo separati. Ti ricordi, quando eravamo piccoli anche noi due? Quasi sempre ci dava fastidio stare in camere separate, quindi ho dovuto distrarre James."

"Son contento che stiano bene." Wes fece una pausa per riordinare i propri pensieri, mentre si accomodava nella sedia davanti alla scrivania di Storm. "Allora, finalmente stai con Everly?"

Storm annuì: "Sì?"

"Sembrava più una domanda che una risposta."

Storm sbuffò: "Sì, stiamo insieme, ma non so come definire il nostro rapporto. Ieri sera siamo usciti per la prima volta, alla fine siamo tornati a casa per occuparci dei figli." Storm non raccontò l'episodio in lavanderia, quello doveva rimanere tra lui ed Everly.

"È normale, se esci con una donna che ha dei figli, ma te la caverai. Voi due però avete un passato in comune, non ti creerà problemi?"

Affermare che c'era un passato in comune era un mero eufemismo. Storm non aveva svelato a Wes il segreto di Jackson, la seconda famiglia; l'avrebbe fatto solo dopo aver avuto il permesso da Everly. Nonostante il ruolo involontario in quella storia, non spettava a lui decidere.

"Ci stiamo ancora lavorando," rispose Storm sinceramente, "non lo so, ma non avrei messo in pericolo la mia amicizia con lei, se non ci fosse qualcosa di veramente importante. Mi capisci?"

Wes annuì. "Sì, ti capisco." Poi aprì la bocca per dire qualcos'altro, ma si fermò appena Jillian entrò con il viso imbronciato e una macchia sulla maglia. Considerato che Jillian era un'idraulica, Wes *davvero* non voleva chiederle cosa fosse quella macchia.

"Sei in ritardo," sbottò Wes; Storm trattenne un sospiro. Non riusciva proprio a capire come mai quei due non andassero d'accordo, ma era un problema di cui non doveva più farsi carico. Erano adulti e dovevano risolvere da soli quelle diatribe. Storm ne aveva già abbastanza.

Jillian si mise le mani ai fianchi e partì in quarta: "Uno dei miei lavori precedenti ha avuto un problema col lavandino, proprio questa mattina. Quando ho firmato il contratto, eravamo d'accordo che poteva succedere, per un po' di tempo, che avessi bisogno di occuparmi di alcuni lavori passati. Ho avvertito Tabby, ho spiegato tutto a lei, dato che è il *suo* lavoro, in fin dei conti. *Inoltre*, non ho un appuntamento in programma se non tra due ore. Forse ho qualche documento arretrato da finire, ma vorrà dire che mi fermerò più a lungo, altrimenti mi porterò qualcosa a casa. Non si preoccupi, signor Montgomery, il mio lavorò sarà sbrigato." Poi sospirò e guardò Storm. "Ho sentito che i gemelli sono stati poco bene, ora stanno meglio?"

Storm annuì e immaginò che gliel'avesse detto Tabby. Ormai stavano diventando amiche. "Sì, sembra stiano bene. Se vuoi puoi telefonare a Everly, per sentirli."

Jillian inarcò un sopracciglio: "Non sono sicura sia una buona idea, non ancora."

"Devo capire qualcosa tra le righe?" chiese Storm corrucciandosi.

Wes ansimò: "Te lo spiego io, intende dire che forse la tua ex ragazza non dovrebbe telefonare alla tua nuova ragazza, è un po' presto, non hanno ancora capito bene il ruolo che hanno nella tua vita. Per l'amor del cielo, non fare commenti e non dire che non c'è nessuna ragazza, posso sopportare solo fino a un certo punto."

Jillian spalancò la bocca, mentre Storm si pizzicò il dorso del naso. Wes poteva essere preciso all'esasperazione, quando voleva, solo che Jillian non lo sapeva.

Wes si alzò in piedi e passò vicino a Jillian sfiorandola, ma Storm ebbe la sensazione che si trattasse di un contatto casuale. Sia Jillian che Wes si irrigidirono, ma si allontanarono subito. Che inferno. Storm si aspettava delle difficoltà, a farli lavorare insieme, ma non certo tanto *pesanti*. Però dovevano trovare il modo di collaborare, perché Jillian e Wes erano bravissimi ciascuno nel proprio lavoro. La Montgomery Inc. sarebbe andata molto meglio, grazie a loro due. Bastava che lo capissero.

"Hai ricevuto quel documento?" chiese Wes a Storm all'improvviso. "Quello di cui ti chiedevo?"

Storm annuì. "Sì, l'ho ricevuto. Devo solo bere un po' più di caffè, poi me ne occupo."

Wes gli fece un cenno con la mano per minimizzare. "Eri occupato con un bimbo malato, non c'è bisogno di aggiungere altro." Al che, Wes tornò alla sua scrivania come niente fosse, come se non avesse appena battibeccato con Storm e Jillian. Wes a volte faceva impazzire il fratello, ma era una persona di buon cuore.

Anche Jillian tornò alla sua scrivania sul retro, vicino alla scrivania di Luc, per mettersi a sbrigare i propri documenti. Luc e Jillian non lavoravano molto in ufficio, dato che erano rispettivamente l'elettricista e l'idraulica di riferimento, quindi condividevano lo stesso spazio. Anche Decker e Harper condividevano uno spazio in un altro angolo, dato che anche loro erano spesso in cantiere. Storm pensò che prima o poi sarebbe servito un altro ufficio, forse anche un altro edificio, perché l'azienda cresceva a ritmo incalzante, proprio come la famiglia.

Grattandosi dietro la nuca, Storm aprì il documento inviatogli da Wes e lo lesse di corsa, quando la porta si aprì e stavolta fu Everly a entrare, mordendosi le labbra.

Storm si alzò subito in piedi e le corse incontro. "Che c'è che non va?" Everly non era mai andata in quell'ufficio, in passato, nemmeno nei momenti in cui la loro amicizia era al massimo dello splendore, quindi Storm si preoccupò.

Everly scosse la testa. "Va tutto bene. Cioè, va come può andare, dato che non posso lavorare e che i miei dipendenti sono tutti senza lavoro e senza stipendio. È solo che hai lasciato il portafogli da me, stanotte, e non rispondevi al telefono." Everly aveva concluso a bassa voce, quasi sussurrando, forse perché Storm si era fermato da lei.

La baciò dolcemente, sapendo che Wes li stava osservando. Jillian invece non poteva vederli dalla sua postazione, perché la visuale era bloccata dalle scale, quindi Storm non si fece problemi a mostrare pubblicamente il nuovo rapporto con Everly. Non l'avrebbe spiattellato in faccia a Jillian, ma avrebbe trovato un modo per far funzionare tutto.

"Ciao," le disse dopo un momento.

Everly si staccò leggermente da lui, aveva le guance arrossate. "Ciao."

"Grazie per avermi portato il portafogli. Ho il

telefono ancora in vibrazione perché ho avuto una riunione. Si vede che non l'ho sentito vibrare, scusami tanto."

Lei fece spallucce e si guardò intorno, nell'ufficio. Storm poteva vedere la tensione nelle spalle di Everly e capì di dover fare qualcosa per farla sentire meno in imbarazzo, vedendola lì in piedi in mezzo all'ufficio, dopo averla baciata.

"Non è un problema," gli disse Everly dopo un momento.

"Dove sono i bimbi?" le chiese Storm, domandandosi perché non fossero con la madre.

Everly socchiuse gli occhi. "Sono con Nancy e Peter. I genitori di Jackson ultimamente passano sempre più tempo con i nipoti, non ho idea del motivo."

Sono degli stronzi e vogliono controllare tutto quello che fai, pensò Storm senza esprimersi a voce alta. Invece la prese per mano e le fece strada verso un ufficio sul retro, dove potevano parlare senza che Everly si sentisse troppo esposta. Storm capì che forse non avrebbe dovuto baciarla così apertamente, ma non era riuscito a trattenersi. Avrebbe fatto più attenzione, col tempo.

Jillian li salutò con un cenno della mano mentre passavano, Everly si irrigidì e cominciò a guardare prima lui, poi l'altra. Ecco, proprio una situazione imbarazzante.

"Oggi cosa fai?" le chiese Storm, sapendo che

Everly era impegnatissima, pur non potendo tornare nella sua libreria; voleva solo distrarla, perché non si concentrasse troppo sulla presenza di Jillian.

"Documenti e programmazione," rispose Everly. "Sapevo che avevate assunto Jillian, ma tu non sei in imbarazzo?" sbottò poi, "cioè, io non so se potrei mai lavorare col mio ex." Il volto di Everly fu scosso dal dolore, Storm capì che stava pensando a Jackson.

Accidenti, era davvero tutto complicatissimo, maledizione. "Diventa imbarazzante solo quando qualcuno ne parla," le rispose sbuffando, "lavoriamo in due dipartimenti diversi dell'azienda, quindi in realtà ci vediamo solo ogni tanto, ad esempio quando deve venire in ufficio per delle pratiche." Poi Storm sospirò. "È ancora mia amica, Ev, pensi che diventerà un problema tra noi?"

Everly si fece seria ma scosse la testa. "No, cioè, non dovrebbe diventare un problema." Poi si massaggiò una tempia. "Sai, fino a qualche giorno fa avrei detto che non era affatto un problema, infatti *non è* un problema, è solo che…"

"Stai ancora pensando a cos'è successo con Jackson." Storm strinse i pugni e inspirò profondamente. "Anch'io ci penso. Accidenti, se potessi tornerei indietro per prenderlo a calci in culo, come si fa a tradirti in quel modo?!"

Everly gli appoggiò una mano sul petto. "Ha tradito anche te. Poi c'è un'altra *famiglia* che dovrà subire il colpo, lui non è certo presente per spiegare.

Non so cosa farò, come lo dirò ai suoi genitori (perché devo dirglielo), ma so che non potrò evitarlo, solo perché non voglio dirglielo."

Storm capì che Everly avrebbe fatto più fatica a fidarsi di lui. Lo sapeva, cavolo, lo capiva, ma era comunque un brutto rospo da mandar giù.

"Prendiamoci un giorno alla volta." Le sistemò una ciocca di capelli dietro un orecchio. "Non so quale sia la risposta giusta, parlando di Jackson, ma se e quando avrai bisogno di me, io ci sarò. Per quanto riguarda Jillian, siamo solo amici. Adesso può sembrare un po' imbarazzante, perché stiamo tutti ancora cercando di capire come comportarci, ma direi che dovremmo rimanere amici. Se per te diventa un problema, allora ho bisogno di saperlo."

Everly scosse la testa. "Non so ancora come definire il nostro rapporto, ma se c'è una cosa che so di te è che non mi tradiresti. Non *puoi* tradire, pensi sempre agli altri prima che a te stesso… Jackson non lo faceva mai e gliel'abbiamo sempre fatta passare liscia. Quindi forse è un po' anche colpa nostra."

Storm le passò le mani sotto le braccia. "No, è colpa sua. Comunque." Poi la abbracciò, perché in quel momento non poteva *non* toccarla; Everly gli mise le braccia intorno alla vita. Storm non sapeva proprio come sarebbe andata, ma sapeva di essere all'inizio di un rapporto importante, quindi non aveva alcuna intenzione di mandare tutto all'aria. Dato che il momento si stava facendo troppo serioso e la mente gli si stava annebbiando, con una mano andò a sculacciarla e si mise a ridere quando lei si irrigidì per un minuto; poi Everly si alzò in punta di piedi per mordergli il mento.

"Giù le mani, Storm, sei al lavoro."

Lui le fece l'occhiolino, alleggerendo molto l'atmosfera tra loro. "Ma sono anche il proprietario."

Lei alzò gli occhi al cielo e lui la baciò.

"Tra un paio d'ore vado insieme agli altri al Taboo per un pranzo veloce, ti va di venire? Cioè, se non hai già altri programmi. Però non penso che Tabby possa venire, quindi ci saranno persone che non conosci bene, almeno non quanto lei."

Everly si morse un labbro e gli rispose lentamente: "Non ho altri programmi; dato che non ho un lavoro, immagino di poter venire."

"Accidenti, vorrei tanto che la polizia si sbrigasse a dirti di più. Mi dà proprio fastidio che tu non possa ancora nemmeno entrare nella libreria."

"Se almeno mi facessero fare un'ispezione per vedere i danni, invece mi tengono talmente alla larga che mi vien quasi da ridere." Everly si fece seria. "Il Taboo è proprio di fronte alla libreria, così almeno la rivedo da fuori. Santo cielo, l'ultima volta che l'ho vista era messa proprio male, Storm. Non penso che riusciremo a recuperare qualcosa. *Zero assoluto.*"

Storm l'abbracciò stretta. "Cazzo, se mi dispiace, Ev! Spero tanto che trovino quel bastardo e che ti facciano tornare presto nella tua libreria. Eh sì, sarà dura, ma non sarai da sola." Non l'avrebbe lasciata sola anche prima di portare il rapporto su un livello nuovo, diverso. Anche se la relazione era diversa, Storm aveva sempre cercato di starle vicino anche in passato. "Ah, Ev? Conosci qualcuno che ti aiuterà a ricostruire tutto, quindi non sarai affatto da sola," le ripeté.

Lei gli sospirò addosso. "Lo so." Aveva una voce tanto sottile che Storm avrebbe voluto prendere a calci qualcosa, per averla fatta sentire tanto abbattuta. "È solo che, tutto insieme, è tanto. Vorrei tanto affrontare tutto a testa alta, ma sono molto *stufa*."

Storm le passò una mano sulla schiena: "Hai anche il diritto di essere stufa, Ev. Sei sempre tanto forte, ma devi riposare; per questo puoi sempre usare le mie spalle."

Lei appoggiò la testa sulla spalla di Storm, che la strinse a sé e capì che era solo l'inizio. Storm non sapeva come sarebbe finita, forse era stato un errore terribile fare un passo in una nuova direzione, mettendosi insieme, ma in quel momento contava solo la donna che teneva tra le braccia.

Per lei, Storm avrebbe combattuto contro tutto e tutti.

Anche se lei era perfettamente in grado di farlo da sola.

Wes

Wes non si era mai sentito fuori posto come in quell'occasione, peraltro non aveva idea di come fosse successo. Era seduto con gli altri nella sua caffetteria preferita, quella in cui era già stato un'infinità di volte. Il Taboo era collegato direttamente allo studio di tatuaggi di famiglia, la Montgomery Ink, quindi lui ci andava ogni settimana, se non quasi ogni giorno, per mangiare o bersi un caffè. Non era vicino a dove viveva, né a dove lavorava, ma a lui piaceva e ne approfittava per passare del tempo coi parenti. Quindi non era l'ambiente a metterlo a disagio.

Non erano nemmeno le persone… no davvero. Non si trovavano spesso a pranzo durante la settimana, perché anche gli altri parenti lavoravano; ma a volte organizzavano un ritrovo. Non c'erano tutti i Montgomery, anche perché nella zona i parenti erano una quarantina, ma ce n'erano abbastanza e Wes avrebbe dovuto sentirsi più a suo agio, in famiglia. Di fronte a lui c'era Decker, suo cognato e principale responsabile dei lavori. Decker era il marito di Miranda, che insegnava a scuola, quindi a ora di pranzo era impegnata, se no li avrebbe raggiunti. C'erano Meghan e Luc, impegnati a coccolarsi a vicenda mentre raccontavano una storiella divertente sui loro figli. Lavoravano entrambi alla Montgomery Inc. ed erano soci di minoranza, quindi era logico che fossero presenti. Maya e Austin invece erano compro-prietari dello studio di tatuaggi, quindi erano passati al Taboo semplicemente facendo due passi, mentre i rispettivi compagni non avevano potuto partecipare. I due mariti di Maya si stavano occupando di altro, mentre la moglie di Austin, Sierra, era stata presa da una calca improvvisa nella boutique di sua proprietà, dall'altra parte della strada.

Non era nemmeno strano che la proprietaria del Taboo, Hailey, non fosse presente: di solito era lei a occuparsi dei Montgomery, anche se poi finiva sempre per mangiare con loro, insieme a Sloane, il marito; ma Hailey si era beccata un brutto raffreddore ed era rimasta a casa a riposare con Sloane che molto proba-bilmente le preparava una zuppa calda. Quando il personale di Hailey aveva raccontato quel dettaglio, si erano messi tutti a ridere con affetto, mentre Wes aveva solo sorriso, sapendo di sorridere solo a metà.

Perché Wes si sentiva… strano. Forse perché lui e Storm erano gli ultimi due Montgomery di quella generazione a non essere sposati o fidanzati. Lui non aveva intenzione di rimanere uno degli ultimi a ritrovarsi single, ma tutti gli altri intorno a lui si erano innamorati e lui era rimasto a prendersela con Storm.

Tuttavia, dal modo in cui Storm si avvicinava a Everly, mentre parlavano di qualcosa di riservato, Wes aveva la sensazione che anche Storm si sarebbe presto innamorato (sempre che non lo fosse già), così Wes sarebbe rimasto da solo. Era una situazione molto delicata, dato che Everly era stata sposata con il migliore amico di Storm, un uomo che Wes aveva odiato, pur dicendo a se stesso che non era per gelosia. Jackson non gli era mai piaciuto in generale; eppure Storm si era messo con la vedova dell'amico. Dire che c'erano delle complicazioni era dire poco.

La complicazione più pesante di tutte era seduta proprio dall'altra parte di quel dannato tavolo.

Jillian.

L'ex di Storm. Forse non proprio ex, solo l'amica. La sua scopamica. La donna che aveva preso Storm per le palle e gli aveva fatto perdere troppo tempo e troppa vita, per un rapporto che non era mai stato serio. Certo, anche Wes aveva dei problemi, dei motivi per essere rimasto single, ma non certo per un rapporto fatto solo di tira e molla che non portava mai a nulla.

Chissà come, Jillian era finita a lavorare dai Montgomery.

Il fatto che fosse la migliore idraulica che lui

avesse mai conosciuto rendeva solo tutto più irritante. Per qualche motivo, Jillian non gli andava giù e lui non riusciva a capire esattamente il perché. A volte era una questione di pelle, eppure Wes di solito non si comportava da stronzo a prescindere.

Con Jillian, invece, era tutto diverso.

Wes *sapeva* di dover crescere e comportarsi da professionista. Se n'era accorto, quando si era lagnato di lei con Storm, aveva cercato di fermarsi, ma c'era un *qualcosa* in quella donna, un qualcosa che lo spingeva a comportarsi da idiota.

Un comportamento che lo faceva incazzare ancor di più.

Certo, il modo in cui lei si comportava non lo aiutava molto. Jillian alzò lo sguardo verso di lui e gli fece il broncio, ma poi gli fece l'occhiolino e continuò a parlare con Maya.

Santo cielo, Wes doveva darsi una regolata, perché non gli piaceva l'uomo che stava diventando. Se davvero fosse rimasto l'ultimo single dei Montgomery, allora avrebbe fatto meglio a riordinare la propria esistenza. Alla svelta.

Capitolo tredici

EVERLY AVREBBE PREFERITO FARSI UN BAGNO ghiacciato e quasi morire assiderata, piuttosto che fare ciò che stava per fare. Avrebbe preferito farsi la ceretta in tutto il corpo, piuttosto che andare ad aprire la porta di casa, quando arrivarono da lei. Piuttosto avrebbe preferito persino mangiare solo cavoletti di Bruxelles per una settimana… ma non quelli buoni, fritti in padella con olio e salsa di soia. No, quelli al vapore senza sale né pepe, con tanto di puzzo. *Ecco* cos'avrebbe preferito fare, piuttosto che affrontare quella situazione.

Però era una donna adulta e conosceva i propri doveri, quindi sarebbe andata avanti lo stesso, senza che le piacesse necessariamente.

"James e Nathan stanno guardando un film nella cameretta dei giochi, io sto con loro come mi hai chiesto, mentre parli coi suoceri; ma se hai bisogno di me, sai dove trovarmi," le disse Storm entrando in salotto. Le mise le braccia intorno alla vita e lei si appoggiò a lui chiudendo gli occhi, per potersi concentrare su quel contatto e non sull'inevitabile. Everly non aveva ancora fatto l'amore con Storm, ma il loro rapporto negli ultimi giorni si era sempre più consolidato. Presto avrebbero anche fatto l'amore, portando il rapporto su un altro livello. Ma lei non poteva pensare a quel momento, non quando doveva concentrarsi su una delle mille incombenze della vita.

"Penso che me la dovrei cavare," gli rispose Everly allontanandosi per poterlo guardare in faccia. "Vorrei tanto non dover affrontare questa conversazione con loro, francamente se avessi potuto trovare un modo per evitarla, l'avrei evitata. Ma devono sapere dell'esistenza di quella donna, devono conoscere gli sviluppi possibili." Si massaggiò una tempia per alleviare un mal di testa sempre più familiare. "Dovrò parlare di nuovo con Rachel. Dovrò scoprire se quanto ha detto è vero, anche se le prove sono sempre di più. Dovrò decidere se e quando parlarne ai bimbi, come gestire l'esistenza dei fratellastri. Non so nemmeno cosa voglia Rachel, ma sono convinta, dato che ovviamente lei non ha ereditato *nulla*, deve trattarsi di soldi… proprio ciò che adesso mi manca, a parte la casa e i fondi per far studiare i gemelli." Lasciò andare un sospiro. "Quindi, sì, devo preoccuparmi di tutto questo e non ho idea di cosa sto facendo, ma in fin dei conti tenere questo segreto e non dire nulla a

Nancy e Peter non farebbe altro che peggiorare tutto. Anche se dovesse saltar fuori che è una balla e che ho raccontato queste bugie orribili ai genitori di Jackson, almeno non gliele avrò tenute nascoste."

Storm spalancò gli occhi mentre lei parlava, facendola trasalire: cominciava a straparlare, ma era veramente tutto troppo fuori dal suo universo, tanto che non riusciva a tenere un filo logico. Aveva cercato di prepararsi davanti allo specchio il discorso da fare ai suoceri, ma tutto ciò che le era venuto in mente era che loro figlio era un fallito pezzo di merda. *Potenzialmente* un fallito pezzo di merda.

Non era certo un bell'esordio.

"Come ti ho detto, vorrei tanto prendere a botte Jackson, anche se so che con la violenza non si risolve nulla, ma…"

"…ma almeno in questo momento sarebbe un bel modo per sfogarsi," terminò Everly per lui.

Storm le passò una mano dietro la schiena; pur senza volerlo, Everly si abbandonò a lui per un momentino. "Sono in cameretta coi bimbi, così almeno loro non si renderanno conto di cosa succede e ne staranno fuori. Non devi preoccuparti di loro, ma se hai bisogno di me sono sul retro con loro, lo sai."

"Lo so, ma…" Everly non sapeva come dirglielo, senza fare una gaffe, ma dato che la serata sarebbe andata tutta per il verso sbagliato, tanto valeva esprimersi senza freni. "Non so se questo è il momento giusto per dir loro anche che io e te stiamo insieme.

Cioè, *se* stiamo insieme. Insomma, qualunque sia il nostro rapporto."

Ecco la gaffe.

Di nuovo.

Storm si irrigidì e la guardò negli occhi. Everly pensò di vedere in quegli occhi un'ombra di dolore, ma non ne era sicura. Storm le sfiorò il viso e lei desiderò appoggiarsi di nuovo a lui, ma non lo fece. "Io e te *stiamo* insieme. Diciamocelo apertamente. Non so cosa significhi per tutto il resto, ma per quanto mi riguarda, io e te *siamo* una coppia. Se non vuoi ancora dirlo a Nancy e Peter, lo capisco. Non mi piace, ma lo capisco. Quindi rimango di là coi bimbi e se hai bisogno di me chiamami, non farò capire ai tuoi suoceri cosa c'è tra me e te."

Everly chiuse gli occhi e si sporse in avanti, appoggiando la testa sul petto di Storm. Lui spostò le mani dietro la schiena di Everly, facendola sospirare. "So che così teniamo qualcosa nascosto, proprio quello che *non* volevo fare, ma non posso spiattellare tutto d'un colpo. In fondo sono i genitori di *Jackson*, non i miei. Non mettono bocca sulla mia vita privata, dovranno solo accettare la persona con cui sto. Però in questo momento non voglio sottoporli a troppo stress, perché già dovranno sentirsi dire che il loro unico figlio perfetto non era poi così perfetto."

Quel suo marito perfetto non era l'uomo che lei credeva.

No, pensò Everly. Lei non l'aveva mai visto come

un uomo perfetto, ma le andava bene com'era. Le bastava sapere che stava con *lei*. Quello era il problema. Invece era stato anche con Rachel... e chissà con quante altre, perché se poteva tradirla con una donna, probabilmente poteva farlo anche con altre. Evidentemente era quel tipo di uomo e lei non se n'era mai accorta. Forse aveva scelto di non accorgersene, ma non voleva certo incolpare se stessa. Non aveva nemmeno il tempo o le forze per incolparsi.

Storm la baciò con dolcezza, risvegliandola dai pensieri, lei gliene fu grata. "Non saranno certo contenti, ma ti stanno tormentando da troppo tempo, solo perché non sanno come superare il lutto senza attaccarti. So che non la prenderanno bene, ma voglio ben sperare che non arrivino a fare una scenata pesante."

"Voglia il cielo che sia così," commentò Everly sottovoce. Proprio in quel momento, il campanello della porta suonò, facendola sospirare. "Sarà meglio affrontare questa patata bollente."

Storm la baciò di nuovo e l'abbracciò forte. Everly non sapeva come reagire al fatto che il supporto di Storm la facesse sentire meglio. Sì, rifletteva fin troppo all'importanza di Storm per lei, ma in realtà stava solo cercando di non innamorarsi di lui. Appoggiarsi troppo a lui, concedersi il privilegio di provare dei sentimenti che non poteva permettersi, significava rischiare di soffrire ancora. Il mondo le era crollato addosso già una volta per colpa di un uomo, era più che sufficiente.

Storm raggiunse i bimbi nella stanza dei giochi, mentre Everly si sistemò il vestito di cotone prima di avviarsi alla porta per aprirla.

"Preparati al peggio," sussurrò Everly mentre girava il pomello della porta. I due suoceri erano in piedi davanti alla porta, con la solita espressione sul volto, leggermente snob. "Nancy, Peter, grazie per essere venuti subito, nonostante il breve preavviso." Li aveva invitati il giorno prima, quindi in realtà il preavviso non era stato tanto breve, ma Everly non voleva dare sui nervi di Nancy ancora prima che entrasse in casa.

Peter la salutò annuendo, poi seguì Nancy in casa. Nancy non disse una parola, ma guardò Everly col solito occhio critico, poi si guardò attorno nel salotto. Everly aveva pulito bene tutta la casa con largo anticipo, prima che arrivassero, poi aveva tenuto alla larga i bimbi per far sì che il salotto *rimanesse* pulito per più di venti minuti. Di norma, Everly non dava tutta quell'importanza alle apparenze, ma non voleva aggiungere un motivo in più per litigare. Doveva scegliere quali battaglie combattere.

"Posso offrirvi un tè? Una gassosa? Dell'acqua?"

Peter scosse la testa e si mise seduto con un libro in mano. Era davvero molto taciturno, Nancy parlava a sufficienza per entrambi.

Nancy si sedette vicino al marito con la borsetta

sulle ginocchia. "No, grazie. Di cosa volevi parlarci? Vuoi parlare del fatto che vogliamo occuparci sempre più dei nostri nipoti? Di sicuro capirai che dopo l'incendio la tua vita è troppo... scombussolata, ma anche prima, quando lavoravi a tempo pieno... ai bambini serve una presenza, una guida. Io e Peter siamo pronti e disponibili ad aiutarli." Poi alzò una mano come a evitare qualunque obiezione, concedendo a Everly solo un sorrisetto.

Buon Dio, sarebbe stato più difficile del previsto. Se Nancy pensava di farsi affidare i gemelli, per qualunque folle motivo avesse in mente, doveva prepararsi a un duro risveglio, quando Everly le avrebbe fatto capire di essere disposta a tutto, per i figli.

"Non stiamo parlando di affidamento, ovviamente. Sono sempre figli *tuoi*, ma sono anche figli di Jackson, e dato che Jackson non è più tra noi..." fece una pausa e si asciugò una lacrima, Everly sapeva che quel pianto era sincero, "...vogliamo essere sicuri di tenere in vita il lascito di nostro figlio."

Everly sbatté le palpebre, mentre un'ondata di rabbia le attraversava il corpo. Da sposata, viveva sempre per essere all'altezza delle aspettative di Nancy... senza mai riuscirci. Aveva imparato a sopportare quel rapporto, anche cercando di facilitare la relazione con la suocera, in alcuni casi, ma Nancy doveva essere proprio fuori di testa, se pensava che quelle parole fossero anche lontanamente veritiere e appropriate.

"Pensate di garantire cure adeguate anche agli altri figli di Jackson?" sbottò Everly stringendo i pugni sulle ginocchia.

Peter la fissò, mentre Nancy divenne rossa in volto. "Si può sapere di che cappero stai parlando, Everly?"

Beh, Everly non aveva intenzione di uscirsene in quel modo, ma a un certo punto non era più riuscita a frenarsi. "Jackson ha avuto altri tre figli. Lo sapevate? Potrebbe anche averne di più, dato che io non sapevo nemmeno di questi tre, quindi chi lo sa, potrebbe anche averne venti, di figli, in città diverse, figli che aspettano che il loro papà torni a casa."

Everly si alzò mentre parlava, anche Nancy si alzò in piedi. Peter rimase seduto, sembrava pietrificato, inerme, come se non avesse in corpo abbastanza forza per alzarsi.

"Basta con queste *bugie*, Everly," sbottò Nancy. "Non so come tu faccia a pensare che inventarti menzogne su mio figlio possa tornarti utile in alcun modo, ma ti stai solo rendendo ridicola." Nancy strinse le labbra corrucciando la fronte: "Chiudi quella bocca, nostro figlio non avrebbe mai fatto ciò che dici. Era *perfetto*. È morto troppo giovane, non ti consentirò di macchiare il suo nome. Tu non eri all'altezza, ma ti ha sposata lo stesso, adesso stai dimostrando di non essere all'altezza di crescere i suoi figli."

Everly tirò fuori di tasca la fotografia di Jackson e Rachel, le mani non le tremavano, ma aveva lo stomaco sottosopra. Stava andando molto peggio di quanto si aspettasse, ma era troppo tardi per fermarsi. "Ecco, questo è il vostro figlio perfetto, con le braccia intorno a un'altra donna molto incinta, mentre la bacia sulla guancia. Questo è l'uomo che secondo voi non ha mai sbagliato nulla."

Everly avrebbe dovuto immaginare la reazione accanita di Nancy, ma non si accorse dello schiaffo se non quando la guancia cominciò a bruciarle. Si mise una mano in faccia e sbatté le palpebre.

"Chiudi quella bocca," sbottò Nancy di nuovo.

"Ma mi hai appena dato uno *schiaffo*?" le chiese lentamente Everly, massaggiandosi la guancia. La sentiva calda e capì che si sarebbe visto il segno rosso, abbassando la mano.

"Te ne darò un altro, se devo. Come *osi* accusare Jackson di avere degli altri figli con questa *donna*?"

"Sarà meglio che non le metta più le mani addosso," disse Storm dal corridoio, mentre Everly si sforzò di non chiudere gli occhi gemendo. Stava andando tutto a rotoli.

Peter si era alzato in piedi quando Nancy aveva dato lo schiaffo a Everly, aveva messo una mano sul braccio della moglie. "Nancy, calmati, sono sicuro che ci sarà una spiegazione logica."

Nancy si girò e affrontò il marito: "Ah sì? È una bugiarda. Una falsa che pensa di poter macchiare l'immagine di mio figlio." Poi si rivolse a Storm. "Si può sapere che ci fai tu qui, a quest'ora tarda? Non sei stato altro che una zavorra per nostro figlio, quando era vivo, adesso sei qui e pensi di potermi dire cosa posso o non posso fare? Pensi di poterlo *sostituire*? Non vali neanche la metà di mio figlio."

Everly ne ebbe abbastanza. "Nancy. Stai zitta e siediti, altrimenti vattene da casa mia."

Nancy si girò di nuovo verso Everly con gli occhi spalancati, dopo un momento li socchiuse: "Come hai detto?"

Storm si avvicinò, ma Everly alzò una mano per fermarlo, poi si rivolse alla suocera: "Questa è casa mia. È la *mia* famiglia. Come osi parlarmi in questo modo? Come osi *colpirmi*? Mi hai trattata da schifo per oltre dieci anni, ma io ho accettato tutto perché era la scappatoia più semplice, ma ora basta. Se pensi di poter continuare a trattarmi in questo modo, ti *garantisco* che non vedrai mai più i tuoi nipoti." Il petto di Everly si mosse per prender fiato, ma non aveva ancora finito. "Non vi sto dicendo dell'altra famiglia di Jackson per ferirvi, ve lo sto dicendo perché dovete sapere come stanno le cose, cos'è successo nel passato di vostro figlio. Non so come affronterò il fatto che Jackson abbia avuto tre figli fuori dal matrimonio, ma so di non poterli ignorare per sempre. Comunque sappi che potrebbe essere tutta una grossa macchinazione." Fece un grande sospiro, era molto arrabbiata. "Non penso che sia una messinscena, me lo dice l'istinto, ma potrebbe essere tutta una bugia. Lo scoprirò, devo scoprirlo, ma stasera pensavo solo di essere onesta e gentile, dicendovi quello che so. Però è evidente che tu non sei capace di ascoltare nulla che possa incrinare l'immagine perfetta e idealizzata del tuo figlio adorato. Beh, sai che c'è, Nancy? Non era affatto perfetto. Io l'ho sempre saputo, anche prima di scoprire questa storia. Ma almeno pensavo fosse mio. Invece mi sbagliavo, credo. Perché anche se non fosse il padre di quei bambini, comunque qui si vede che abbraccia un'altra donna; questa fotografia è stata scattata quando *già* stavamo insieme. Mi ricordo quella camicia," sussurrò, "me la ricordo perché glie- l'ho comprata io. Mi ricordo quando teneva quell'or- ribile pizzetto. È successo tutto *dopo* che ci siamo messi insieme."

"Stai mentendo," disse Nancy quasi ringhiando, "sei solo una puttana di bassa categoria che ha sedotto mio figlio e adesso cerchi di macchiare il suo buon nome agli occhi dei suoi figli."

"Fuori." La voce di Storm era profonda, molto autoritaria, ma Everly *non* ne fu contenta. Poteva cavarsela anche da sola e non aveva bisogno di un uomo che si intromettesse prendendo l'iniziativa. Jackson si comportava sempre in quel modo, lei non voleva che anche Storm si intromettesse.

Peter tirò Nancy per un braccio, poi guardò prima

Storm poi Everly e disse sottovoce: "Per ora ce ne andiamo."

"Come dici?" gli chiese Nancy con voce acuta e penetrante.

Peter si abbassò per prendere la borsetta della moglie e gliela porse. "Dobbiamo parlarne, dobbiamo capire bene. Quando saremo un po' più calmi," (fissò direttamente la moglie) "ci faremo sentire." Fece una pausa per un momento, mentre Nancy continuava a fissarlo borbottando con un filo di voce epiteti che Everly preferiva non sentire. "Spero… mi auguro che non sia vero."

Al che, Peter trascinò la moglie fuori di casa, mentre lei gridava e ringhiava; Storm li seguì, come per controllare che non tornassero indietro di corsa.

Poi Storm chiuse la porta di casa e si girò, pietrificato in volto. "Non posso crederci, cazzo, ti ha dato uno schiaffo. Aspetta che ti porto del ghiaccio."

"Sto bene," sbottò Everly.

"No, non stai bene," si avvicinò a lei alzando una mano, "hai la guancia tutta rossa."

Everly arretrò; in quel momento non voleva essere toccata. Storm fu adombrato dal dolore e abbassò la mano.

"Non volevo mica colpirti, Ev," le disse con voce quasi soffocata.

Everly scosse la testa. "Lo so."

"Allora perché ti allontani da me?"

Lei alzò il mento: "Ce la stavo facendo, Storm."

Lui socchiuse gli occhi: "Ma ti ha *colpita*."

"Ma non l'avrebbe fatto mai più. Il primo schiaffo mi ha colta di sorpresa, ma non le avrei mai concesso una seconda occasione per colpirmi." Lasciò andare un sospiro, non era più arrabbiata, era solo troppo stufa. "Non puoi pensare di prendere sempre tutto su di te, Storm. Non puoi pensare di entrare nella mia vita e sistemare tutto. Non puoi. Non sei mio marito e a quanto pare nemmeno mio marito era davvero mio marito." La voce di Everly fu rotta da un singhiozzo mentre concludeva, ma lei si odiò per quella debolezza. Stava gestendo tutto nel modo sbagliato; ma a un certo punto era diventato troppo, da gestire.

"Everly," le sussurrò Storm, "non sto cercando di prendere tutto su di me."

"Invece sì. È quello che hai fatto. È solo… non devi cercare di metterti nei suoi panni, Storm." Everly chiuse gli occhi, trattenendo le lacrime. "Adesso vai. Devi andartene, stasera voglio rimanere da sola coi miei bambini."

"Ev…"

"Vattene."

Everly aprì gli occhi e lo guardò alzarsi e rimanere in piedi fermo per qualche secondo; poi Storm si voltò e se ne andò senza dire una parola. Quando si chiuse alle spalle la porta, Everly avrebbe voluto lasciarsi cadere in ginocchio e maledire Jackson, in preda al pianto. Invece scrollò le spalle e chiuse a chiave la porta, poi tornò nella stanzetta dove i bimbi stavano guardando un film in santa pace. Li portò nei loro lettini e lesse loro una storia; dopo averli fatti addormentare, si sarebbe messa a mollo nella vasca da bagno e avrebbe pianto.

Giorno dopo giorno, il suo passato stava svanendo pezzo dopo pezzo, stava svanendo il sogno che pensava di aver vissuto con l'uomo che amava; Everly aveva paura che, se non si fosse fermata, se non avesse smesso di essere sempre forte, avrebbe perso anche di più.

Aveva perso se stessa perdendo il marito, non se n'era nemmeno accorta.

Non poteva perdersi di nuovo.

Nemmeno per Storm.

Il telefono squillò e lei guardò lo schermo.

Numero privato.

Rispose con le lacrime che le rigavano il volto: "Pronto?"

Nessuno parlò.

"Ma chi è?" urlò Everly. "Perché non mi lasci in pace?" Le tremavano le mani. Quando cadde la linea, Everly gettò il cellulare sul divano. Poi si lasciò scivolare sul pavimento, aveva la gola in fiamme.

Non poteva sopportare tutto. Era troppo.

Tutto era troppo, da sopportare.

Capitolo quattordici

STORM AVEVA COMMESSO DEGLI ERRORI NELLA VITA, ma quella sera era stata una vera perla. Era amico di Everly da molto tempo, tanto da sapere bene che a lei *non* piaceva che qualcuno parlasse per lei. Accidenti, non faceva piacere a nessuna delle donne che lui conosceva. Ma lui che aveva fatto, invece? Si era intromesso e le aveva parlato sopra, pretendendo che i genitori di Jackson andassero via dalla casa di Everly. Poi aveva attraversato il salotto grugnendo, accompagnando fuori quei due anziani, si era comportato da Neanderthal.

Per forza Everly aveva mandato via anche lui.

"Sei in ritardo," gli disse Jillian avvicinandosi alla scrivania di Storm.

Lui si risvegliò dai propri pensieri e alzò lo sguardo. "Anche tu sei in ritardo."

Lei fece spallucce e si sistemò i capelli dietro un

orecchio. Non si era fatta la solita coda di cavallo, Storm ne fu sorpreso. Anzi, non era affatto vestita con i suoi soliti abiti da lavoro. Sembrava quasi pronta per un appuntamento, scarpe coi tacchi e vestito nero.

"Stai uscendo?" le chiese appoggiandosi allo schienale per riposare la schiena. Era rimasto quasi tutto il giorno con la schiena curva e la testa sulla scrivania, perché voleva delineare il suo progetto personale sulla carta più alla svelta di quanto non ci avesse messo a idearlo.

Jillian gli regalò un sorrisetto, poi alzò gli occhi al cielo. "Eh sì, è venerdì e stasera ho un appuntamento. Solo che ho dimenticato il telefono sulla scrivania, che scema che sono. Per fortuna ci troviamo al ristorante, quindi spero che non mi abbia telefonato, non dovrei avere chiamate perse."

"Non farti venire a prendere a casa, aspetta che siate usciti qualche volta. Non si sa mai, con la gente, di questi tempi."

Jillian rise e tornò alla sua scrivania a riprendere il cellulare, poi lo controllò mentre lui la guardava perplesso.

"Perché stai ridendo?"

"Perché sei iperprotettivo, è un atteggiamento carino."

Storm si fece serio: "Non è carino."

Jillian gli diede un buffetto sulla guancia e poi si allontanò: "Sì, è carino. Io non ho fratelli, quindi è carino il tuo interessamento sulle persone con cui esco."

"Dato che siamo stati a letto insieme, spero con tutto il cuore che non mi consideri come un fratello."

"Adesso chi è quello strano? Intendevo solo dire che è carino sapere che qualcuno si preoccupa per me, mi capisci?"

Storm tornò ad appoggiarsi allo schienale. "Io mi sono sempre preoccupato per te, Jilly."

"Lo so. Anch'io mi preoccupo per te. Ci *tengo*. Ma non nel modo giusto. Il rapporto che hai con Everly? Quello sì è esattamente ciò che devi avere, non quello che io e te cercavamo di portare avanti, giusto perché ci sentivamo soli. Quindi adesso esco e incontro persone nuove, cerco di trovare il mio principe azzurro."

C'era tanto da capire, tutto insieme, ma la testa di Storm stava funzionando un po' meglio e alcune delle parole di Everly gli fecero tornare in mente un'altra occasione in cui avevano discusso. "Tu te n'eri già accorta," le disse dopo un momento. "Tu hai capito che saremmo finiti insieme, io ed Everly."

Jillian arrossì, ma fece spallucce per minimizzare. "Mi è sembrato di intravedere qualcosa tra voi due, qualcosa che poteva essere meraviglioso, non volevo essere tra i piedi. Non sapevo esattamente cosa sarebbe successo, ma ho visto che c'era una possibilità."

"Io invece non me ne sono accorto per tanto tempo, troppo."

"Everly aveva bisogno di tempo per riprendersi, non eravate ancora pronti. Adesso siete pronti. Sai, stando vicini non ci si accorge mai delle possibilità inespresse."

Lui non era ben sicuro di aver capito, ma per il momento mise da parte quel dubbio, dato che aveva altri pensieri per la testa. "Con te non mi sono mai sentito solo, Jillian. Eravamo amici e lo siamo ancora."

Lei gli sorrise con tristezza. "Forse non eravamo tanto soli, insieme, ma comunque non era il rapporto di cui entrambi avevamo davvero bisogno. Non mi pentirò mai di quel che c'è stato tra noi, ma sono contenta che stiamo entrambi trovando il modo di voltare pagina, pur rimanendo vicini." Fece una pausa. "Sempre che a Everly non dispiaccia. Non tutte le donne sarebbero contente se un uomo si tiene vicina anche una ex, anche se tecnicamente io e te non siamo mai stati insieme."

Storm non negò. "Ne abbiamo parlato un poco, penso che le stia bene, ma magari, quando si sistema questo polverone, possiamo trovare un modo di essere amici tutti e *tre*. Non voglio perderti, Jilly, ma Ev? Lei è…"

"…è tutto. O almeno lo diventerà. Adesso, vuoi dirmi come mai stai ancora lavorando a quest'ora tarda, quando potresti essere già dalla tua donna?

Cioè, sono abbastanza certa che non abbiate ancora fatto l'amore, quindi perché non vai da lei, invece di passare il tempo in un ufficio buio?"

"Come diamine fai a sapere se ho fatto o meno l'amore con Everly?"

"Io vedo tutto, mi accorgo di tutto."

Storm le fece il dito medio e lei si mise a ridere. "Se davvero ti interessa, vado da lei tra qualche minuto. Dovevo solo finire un po' di casette e credo proprio le servisse un po' di tempo lontano da me."

Jillian socchiuse gli occhi: "Cos'hai combinato?"

Lui alzò le mani in segno di resa: "Una stupidaggine a cui devo porre rimedio. Almeno devo provarci. Stiamo entrambi ancora tastando il terreno e ho commesso un errore. Un errore di cui sono dispiaciuto e per il quale mi farò perdonare."

"Non voglio essere costretta a farti del male."

"Pensavo fossi amica mia, non sua."

Jillian fece spallucce: "Everly mi piace, anche i gemelli. Adesso Tabby è un po' presa, quindi sostengo Everly, sai, solidarietà femminile."

Storm sorrise senza nemmeno accorgersene. "Penso che le farebbe piacere." Poi sospirò. "Sarà meglio che ti dia una mossa, altrimenti arriverai troppo tardi al tuo appuntamento. Se hai bisogno di parlare sai dove trovarmi, Jillian. Ricordatelo."

Lei gli sorrise con la bocca, ma non con gli occhi. "Sei un brav'uomo, Storm Montgomery. Però fai attenzione a non mandare tutto all'aria solo perché sei chiuso in te stesso."

Storm racimolò le sue cose e accompagnò Jillian alla macchina anche se lei era perfettamente in grado di badare a se stessa, tra l'altro c'erano le telecamere di sorveglianza, ma ultimamente c'erano stati dei problemi e Storm non voleva farle correre dei pericoli, al buio. Partirono ciascuno per la propria strada, Storm andò verso casa di Everly, nella speranza che lo facesse entrare e non gli sbattesse la porta in faccia. Quel giorno non l'aveva chiamata e non le aveva inviato messaggi, perché voleva lasciarle lo spazio che le serviva, non voleva diventare soffocante, ma accidenti se gli mancava.

Quando Storm bussò alla porta, Everly aprì al primo colpo e lui la osservò: indossava pantaloni di cotone e una canotta, aveva i capelli tirati su e fissati sulla testa, profumava del sapone che usava per fare il bagnetto ai bimbi e Storm dovette trattenersi per non prenderla tra le braccia e non lasciarla andare mai più.

"Ho visto i fari della macchina, grazie per non aver suonato il campanello, ho appena messo i bimbi a dormire."

Storm aveva sottobraccio il suo tablet, altrimenti si sarebbe messo le mani in tasca per non allungare una mano e toccarla senza nemmeno rendersene conto. "Me l'ero immaginato. Che ne dici, posso entrare? Ti prometto che mi fermerò solo finché vuoi."

Everly fece un passo indietro e gli fece cenno di entrare. "Sono contenta che tu sia qui. A dire il vero, stasera volevo telefonarti. Mi dispiace tantissimo, Storm. Non volevo sfogarmi su di te, ma credo di essere arrivata a non sopportare più nulla e a quel punto sono scoppiata con tutti."

Storm si fece serio e appoggiò il tablet sul tavolino vicino alla porta. "Non scusarti, sono io quello che dovrebbe scusarsi. Mi sono intromesso perché mi dava troppo fastidio vederti star male, ma non dovevo, non spettava a me. Cavoli, lo so bene che puoi farcela benissimo anche da sola, avrei dovuto stare al tuo fianco per darti supporto, non per intromettermi. Mi dispiace, Ev. Non hai certo bisogno di un altro stronzo tra i piedi che ti fa sentire incapace di arrangiarti."

Everly scosse la testa e con le braccia lo cinse alla vita. Storm la avvolse con le braccia stringendola ed Everly gli appoggiò la testa sul petto.

"La situazione ci è un po' sfuggita di mano. Un po'… sì, un po' con tutto." Lei gli sospirò contro e Storm le accarezzò la schiena.

"Eh sì, davvero sfuggita di mano. Mi dispiace davvero di essermi intromesso in quel modo. È solo… è che tu sei molto importante per me e quando ti ha colpita ho perso la testa."

Everly alzò lo sguardo spalancando gli occhi: "Anche tu sei molto importante per me, Storm."

Lui le mise le mani intorno al viso e si abbassò per sfiorarle le labbra con la bocca. "Allora, ho fatto qualcosa che magari potrebbe anche non piacerti, o magari penserai che sono un matto anche solo per averci pensato, ma…" Storm si allontanò da lei e riprese il tablet.

Everly lo guardò perplessa. "Adesso mi fai preoccupare."

"Non avevo molto da fare, così mi sono messo quasi per gioco a vedere cosa sarebbe possibile realizzare nella tua Beneath the Cover."

Everly impallidì in volto e spalancò gli occhi, al che Storm pensò di prendersi a calci da solo. "Cos'hai fatto?"

"Merda, lo sapevo che non era poi questa grande idea." Recuperò i progetti su cui aveva lavorato e girò il tablet in modo che Everly potesse vederne lo schermo. "Avevo ancora le planimetrie dagli ultimi lavori che abbiamo fatto, ti ricordi? Bisognerà apportare delle modifiche, ma almeno così ci facciamo un'idea. Se non sbaglio, avevi detto di volere più spazio sul retro tra i divanetti e le mensole, quindi ho messo più mensole a scomparsa evitando i mobili che prendono troppo spazio."

Everly guardò lo schermo del tablet passandoci sopra la mano senza toccarlo, poi guardò Storm negli occhi. "L'hai fatto tu?"

Storm annuì, facendo scorrere sullo schermo varie idee. "Se poi ti fanno tutte schifo, non c'è problema. Quando sono sotto stress, mi metto a lavorare. Fare progetti è una delle attività che mi calma, quindi ho lavorato a questo progetto, per te. So che non mi hai dato alcun input, quindi queste sono solo proiezioni, punti di partenza, si possono anche eliminare. Può darsi che sia troppo presto, ma non riuscivo a smettere di pensarci, così ci ho lavorato."

Everly sbatté le palpebre rapidamente e Storm capì di aver fatto un'altra fesseria. La libreria era il mondo di *Everly*, ma lui si era intromesso, si era impicciato ancora.

"Merda, merda, scusami. Non avrei dovuto, mi sono impicciato di nuovo e ho fatto di nuovo lo stesso errore di prima."

Everly alzò una mano e gliela mise sulla bocca: "Basta parlare, Storm."

Lui le baciò la punta delle dita, incapace di frenarsi. Quando la vide sospirare, Storm tenne la bocca chiusa, nella speranza che Everly gli dicesse di fermarsi da lei, dandogli un'altra possibilità.

"Non posso crederci," sussurrò Everly.

"Scusami, mi dispiace."

Lei scosse la testa. "Non posso crederci perché è troppo *fantastico*. Hai un grande talento. So che hai fatto solo delle bozze, ma mi piacciono tantissimo, ciascuna per motivi diversi, senza neanche averle studiate per bene. Lo so che non hai lavorato a questo progetto con l'intenzione di fare a modo tuo, ci hai lavorato perché volevi provare a fare qualcosa per schiarirti le idee, per farmi felice. Lo capisco. Lo *apprezzo*." Everly si lasciò sfuggire un sospiro. "So anche di non esprimermi nel migliore dei modi, ma Storm? Grazie. Grazie per aver pensato a me, grazie per aver ascoltato tutti i commenti che ho fatto negli anni e averli usati per lavorare a questi progetti. Hai ragione a dire che ancora non sappiamo a che punto siamo, con la libreria." La voce di Everly si fece un po' roca e lei inspirò di scatto. "Ma alla fine non importa. Cioè, è importante, ma *so* che quando arriverà il momento tu saprai aiutarmi."

Gli mise le mani intorno al viso e Storm finalmente tirò fiato, dopo averlo trattenuto. "Ti piacciono?" le chiese, con voce sommessa.

"Sì, mi piacciono."

Allora lui sorrise. "Quando arriva il momento e sei pronta per ricostruire, puoi fare tutto ciò che vuoi e io sarò al tuo fianco. Lavorerò *insieme* a te, non al tuo posto. Spero di essermi spiegato."

"Ho capito." Everly gli passò le dita sulle labbra. "I bimbi dormono," gli sussurrò.

Storm deglutì sonoramente, mentre l'uccello cominciava ad alzarsi riempiendogli i jeans. "Ah sì?"

"Vieni a letto con me." Everly si morse un labbro, con un po' di timidezza. "Ti va?"

Storm posò di nuovo il tablet per poterle mettere le mani intorno al viso: "Sei sicura di essere pronta?"

"Sono pronta da molto tempo, più di quanto sia disposta ad ammettere," gli rispose arrossendo.

"Ecco una frase che ogni uomo apprezzerebbe sentirsi dire." Storm sorrise nel parlare, poi la baciò, prima con dolcezza, appoggiando appena le labbra, poi approfondendo il bacio e appoggiandosi a lei con tutto il corpo, mentre Everly lo abbracciava in vita. Gemettero l'uno nell'altra, esplorandosi la bocca; Storm sentiva la lingua di Everly come un dolce dessert.

Continuarono a baciarsi, esplorandosi anche con le mani, mentre andavano in camera da letto. A Storm sarebbe piaciuto prenderla in braccio e portarla a letto di peso, ma sapevano entrambi che nel sollevarla si sarebbe fatto solo del male. Lei *conosceva* i dolori di Storm, non solo per lei. Per Storm era un motivo in più per volerla. Si era fidato di lei, raccontandole il proprio segreto più intimo, adesso anche lei era pronta a lasciarsi scoprire.

Storm le tirò via l'elastico che le teneva fermi i capelli, che le caddero fin dietro la schiena; erano abbastanza lunghi da poter essere afferrati e, volendo, tirati. Solo che Storm non sapeva come le piacesse essere toccata, come le piacesse essere amata. Erano già arrivati molto vicini a farlo, lei gli era venuta sulla mano, ma Storm ancora non sapeva bene fino in fondo cosa le piacesse.

Ma non vedeva l'ora di scoprirlo.

Everly fece scivolare le mani sotto la maglia di Storm, grattandogli appena la schiena mentre lui le oscillava tra le braccia, spingendole sulla pancia con l'erezione. Gemettero entrambi, i loro corpi quasi tremavano.

"Dolce o deciso?" le chiese Storm, accennando un sorriso scherzoso.

"Entrambi?" chiese Everly di rimando, con gli occhi che le brillavano. "Magari un po' dolce, poi un bel po' di decisione, poi ancora dolce?"

Storm fece una risatina poi la baciò di nuovo sulle labbra. "Non ho più vent'anni, quindi mi potrebbe servire un po' di tempo per recuperare."

Everly rise e gli morse il mento. "Posso trovare il modo di aiutarti." Scese con la mano tra i loro corpi, poi gli afferrò la patta dei jeans.

"Ah sì?" Storm spostò i fianchi per entrarle meglio nella mano. "Perché non mi fai vedere?"

"Non possiamo fare rumore," gli disse sottovoce, accarezzandolo lentamente. "I bimbi dormono, ma possono sempre svegliarsi."

Storm la baciò lentamente, aveva voglia di assaggiarla. "Allora mi sa che dovrai metterti in bocca un cuscino o qualcosa da mordere per soffocare le grida."

Everly inarcò un sopracciglio. "Pensi di potermi fare gridare?"

Storm abbassò le mani fino a posargliele sul sedere, poi strinse. Quando lei fece un gran sorriso e un gemito di piacere, lui le disse: "Ne sono sicuro."

Poi Storm l'accarezzò sui fianchi, gli piaceva molto la sensazione di quel tocco; l'aiutò a togliersi la gonna, poi il reggiseno; Everly arrossì appena, ma non si tirò indietro quando Storm le afferrò i seni; riuscì a impugnarli bene, erano la misura perfetta per i suoi palmi. Quando Storm le passò le dita sui capezzoli, lei lasciò andare la testa all'indietro e inarcò la schiena per avvicinarsi a lui. Storm voleva di più, così abbassò la testa e le leccò i seni, poi le succhiò i capezzoli uno dopo l'altro, prendendoli in bocca.

"Storm."

Lui la leccò, avrebbe voluto affondare con tutta la testa tra quei seni, ma sapeva di poterlo fare dopo. In quel preciso momento, doveva spogliarla e metterla sotto di sé. Allora le mise una mano tra le gambe, pronto ad abbassarle i leggings, ma si fermò per imprecare.

"Che c'è?" gli chiese lei serenamente.

"Non mi sono portato i preservativi."

Everly scosse la testa. "Ce li ho io, li ho comprati." Arrossì nel parlare, ma poi fece spallucce. "Sapevo che ci stavamo arrivando, quindi li ho comprati. Non posso prendere la pillola, perché mi crea problemi alla circolazione, quindi volevo essere preparata." Gli mise le mani intorno al viso e lo baciò teneramente. "Anche se mi piacerebbe molto sentirti senza profilattico, prima dobbiamo farci controllare, poi non voglio rimanere incinta." A quel punto si fece seria. "Io… davvero, dovrei fare un controllo, non ci avevo nemmeno pensato." Le vennero gli occhi lucidi. "Per via di Jackson. E se…"

Storm la baciò con grande trasporto, cercando di allontanare quei pensieri da entrambi. "Ci facciamo controllare entrambi il prima possibile. Sia per la tua preoccupazione, ma anche perché è un'ottima idea. Useremo il profilattico *ed* eviteremo di fare sesso orale finché non siamo sicuri." Poi abbassò la fronte appoggiandola sulla testa di Everly. "Anche se dovrò continuare a sognare che cavalchi la mia faccia fino a venire, purtroppo."

Everly sospirò. "Anch'io avevo tanta voglia di farti sesso orale, dato che mi hai già fatto venire *due volte* mentre io non ho ancora avuto lo stesso piacere."

Storm la baciò di nuovo. "*Tu* hai avuto il piacere," le disse con voce profonda, "pensavo fosse proprio quello, il punto."

"Ah ah." Everly fece roteare gli occhi scherzosamente. Erano entrambi sorridenti, ma il peso di tutti i trascorsi continuava a essere presente e il passato continuava a tormentarli. Però avrebbero fatto l'amore, magari anche l'indomani. Storm l'avrebbe abbracciata, continuando a innamorarsi sempre di più. Solo perché erano costretti a convivere con il passato, con gli errori degli altri, non significava che non potessero vivere il momento.

Quando ricominciarono a baciarsi, toccandosi un po' dappertutto, Storm si lasciò spogliare. Si tolse le scarpe e i pantaloni, poi si inginocchiò per toglierle leggings e mutandine.

"Vorrei *tanto* baciarti qui, ma mi tratterrò."

Everly strinse le gambe, mentre Storm l'accarezzava sulla pelle morbida. "Smettila di tentarmi così."

"Potrei dire lo stesso di te." Le baciò le ginocchia,

poi le cosce, infine tornò in piedi per non fare una pazzia, leccandola fino a farla venire. Le aveva fatto una promessa e l'avrebbe mantenuta… per quanto si sentisse un po' morire dentro, nel farlo.

Completamente nudi, si abbracciarono e a turno si leccarono sul collo, poi le loro bocche si incontrarono. I loro corpi oscillarono insieme e ben presto Storm si ritrovò sdraiato supino, Everly su di lui con un profilattico pronto in mano, mentre si succhiavano e si baciavano. Non ne avevano parlato, ma Storm si immaginò che Everly avesse fatto in modo di metterlo supino, almeno la prima volta, per non fargli sforzare la schiena. A lui non dispiaceva, perché così poteva godersi meglio i seni di Everly, la bocca, i fianchi… e sì, la schiena gli avrebbe fatto meno male.

"Fammelo indossare," le disse, parlando quasi solo di gola.

Lei aprì la confezione e srotolò il preservativo sull'erezione di Storm. Quando Everly glielo impugnò alla base, Storm chiuse gli occhi e le fermò la mano. "Così mi farai venire e mi perderò tutto il bello."

Lei si morse un labbro portandosi su di lui e gli sussurrò: "Allora è meglio evitare."

Storm le mise le mani sui fianchi, aiutandola a stare in equilibrio mentre lei gli saliva sopra, scivolando giù per farsi penetrare. Gemettero entrambi di piacere, Everly era calda e accogliente, pronta a stringergli l'uccello.

"Accipicchia se ce l'hai grosso," gli disse gemendo.

"E non ho nemmeno dovuto pregarti di dirlo."

Everly rise, ma socchiuse gli occhi per il piacere appena lui si mosse.

"Prenditi le tette, Ev. Gioca coi tuoi capezzoli mentre ti scopo."

Lei non disse nulla e fece come le chiedeva. Storm si spinse dentro e fuori di lei, puntando bene i piedi sul letto per potersi angolare meglio. Quando lei cominciò a oscillare coi fianchi, andandogli incontro a ogni spinta, Storm accelerò: il suo corpo bramava quello di Everly.

Poi le palle gli si strinsero e Storm capì di esserci quasi, quindi portò una mano tra le gambe e col pollice andò a massaggiarle il clitoride; era già gonfio, uscito dal suo guscio, gli fece venire l'acquolina in bocca. *Presto*, pensò tra sé, presto l'avrebbe assaggiata, prendendo in bocca quel bel bocciolo. Per il momento, avrebbe usato solo le mani.

Quando Everly venne, si lasciò cadere in avanti appoggiandogli le mani sulle spalle, mentre lo chiamava per nome. Lui la seguì dopo poco, con il corpo sudato e scivoloso che vibrava con l'eiaculazione.

Si abbracciarono e cercarono di riprendere fiato, l'uccello era ancora dentro di lei. Storm si aspettava che fare l'amore con Everly fosse qualcosa di importante, ma non si aspettava che fosse tanto importante. Sentiva il bisogno di tenerla stretta e non lasciarla andare mai più, il bisogno di proteggerla, ma sempre guardandola crescere e diventare la donna sicura e meravigliosa che era.

Storm era arrivato a fare l'unica cosa che un tempo si era ripromesso di non fare mai.

Si era innamorato della ragazza del suo migliore amico.

Eppure... lei non era più quella ragazza. Era *Everly*.

Non solo, pensò Storm, era anche la donna che stava *con lui*.

Almeno lui ci sperava.

Aveva il cuore addolorato, eppure non c'era nulla da fare. Per quanto continuasse a ripetersi che era forte, più di quanto pensassero gli altri, sapeva che era solo una grande bugia, una bugia che lei continuava a ripetere a se stessa.

"Ora basta con questa overdose di autocommiserazione." Tirò indietro le spalle e uscì dalla macchina. La porta si chiuse cigolando, Jillian capì che quell'affare ormai stava tirando gli ultimi. Un altro punto da aggiungere alla sua sempre crescente lista delle cose da fare. Ormai la lista era più lunga della macchina, ma dato che aveva cominciato a lavorare per la Montgomery Inc. forse poteva cominciare a spuntare alcune di quelle faccende.

Lavorare con un ex che non era un ex comportava comunque dei vantaggi. Stipendio sicuro, copertura sanitaria, colleghi che la rispettavano nonostante fosse una donna in un lavoro pregiudizialmente maschile. Poi, certo, c'era anche quell'unico aspetto che non le andava giù… lavorare con *lui*.

Wes Montgomery.

Wes era il gemello di Storm e rompeva le scatole a tutti; l'aveva odiata da quando lei aveva conosciuto Storm e non si era mai fatto problemi a manifestare quell'antipatia a tutti. Ma a lei non importava, perché le piaceva moltissimo il lavoro che svolgeva e Wes poteva solo mandare giù il rospo.

Jillian sbuffò e cercò di ignorare le lacrime che le inumidivano gli occhi. *Non* aveva intenzione di mettersi a piangere. Aveva solo bisogno di dormire, o di un po' di caffè, o forse di entrambi. Con tutto quanto era successo la notte prima, le mancavano sia il caffè che il sonno.

"Non ci pensare," mormorò a se stessa, "va tutto bene, starai bene. Lascia perdere."

"Parli da sola nel parcheggio?"

Ma certo, doveva per forza vederla mentre cercava di farsi forza da sola, ovvio. Perché doveva essere proprio Wes a raggiungerla alle spalle? Non poteva essere Godzilla o chiunque altro? No, doveva proprio essere Wes Montgomery.

"Non avevo nessuno con un cervello decente con cui parlare, quindi sì, ovviamente parlavo da sola." Quando si confondeva, Jillian diventava acida, ma odiava quell'aspetto di sé.

"Oh oh." Wes la squadrò rapidamente, poi la

precedette alla porta, aprendola e facendole cenno di entrare: "Dopo di te."

Lei sfoderò un bel sorriso, pur sapendo che era un sorriso finto. "Grazie."

Appena Jillian entrò in ufficio, Storm la guardò e si acciglió: "Cosa c'è che non va?"

Lei alzò una mano: "Nulla."

"Non è vero, stai mentendo."

Everly era in piedi vicino a Storm e leggeva alcuni documenti. "Storm, smettila di tormentarla. Ma Jillian, cosa c'è che non va?"

A molti poteva sembrare strano che Everly e Jillian stessero man mano diventando amiche, ma solo ai molti che non le conoscevano. Jillian voleva bene a Storm, ma non nel modo giusto, mentre le sembrava che Everly si stesse innamorando di lui nel modo migliore possibile. Se Everly e Jillian non fossero riuscite ad andare d'accordo, si potevano creare dei problemi. Per fortuna sembravano capirsi e non avevano mai litigato in alcun modo.

Eh no, i litigi continuavano solo tra Jillian e Wes.

Jillian aveva detto a Storm di voler trovare anche lei la propria felicità, un uomo che la meritasse, ma in realtà aveva rotto con Storm perché aveva intravisto le scintille che scoccavano tra lui e la vedova del suo migliore amico. Jillian non si sarebbe mai intromessa tra loro due.

Storm ed Everly la fissarono abbastanza a lungo da farle capire che sarebbe stato inutile fingere: "Ieri mio padre è caduto mentre puliva le grondaie e si è rotto una gamba. In più, aveva dei brutti segni al torace, segni preoccupanti." Lasciò andare un sospiro e le si inumidirono gli occhi, ma lei scacciò le lacrime sbattendo le palpebre con rabbia. "È ancora in ospedale, ma è stabile."

"Cazzo," commentò Storm, che la raggiunse subito abbracciandola calorosamente. Storm era sempre bravissimo ad abbracciare. Quando si allontanò, arrivò subito Everly ad abbracciarla. Poi anche Tabby l'abbracciò e Jillian si ritrovò a piagnucolare fuori controllo.

Non sapeva come sarebbe andato il ricovero del padre, ma l'aiutava sentire il calore e l'affetto delle persone che la circondavano. Persino Wes, che non l'abbracciò, le si avvicinò e la guardò con molta comprensione. Era già qualcosa, anche se Wes le dava comunque un fastidio tremendo.

La vita non stava andando esattamente come lei se l'era immaginata, ma poteva sempre trovare il modo di cavarsela. Se l'era sempre cavata, accidenti, nulla l'avrebbe fatta crollare.

Non di nuovo.

Capitolo quindici

EVERLY CERCÒ DI NON ESSERE TROPPO SPERANZOSA, ma non sapeva che farci: *doveva* funzionare. Quel mattino erano stati dal logopedista, poi avrebbero fatto regolare gli apparecchi impiantati per stabilire quanto ci sentisse James. Era solo il primo dei tanti passi di questa nuova fase della vita, ma lei *sentiva* l'intensità del momento.

Il suo bimbo cominciava un nuovo percorso e lei era al suo fianco.

Grazie al cielo, Storm era in sala d'attesa con Nathan, almeno le alleggeriva quel peso. Everly sapeva di dover fare attenzione, non poteva affidare sempre a Storm la cura di uno dei gemelli, o anche di entrambi, ogni volta che sorgeva un'esigenza. Storm non era il padre dei gemelli e il rapporto con lui era appena cambiato. Bisognava chiarire i termini del rapporto e controllarli. Chiarire i termini era determinante.

Era strano potersi affidare a qualcuno nelle situazioni in cui tutto sarebbe stato più facile, con un po' di aiuto. Un aiuto che lei non aveva mai ricevuto. Jackson non era mai stato presente un solo giorno nella vita dei figli, Everly aveva fatto tutto da sola.

No, si corresse mentalmente. Jackson non era mai stato presente nella vita dei gemelli, ma evidentemente era stato presente nella vita dei due figli più grandi, forse anche per qualche giorno nella vita del terzo figlio avuto con Rachel.

Sentì il sapore della bile sulla lingua, ma scacciò quei pensieri. Non aveva ancora deciso come gestire quella particolare situazione. Sembrava quasi che la stesse ignorando, ma non era così, solo che aveva tantissime altre cose di cui occuparsi, troppi pensieri, programmi, tanto che diventava facile fingere che quel problema non esistesse.

Per il momento.

Si lasciò sfuggire un sospiro e passò una mano dietro la schiena di James. Il bimbo le sorrise e lei si innamorò di nuovo di quel bel faccino dolce.

"Siamo pronti?" domandò il medico. C'erano il logopedista di James insieme a due infermiere.

"Sì," rispose Everly con decisione, mentre James le prendeva la mano con la sua manina. "Siamo pronti."

"Pronti," ripeté James fissandole le labbra come a

leggerle. Everly sapeva che James poteva sentire da un orecchio, ma tante volte gli capitava che gli sfuggissero delle parole perché non guardava chi stava parlando, o perché qualcuno cominciava a parlargli dal lato sbagliato, o troppo rapidamente. La speranza era che, dopo tutta la fatica, il dolore e il nervosismo per la scelta di affidarsi all'operazione chirurgica, alla fine ne valesse la pena.

Proprio in momenti come quello, Everly desiderava avere qualcuno vicino, qualcuno a cui appoggiarsi, qualcuno con cui parlare. Le venne in mente il viso di Storm, ma allontanò quel pensiero. Il loro rapporto non era affatto di quel tipo e lei dubitava ci arrivassero mai. Everly non era nemmeno sicura di *volere* un partner di quel tipo. In fondo, non l'aveva mai avuto. Se poi non funzionava? Come l'avrebbero presa i bambini?"

Si lasciò scappare uno sbuffo e si concentrò su ciò che stava accadendo vicino a lei, lasciando perdere il flusso dei propri pensieri. In quel frangente, non ci si aspettava una sorpresa come quella dei video su YouTube, quando un bambino sente per la prima volta la voce della madre e tutti si mettono a piangere. No, James aveva già sentito la voce della mamma e anche la propria voce, ma finalmente poteva sentire molto meglio anche dall'altro orecchio. Anche qualora l'impianto non avesse funzionato del tutto, i medici speravano che lo aiutasse nella vita ad avere più equilibrio e maggiore sensibilità nei confronti dell'ambiente circostante.

Cominciarono a registrare l'apparecchio, collegando vari sensori alla testa e all'orecchio di James e poi inserendo i relativi spinotti nei terminali del computer. Ormai Everly conosceva ognuno di quei sensori e a cosa servisse, perché aveva fatto ricerche approfondite su internet e nei tanti libri che aveva letto; ma in quel momento sembrava tutto molto appannato, quasi perso. Riusciva solo a vedere il suo bimbo, con quegli occhi vivaci.

Al che un'infermiera diede una pacca sul braccio di Everly e annuì: era il segnale per farla parlare. Everly doveva essere la prima a parlare, ma in quel momento sentiva le lacrime che cominciavano a bagnarle gli occhi. In fin dei conti, forse anche quell'occasione poteva tramutarsi in uno di quei video, dato che l'altra infermiera stava usando il telefono di Everly per registrare l'intervento, per qualunque evenienza.

"James? Senti la voce della mamma?"

James spalancò gli occhi e alzò una mano, andando a toccarsi la testa dalla parte dell'impianto. Le lacrime cominciarono a scorrere sulle guance di Everly, che passò un dito sul naso di James.

"James?"

"Mamma! Che voce strana." Anche gli occhi di James si riempirono di lacrime, Everly si trattenne dall'abbracciarlo troppo stretto, per via dei tanti cavi attaccati alla testolina del figlio.

"La tua voce è perfetta," gli disse, appena riuscì a riprendere fiato, "proprio perfetta."

"Anche la tua voce è perfetta, mamma," le rispose James sorridendo e grattandosi sotto l'orecchio. "Ti voglio bene."

Ormai Everly stava singhiozzando apertamente, insieme alle due infermiere. Chissà come mai si era messa il mascara, quel mattino. "Anch'io ti voglio bene."

A quel punto Everly poté abbracciare il figlio e qualcuno chiamò Storm e Nathan, che entrarono. Everly incontrò lo sguardo di Storm, che poi guardò il bimbo tra le braccia della mamma e infine sorrise, un sorriso tanto luminoso che le fece capire di essere innamorata pazzamente di lui.

Così Everly pregò di non commettere errori.

PIÙ TARDI, quel pomeriggio, erano seduti a un tavolino all'aperto di una caffetteria in cui erano ammessi i cani; Everly stentava a crederci, come ci era arrivata? Entrambi i gemelli erano seduti sui seggioloni, uno di fronte all'altro, tra lei e Storm. Randy si era accucciato sulle gambe di Storm da circa mezz'ora, dopo una scorrazzata folle nel parco e dopo aver mangiato, era spaparanzato con il pancione pieno. I bimbi avevano chiesto di dargli anche un po' del loro cibo, ma Storm aveva spiegato senza mezzi termini che Randy era ancora in fase di addestramento e mangiava solo cibo per cani, non poteva essere nutrito dal tavolo.

James e Nathan avevano entrambi annuito da bravi bambini e avevano promesso che non avrebbero rovinato "l'addestramento". Erano davvero adorabili.

Quando la cameriera aveva apprezzato quanto fossero beneducati i gemelli, aggiungendo che erano una famiglia splendida, i bimbi non avevano fatto una piega e Storm sembrava non essersi agitato. Anzi, si era limitato ad ascoltare mentre continuava ad aiutare Nathan a mangiare il panino. Forse Everly era l'unica ad agitarsi. Storm si era preso una giornata libera dal lavoro, nonostante i tanti impegni, solo per aiutare lei e i bimbi. Wes era stato comprensivo, anche se alcune delle incombenze di Storm erano ricadute inevitabilmente su di lui. Tabby era in vacanza e in ufficio si sentiva molto la sua mancanza, Storm si aspettava delle giornate pesanti e un po' di follia, ma sempre nei limiti del gestibile. Everly lo sapeva, lo capiva, probabilmente non avrebbero passato molti pomeriggi insieme come negli ultimi tempi, forse avrebbero saltato il fine settimana o qualche serata.

La cameriera li aveva scambiati per una famiglia.

Everly deglutì a fatica, cercando di sciogliere il nodo che le chiudeva la gola. Cosa provava esattamente? Non lo sapeva.

Storm la guardò stranito e mimò con le labbra: "Stai bene?"

Lei deglutì sonoramente e annuì, poi allungò un braccio per aiutare James a pulirsi la bocca. Storm fece lo stesso con Nathan e lei sentì gli occhi lucidi: non sapeva il motivo di quella reazione, ma doveva darsi una regolata. Storm era sempre stato bravissimo con i gemelli e non era cambiato. Ma ultimamente stava sempre anche con *lei*, per questo lei andava fuori di testa: non sapeva come comportarsi vicino a lui, quando non erano da soli. Ma quello era un problema suo, doveva superarlo lei.

Non fosse stato per il fatto che aveva sempre in mente la libreria e tutto l'affare relativo a Rachel, Everly se la sarebbe anche cavata a tirare avanti. Invece le sembrava sempre di rimanere indietro di qualche passo.

Terminato il pasto, Storm saldò il conto (anche se lei aveva cercato di impedirglielo, perché le erano rimasti ancora un po' di soldi, nonostante il lavoro fosse andato letteralmente in fumo, ma lui l'aveva guardata di sbieco), poi andarono a casa sul SUV di Everly. Storm aveva lasciato la macchina da lei, perché sul SUV c'erano i seggiolini per i bimbi.

Però fu Storm a guidare, perché Everly aspettava una telefonata importante dall'ufficio che indagava sull'incendio e non voleva mettere in vivavoce quando c'erano anche i bimbi. Purtroppo non erano arrivate altre novità e non le era *ancora* possibile entrare negli ambienti della libreria, perché le indagini erano ancora aperte. Il magistrato incaricato voleva solo aggiornarla su quel poco che si sapeva.

Sì, era incendio doloso.

No, non erano certi che l'appunto ricevuto da Everly fosse collegato all'incendio, ma ci stavano lavorando.

No, non pensavano fosse stata lei.

Sì, stavano ancora cercando il colpevole.

Everly non aveva idea di cos'avrebbe fatto, se non fosse riuscita a partire presto con la ricostruzione… sempre che volesse ricostruire, comunque. C'era sempre il rischio che fosse tutto da buttare, che non ci fosse abbastanza da recuperare, ma accidenti, quella libreria era stata il suo sogno, oltre che il suo reddito. Dall'incendio, non era più nulla.

Deglutì a fatica, ignorando il dolore alla pancia provocatole da quel pensiero.

Storm batteva le dita sul volante e lei lo guardò. Lui le sorrise al volo, per poi tornare a fare attenzione alla strada; quel sorriso le fece il solito effetto, come una palpitazione accelerata al cuore, un effetto che la preoccupava.

"Sto pensando di mettere dei seggiolini anche nella mia macchina. Renderebbe tutto più facile, qualora decidessimo di non prendere il SUV, anche se a me non dispiace."

Everly si fece seria: "Vuoi comprare dei seggiolini per i bimbi?"

Lui la guardò di sfuggita prima di tornare a concentrarsi sulla strada. Lei capiva il motivo per cui Storm era estremamente attento alla guida e non la guardava tanto, non poteva certo biasimarlo: portava ancora il peso della colpa, tanto da farla sentire male per lui. Per quanto potesse sembrare imbarazzante ad altri il legame che univa tutto a Jackson e Rachel, lei non si sentiva affatto a disagio: Storm cercava da sempre di espiare i propri peccati, di cui oltretutto non era veramente responsabile, lei non poteva certo scaricare su di lui anche il peso dell'adulterio di Jackson.

"Ev? Ci sei?"

Lei sbatté le palpebre, risvegliandosi dai propri pensieri, che stavano partendo per la tangente. Quel giorno le sembrava impossibile concentrarsi su qualcosa.

"Scusami, eh… ma perché vuoi comprare i seggiolini?"

Lui la guardò stranito, poi tornò a guardare la strada: "Perché passo più tempo con te e non si sa mai quando puoi avere bisogno di me. Però se per te è un problema, basta che tu me lo dica."

Everly sentì il dolore nel tono di voce di Storm e se ne fece una colpa. Solo perché lei preferiva andarci piano, non doveva per forza essere così secca. Storm cercava solo di aiutarla e lei doveva solo capire come prenderla.

"Credo che sarebbe un pensiero molto carino da

parte tua," gli disse dopo un momento, riflettendo bene su quel che diceva.

"Possiamo anche parlarne meglio," le disse Storm dopo un momento. "Non c'è fretta."

"Ai bambini *piace* la tua macchina," disse Everly, cercando di non sembrare un'idiota, senza riuscirci.

Storm le fece un gran sorriso e lei trattenne un sospiro di sollievo, vedendolo felice anche negli occhi. "Perché la mia macchina è fantastica."

Everly sorrise in silenzio, cercando di non far svegliare i due bimbi che dormivano sui sedili posteriori. Appena entrati nel SUV, erano crollati insieme a Randy, che dormiva tra loro.

Quando i bimbi furono messi a letto per un pisolino pomeridiano e Randy fu chiuso in lavanderia con un bastoncino da masticare, Everly ormai si sentiva sfinita, continuava a esprimersi male e non sapeva che pensare, ma accidenti, non poteva nemmeno essere troppo dura con se stessa, dopo tutto quello che era successo. Però lei non era fatta così, quindi un po' se la prendeva con se stessa… ma insomma.

"Ora che i bimbi riposano e abbiamo qualche minuto, perché non mi dici che sta succedendo?" le chiese Storm entrando in cucina. Lei aveva appena tirato fuori due bicchieri per versarvi dell'acqua, così si voltò, dando la schiena al mobile e trovando Storm proprio davanti a lei.

"Cosa intendi dire?"

Lui sospirò e le prese di mano i bicchieri per

posarli sul mobile. "Andiamo, Ev. Ti comporti in modo strano. È per quello che ha detto la cameriera? O perché sono stato con te tutto il giorno, quando di norma hai i bimbi tutti per te? Loro non sanno nulla di quello che c'è tra noi, altrimenti avrebbero commentato. Sono fatti così. Ma se avermi troppo attorno crea confusione, ho bisogno di saperlo. Pensi che ci stiamo muovendo troppo alla svelta?" Le mise una mano sulla guancia, accarezzando la pelle morbida con il pollice.

"Mi sento solo un po' sfinita, travolta," gli rispose con sincerità, "ma non solo perché con te stiamo trovando il modo di stare insieme."

Storm sbuffò sollevato: "So che ne stai passando tante, odio non poterti aiutare di più."

"Ma già mi stai aiutando molto," gli disse subito, "anche il fatto stesso che sei qui con me mi aiuta."

"Anche se la mia presenza ti fa un po' uscire di testa?"

Lei sussultò: "Non so bene come comportarmi, con te vicino. Siamo amici. *Eravamo* amici. Poi ci siamo allontanati un po', dopo la morte di Jackson. Adesso siamo più che amici. *Molto* più che amici. Tu sei fantastico, ma sai anche molto di me e sei legato a tutto ciò che mi succede, anche se la tua lista di problemi non è certo più corta della mia. Messo tutto insieme, se ci penso, diventa troppo."

Storm abbassò la testa verso di lei e sospirò: "Allora pensaci un po' alla volta. È così che ho imparato a tirare avanti, negli ultimi vent'anni. Affrontare tutto in una volta finirà per pesarti tanto da toglierti il fiato."

Everly gli mise le mani sul petto e si appoggiò a lui, invece di spingerlo via. Per tutto il giorno, l'aveva sempre allontanato, spingendolo lentamente via, solo per non perdere il controllo; ma non era quello che voleva veramente. Non poteva continuare a scaricare sulle spalle di Storm il passato di Jackson. Certo, adesso le riusciva più difficile fidarsi e appoggiarsi pienamente a qualcuno, ma Storm non era Jackson e lei lo sapeva.

"Tu non sei come Jackson," gli sussurrò, al che Storm si irrigidì.

"Lo so che non sono come lui," le rispose con cautela allontanandosi appena per guardarla in faccia. "Ma *tu* sei sicura di saperlo?"

Everly deglutì a fatica e annuì. "Sì, lo so. A volte il mio cervello fa un po' di confusione, ma *so* che non sei come lui. Jackson non era molto presente nel nostro rapporto, forse non lo è mai stato così tanto. Io ho sempre pensato che il motivo fosse il suo lavoro, perché gli piaceva molto e si dedicava con tutto se stesso alla professione, ma adesso non ne sono più così sicura."

"È stato uno stronzo," sbottò Storm.

"Sì, è vero. Mi ha fregata, accidenti, ha fregato anche Rachel, ma non so bene se lei la pensi allo stesso modo. Si è proprio comportato da coglione e non ho capito quanto se non di recente."

"Se potessi prenderlo a botte, lo farei."

"Ma non puoi; ormai non c'è più e ci ha lasciato tutti i suoi casini da risolvere. Mi sorprende solo che sia servito tanto tempo perché i casini saltassero fuori."

"Pensa se non avessi trovato quella foto… cacchio, se non li avessi proprio fatti conoscere, non sarebbe successo niente del genere."

Lei scosse la testa e lo guardò intensamente: "Non devi incolpare te stesso. Avrebbe trovato un altro modo, un'altra donna. E' così che fanno gli uomini come lui, non è vero?" Everly sbuffò. "Ma insomma, sì, mi ha messo nei casini, ho dovuto passare gli ultimi tre anni imparando a fare la mamma single. Non posso cambiare di punto in bianco, con te. So che è una rottura, che sono troppo dura, ma devo pensare prima di tutto ai miei figli."

"Non ho intenzione di ferirli. Ho sempre tenuto molto ai gemelli."

Everly sentì gli occhi lucidi, ma respinse con rabbia le lacrime. Negli ultimi giorni, le sembrava di essere sempre in lacrime, odiava quella sensazione. "Lo so che ci tieni molto, anche per questo sto con te, perché tu *ci tieni*. Pensi sempre prima agli altri che a te stesso, anche quando ti fa male. Sei mio amico, Storm, amico e amante. Non so come conciliare il tutto con l'uomo che conosco. Ho solo bisogno di un po' di tempo per arrivare a capirlo."

Storm le mise le mani intorno al viso e la baciò sulla bocca senza dire nulla. Quando si staccò da lei, erano entrambi senza fiato. "Non devi capire tutto subito, non devi arrivare a tutto da sola. In questo momento non c'è niente che tu possa fare per la libreria, per quanto riguarda Rachel, capirai presto cosa fare, ne sono certo. Ma io? Io sono qui e non vado da nessuna parte. Sì, nelle prossime settimane potrei essere un po' preso, ci sono molti impegni alla Montgomery Inc. Ma sappi che non ti starò lontano: ti voglio tra le mie braccia, Everly. Voglio solo starti vicino. Tutto il resto arriverà, ci arriveremo assieme, se vuoi, oppure ci arriverai per conto tuo, se è ciò di cui hai bisogno. Non ti costringerò a prendere decisioni, non deciderò per te. Non sono certo il tipo, anche se dentro di me c'è un selvaggio che vorrebbe essere quel tipo di uomo."

Nel concludere, Storm le fece l'occhiolino e la fece ridere, così Everly alzò la testa per baciarlo sul mento. "Sei meraviglioso, Storm Montgomery."

"Me lo dice sempre anche la mamma. A proposito di mia mamma…"

Everly si acciglio: "Non mi piace il cambio di argomento."

Storm si affrettò a spiegare: "Mia mamma vuole invitare te e i bimbi al barbecue in famiglia del prossimo fine settimana, a casa dei miei genitori. Dovrei avvertirti: ci saranno un sacco di Montgomery, tantissimi. Ci siamo noi otto figli e figlie, ma penso che abbia invitato anche i miei cugini di Colorado Springs, perché credo tocchi a loro. La famiglia tutta intera è troppo grande per invitare tutti insieme i quattro gruppi di cugini. Riempieremmo Denver di Montgomery."

Everly sentiva la testa scoppiare: "Tua mamma ci ha invitati?"

Storm annuì: "Ti avrebbe invitata anche se non stessimo insieme. Adesso sei nella sua rete, quindi vedrai che si occuperà *sempre* anche di te e dei bimbi."

"Tua mamma e tuo papà sono venuti in ospedale, quando James è stato operato," commentò Everly distrattamente.

"Sì, i miei genitori sono davvero meravigliosi. Dovrei avvertirti anche che mia mamma sa che stiamo insieme e probabilmente dirà qualcosa, vorrà conoscerti meglio… ma tu sei tosta, puoi gestirla. Più o meno." Le sorrise sulle ultime parole, lei si appoggiò a lui ridendo.

"In che pasticcio mi sono cacciata, con te e gli altri Montgomery?"

Storm fece un gran sorriso: "In un pasticcio incredibile. Pasticcio è un po' il nostro motto."

"Avete un motto di famiglia?"

"Beh, abbiamo anche un tatuaggio. Un Montgomery è sempre un Montgomery."

Everly non riusciva a capire fino in fondo cosa

significasse, avere una famiglia come quella. Lei non l'aveva mai avuta e i genitori di Jackson non erano mai stati carini con lei. Accidenti, ormai non le parlavano nemmeno più. Ma i Montgomery? Erano di una pasta completamente diversa.

Di nuovo, Everly non aveva idea del da farsi.

"Cosa dovrei portare?" chiese a Storm, sbuffando.

Lui le sorrise, con gli occhi pieni di gioia: "Porta solo te stessa e i bimbi. Le basterà." Poi abbassò la voce. "Basterà anche a me."

Lei gli si avvicinò per farsi baciare. "I bimbi dormono, lo sai?"

Storm la baciò di nuovo: "Sembra proprio di sì." La baciò sul collo, poi dietro l'orecchio. Poi le mordicchiò una guancia. Everly si lasciò andare quasi di peso su di lui, sentendo addosso le sue mani, gli baciò una spalla, ne voleva di più.

Storm la trascinò in camera da letto e si strofinò contro di lei, facendole venire i brividi alla schiena: "Voglio assaggiarti." Entrambi si erano sottoposti ai necessari controlli medici, erano sani come pesci.

Everly scosse la testa: "Prima devo assaggiarti io." Prima che Storm potesse aggiungere altro, lei si inginocchiò. Per fortuna, Storm non protestò quando lei gli slacciò la cintura e gli abbassò la cerniera, per poi tirargli fuori l'uccello dai pantaloni; anzi, le mise le mani nei capelli e gemette.

Quando lei afferrò la base dell'uccello e la strinse,

lui ridacchiò un po' di gola: "Così verrò troppo presto, piccola. Voglio venire *dentro* di te."

"Se mi vieni in bocca, è sempre dentro di me." Gli fece l'occhiolino, poi glielo leccò tutto. "Se ti faccio venire subito, avrai più tempo per leccarmi da tutte le parti, mentre recuperi, prima di scoparmi forte sul letto." Everly *sapeva* di essere diventata paonazza in volto mentre parlava, ma non le importava. Anche se era imbarazzata, solo un poco, parlare di sesso con Storm la faceva eccitare e a giudicare dal modo in cui lui lasciava andare la testa all'indietro, faceva eccitare anche lui."

"Sembra quasi una sfida." La guardò con un sorriso sornione. "Mi piace."

Prima che Storm potesse provare a convincerla diversamente, Everly gli succhiò forte la punta dell'uccello, per poi leccargliela.

"Santo cielo."

In tutta risposta, lei fece un verso di gola per farglielo vibrare, mentre andava su e giù con la testa e massaggiava con una mano ciò che non poteva prendere in bocca. Con l'altra mano gli afferrò le palle, massaggiandole mentre passava la lingua sull'asta, bagnandola con baci umidi e sonori. Dal modo in cui lui stringeva i muscoli, Everly capì quanto gli piaceva sentirsi leccare la vena lungo l'asta.

Quando glielo riprese in bocca e fece scivolare la mano sulla striscia di pelle dietro i testicoli, Storm gemette, aggrappandosi con più forza ai suoi capelli.

Everly rilassò la lingua e ingoiò ogni goccia di seme, quando lui venne contro di lei con le gambe tremanti.

Appena lei lo lasciò uscire di bocca, lui la fece alzare per baciarla e sentire il sapore del suo respiro. Entrambi tremavano, affannati, mentre si spogliavano completamente.

"In ginocchio davanti a me," le ordinò Storm, dandole una veloce sculacciata mentre la faceva girare. "Adesso affonderò la faccia tra le tue gambe e ti mangerò fino a farti venire. Due volte."

"Sembra quasi una sfida," commentò lei, riprendendo l'espressione che Storm aveva usato poco prima. Poi si mise sul bordo del letto senza dire altro, per potersi far leccare da dietro. Quando lui le infilò dentro due dita, leccandole nel contempo il clitoride, Everly gemette. Sentiva la barba pungerle la pelle liscia dell'interno coscia, una sensazione che la spinse sull'orlo dell'orgasmo molto prima di quanto si aspettasse. Prima ancora che potesse chiamarlo per nome, lui le infilò dentro un terzo dito, muovendo appena la mano in modo da sfiorarla dentro proprio dove era più sensibile, facendola venire più rapidamente di quanto lei avesse mai creduto possibile.

"Storm," lo chiamò ansimando, tanto eccitata da essere sul punto di venire subito una seconda volta.

In risposta, lui le morse il clitoride facendola gridare e provocandole l'orgasmo più forte che Everly avesse mai provato in tutta la vita. Stava ancora venendo, quando lui tirò fuori le dita e la fece girare sul letto, mettendola supina.

"Sei pronta per il mio uccello?"

Everly lo guardò sbattendo le palpebre, il corpo caldo e la carne tremula, i seni pesanti, i capezzoli turgidi. "Hai già recuperato?"

Lui le fece l'occhiolino: "A quanto pare non ho mai problemi ad averlo duro, con te." Si srotolò un profilattico sull'asta e le fece alzare le gambe tenendole unite e appoggiandosele su una spalla. "Adesso ti scopo così, ma voglio che ti stimoli i capezzoli. Gioca con le tue belle tette, Ev, fammi vedere che ragazzaccia terribile sei."

"Basta che tu sia il mio ragazzaccio."

Lui fece un gran sorriso, mostrandole i denti. "Cazzo, proprio così, Ev. Sempre."

Lei si leccò le labbra e si mise le mani sui seni. Aveva i capezzoli così sensibili che appena sfiorandoli sentiva la passera pulsare. Allo stesso momento, Storm si spinse dentro di lei e gemettero entrambi.

"Piccola, in questa posizione sei così stretta, cazzo, che finirò per venire troppo presto."

"Allora scopami mentre pensi all'Inghilterra," gli disse Everly ridendo e arrossendo di nuovo per quella battuta. Erano immagini che aveva letto solo nei romanzi rosa, non aveva mai immaginato di dire frasi del genere ad alta voce. Invece Storm la faceva sentire a suo agio, le faceva venir voglia di dire frasi sconce. Più porcherie diceva, meglio si sentiva.

"Si può fare, Sua Signoria." Poi si *mosse*.

Everly si afferrò i seni e si mise a giocare coi capezzoli, mentre lui la scopava forte, facendola affondare nel letto; quando lei venne di nuovo, lui gemette, facendole divaricare le gambe, mentre continuava a muoversi, mettendosi sopra di lei e facendo l'amore e scopando allo stesso tempo. Porcherie a parte, a Everly sembrò il momento migliore della sua vita… o almeno uno dei momenti più belli. Ogni volta che stava con Storm, le sembrava sempre un'occasione piena di passione.

"Ti voglio," le disse con voce roca, "sei tutto per me, Ev, tutto."

La baciò, sempre muovendosi, mentre lei gli passò una mano sulla schiena, umida di sudore, e gli avvolse le gambe intorno alla vita, andando incontro a ogni spinta, pur essendo esausta, se non di più.

Quando Everly raggiunse un altro orgasmo, lui venne con lei, riempiendo il preservativo e scaldandola dentro. La barba di Storm l'aveva graffiata nel miglior modo possibile, il mattino dopo si sarebbe sentita indolenzita; Everly lo sapeva, ma non era importante. Non le importava.

Alla fine, si sdraiò tra le braccia di Storm, senza la minima preoccupazione.

Tutto il fardello si sarebbe presentato di nuovo l'indomani, lei lo sapeva bene; ma in quel momento voleva solo vivere l'attimo.

Era il minimo che potesse fare.

Capitolo sedici

EVERLY AVEVA BISOGNO DI UN SONNELLINO, MA sapeva di non poterselo permettere tanto presto. Per quanto l'attirasse un letto comodo, aveva promesso alle amiche che avrebbe finalmente partecipato a un'uscita di sole donne. I bimbi avrebbero passato la serata con Harry e Marie, che si erano offerti volentieri di occuparsi di tutti i nipoti, dato che anche i maschietti si erano organizzati una serata tra uomini. Come facessero quei due a tenere a bada così tanti bambini tutti insieme, Everly non lo sapeva; del resto, i signori Montgomery avevano cresciuto otto figli quindi era ovvio che fossero dotati di superpoteri.

Everly aveva portato i gemelli da Austin e Sierra, Austin era il più grande dei fratelli Montgomery e quella notte toccava a lui tenere i bambini, poi si era recata al parcheggio condiviso dalla Montgomery Ink e dal Taboo. In centro a Denver era difficilissimo trovare posto per la macchina, quindi il fatto che i due negozi avessero un parcheggio adiacente (per quanto piccolo) era di una comodità unica. Lei aveva dietro casa solo un misero posto auto e quando nevicava parecchio o pioveva forte il suo SUV faticava a entrarci.

Everly stentava a credere che la sua vita fosse cambiata così tanto in un lasso di tempo così breve. Prima aveva solo una persona vicina, Tabby, con Storm che si faceva vedere ogni tanto, poi era passata ad avere un gruppo di amiche e una famiglia, peraltro non i suoi parenti, a cui affidare i figli per prendersi qualche attimo di respiro.

Qualcuno bussò al finestrino e la fece gridare dallo spavento, Everly si voltò e vide Maya fuori dall'auto, con gli occhi spalancati.

"Mi hai fatto cacare sotto dalla paura." Maya doveva aver urlato, dato che Everly l'aveva sentita bene nonostante il finestrino fosse chiuso.

Everly sbuffò e aprì lo sportello, costringendo Maya a fare un passo indietro. "Sei tu che hai fatto cacare sotto *me* dalla paura." Poi si mise a ridere e scosse la testa. "Pensavo fosse un pazzo omicida." *O Rachel.* Everly cercò di non rattristarsi. Perché diavolo doveva essere Rachel? Chissà perché le era venuta in mente, era una questione in sospeso, non sapeva cosa stesse tramando quella donna e l'incertezza era destabilizzante. Per fortuna c'era quella serata tra amiche a tenerla lontana dal milione di pensieri che le procuravano stress.

Maya le fece un gran sorriso. "Oh, ma non avrei certo bussato sul vetro del finestrino con un'accetta, se avessi avuto intenzione di massacrarti. Sarei entrata subito, mi sarei messa sul sedile dietro e ti avrei tagliato la testa da dietro, tutto all'improvviso."

Everly si irrigidì: "Sei una persona davvero interessante, Maya."

Maya si mise a ridere: "Si fa quel che si può. Adesso forza, andiamo tutte al nuovo locale in fondo alla strada. Ci facciamo un paio di drink, tranne chi guida, mangiamo qualche stuzzichino che ci farà ingrassare, poi torniamo a casa dai nostri ometti, cariche di zucchero e grasso, per farci spupazzare a dovere."

Ecco, una descrizione molto più esplicita di quanto Everly si aspettasse da Maya, ma ripensandoci… forse poteva davvero trovarsi con Storm, dopo aver passato il tempo con le altre, per avere qualche momento *a due* prima di andare a prendere i bimbi.

"Vedo che ti brillano gli occhi, ci stai facendo un pensierino; ma dato che il pensierino probabilmente lo stai facendo con mio fratello, sarà meglio che non ti chieda i dettagli." Maya fece spallucce simpaticamente, poi tirò Everly per un braccio avviandosi nella direzione giusta. "Andiamo. Penso che saremo le ultime ad arrivare. Ci ho messo più del solito a salutare, a casa."

"Perché hai due uomini da salutare, a casa?" Everly non sapeva proprio come facesse Maya a gestire tutto quel testosterone; lei faceva fatica a gestire Storm, nonostante non fossero sposati o impegnati a tempo pieno.

Maya si mise a ridere: "Beh, di solito è proprio come dici tu, ma stavolta ho dovuto occuparmi dell'*altro* mio ometto, Noah. È proprio un monello, ma credo che la colpa sia soltanto mia: sono stata e sono *ancora* una burrasca, almeno così dicono in tanti, quindi è più che naturale che anche il mio bimbo sia terribile. Ma dato che sono attaccatissima, mi è servito un po' di tempo prima di decidermi a lasciarlo dai miei genitori."

"Ti capisco. Io amo alla follia i miei bimbi, tanto che a volte non vorrei mai perderli di vista."

"Tu farai anche più fatica, con l'asma di Nathan e l'operazione di James."

"È proprio vero, ma in qualche modo ce l'abbiamo fatta. Anche se per me una serata tra amiche è un po' una novità."

"Beh, anche se non uscissi con Storm, sei sempre amica di Tabby, che è una di noi. A noi Montgomery piace includere persone a noi vicine, siamo fatti così." Maya concluse ridendo, mentre Everly si chiedeva cosa la aspettasse, frequentando i Montgomery.

Attraversarono la strada e si diressero verso il locale appena ristrutturato, che aveva sostituito una caffetteria andata male. A Denver c'erano tantissimi bar, quasi a ogni angolo, ma spesso non duravano a lungo, a meno che non facessero parte di una catena di franchising o non fossero molto particolari. Erano veramente troppi. Certo, lo stesso poteva dirsi dei locali notturni, a Denver.

Quando entrarono, sentirono una musica fortissima che fece sussultare Everly. Maya la guardò e sbuffò, poi gridò cercando di sovrastare il baccano: "Eh sì, questo posto forse è troppo giovane per noi.".

"Everly! Maya! Da questa parte!" urlò Tabby da un angolo, dove le altre amiche avevano già occupato qualche tavolo.

Everly e Maya si avviarono verso le altre e le abbracciarono tutte, ridendo e urlando sulla musica, che in quell'angolo era meno forte rispetto all'ingresso. Meghan e Miranda erano sedute dall'altra parte del tavolo, erano bellissime, rispettivamente in verde e in blu. Maya indossava una specie di tuta nera che le dava un tocco raffinato, un incrocio tra moda e punk che ben si accostava ai piercing e ai tatuaggi. Tabby indossava un top pieno di brillantini con dei leggings di pelle nera; Everly sapeva che erano molto comodi, quasi come indossare un pigiama, gliel'aveva detto proprio l'amica. Autumn indossava un abito rosso e nero che faceva risaltare i suoi riccioli rossi, era molto seducente e provocante, le bastava poco. Sierra indossava un vestito viola che le fasciava i fianchi e le cosce, sembrava pronta per andare a ballare.

Everly aveva scelto un vestito nero con uno scialle,

dato che non aveva molto altro da mettersi in un'occasione come quella. Negli ultimi tre anni, non aveva avuto bisogno di abiti da cocktail o vestiti sgargianti, era troppo impegnata ad allattare e crescere i due gemelli, continuando a lavorare a tempo pieno.

"Allora… che si beve?" domandò Sierra inarcando un sopracciglio.

Everly strinse le labbra per trattenersi e non ridere, le altre sembravano tutte molto impegnate a dare l'impressione di divertirsi.

"Capisco…" Sierra proseguì sbuffando: "Sono troppo fuori, con tutto quello che mi combinano i bambini in questi giorni. Pensavo di fare la supermamma con Leif, invece adesso mi sembra di non essere tanto super quanto credevo."

"Ma si dice ancora super, oggigiorno?" domandò Everly arrossendo, mentre le altre la guardavano. "Cioè, so che fare la mamma arcigna è fuori moda, ma non c'è un'altra parola per quando vuoi fare la mamma brillante?"

Maya alzò uno dei bicchieri che le altre avevano fatto arrivare, insieme alla brocca d'acqua e ai margarita. "Alle mamme brillanti, super arcigne e spaccatutto, a qualunque termine usino i ragazzi di oggi."

Everly rise e alzò il suo bicchier d'acqua cercando di non rovesciarlo, mentre partecipava a quel brindisi di gruppo. Negli ultimi periodi, era sempre soprappensiero e inoltre doveva guidare, quindi preferiva andare sul sicuro e non bere alcol.

"Va bene, adesso si balla!" Miranda si alzò in piedi e mimò mosse di danza coi fianchi. "Svelte, prima che arrivino degli uomini a rovinare la nostra serata tra amiche."

Everly si accigliò: "Devono arrivare anche i ragazzi?" Storm non gliel'aveva detto, quando l'aveva visto, quel mattino, ma nemmeno gliel'aveva scritto nei tanti messaggi che si erano scambiati durante il giorno, tra i vari appuntamenti. Forse gli altri avevano intenzione di raggiungere le compagne, ma Storm no. Cercò di non sentirsi troppo confusa su quel punto.

"Ci raggiungono sempre," spiegò Meghan alzando gli occhi al cielo. "A loro non importa che questa sia una serata solo per noi amiche, la loro serata tra uomini finisce sempre per unirsi alla nostra serata, anche se non lo dicono mai prima."

Sentendo quella spiegazione, Everly si sentì un po' meglio, anche se non era sicura di come sentirsi, le era sembrato di essere delusa, perché Storm non le avrebbe raggiunte. Eh sì, il rapporto si stava facendo serio, ma anche con Jackson si era fatto serio.

"Basta con tutti quei pensieri!" esclamò Tabby mettendole un braccio intorno alla vita. "Andiamo a ballare."

Everly trasalì. "Ma io non ballo. Cioè, *non so* ballare."

"Per questo andiamo a ballare tutte insieme," le spiegò Miranda, "così nessuno se ne accorge."

"I predatori devono avere troppo da guardare,

così non possono scegliere chi attaccare," aggiunse Autumn, sistemandosi i capelli su una spalla. "Almeno credo che dicessero così, non me lo ricordo con precisione, era uno spettacolo sulla natura, ma insomma, andiamo! Si balla!"

Tutte le amiche occuparono un angolo della pista da ballo, muovendo fianchi e braccia al ritmo della musica, erano una meraviglia assoluta, ma allo stesso tempo anche divertenti. Nel locale c'erano clienti molto più giovani, ma accidenti, Everly aveva appena trent'anni, non era certo una vecchia megera o qualcosa del genere.

Ogni tanto, un uomo cercava di intromettersi nel gruppo, ma Maya e Autumn facevano a turno e lo allontanavano in modo carino, sempre che anche *lui* fosse stato carino, oppure minacciavano di strappargli i testicoli, se cominciava a diventare appiccicoso. Ballare tutte insieme aveva dei vantaggi.

Quando Everly sentì due braccia che la cingevano alla vita, si girò, pronta a dare un calcio tra le gambe a chi si era permesso di metterle le mani addosso senza chiederle il permesso, ma si fermò appena vide che era Storm.

Indossava una maglia blu scuro con dei jeans eleganti, eppure lei non vedeva altro che l'espressione dei suoi occhi. Era tremendamente sexy ed era lì *per lei*, almeno per il momento. "Ciao," le disse.

Everly si leccò le labbra, accorgendosi che anche gli altri uomini erano arrivati e avevano raggiunto le rispettive donne, salutando in modi più interessanti. "Ciao," gli rispose sottovoce, "non sapevo saresti venuto."

"Non ci avevo pensato, ma avrei dovuto."

"Adesso vado a prendere da bere," disse Wes con un po' di sarcasmo, "ormai mi sembra di fare da ruota di scorta, della serie il tredicesimo incomodo."

Everly sussultò e guardò l'unico Montgomery rimasto single, considerando che Storm stava con lei. "Se vuoi puoi stare con noi."

Storm scosse la testa: "No, non voglio condividerti." Poi le baciò il collo e lei sentì i brividi.

Wes si massaggiò una tempia: "Non condividiamo. Anche se, chissà perché, subito dopo il college alcune donne pensavano sarebbe stato divertente stare con entrambi allo stesso tempo…"

Everly spalancò gli occhi: "Eh?"

"Non è successo niente," aggiunse Wes, mentre Storm si fece una risata. "Proprio nulla, neanche per sogno, non preoccuparti. Non ci piacciono i triangoli tra gemelli."

"Meno male," commentò Everly ridendo e scuotendo la testa, mentre Wes se ne andava borbottando da solo.

Storm la baciò di nuovo sul lato del collo e lei gli si appoggiò contro. "Per quanto mi piaccia guardare il tuo sedere che si muove a ritmo di musica, che ne dici di andare da me per un po', intanto che arriva l'ora di riprendere i bimbi?" Le morse il lobo dell'orecchio e lei quasi si lasciò cadere tra le sue braccia.

"Fuori di qui, voi due," gridò Maya maliziosamente, tra Border e Jake. I due mariti di Maya non la stavano abbracciando come avevano fatto in altre occasioni, ma Everly li capiva: ultimamente c'erano stati dei crimini d'odio nella zona, in particolare contro persone impegnate in rapporti misti, quindi era meglio fare attenzione, anche se tutti gli amici presenti erano disposti a battersi per Maya e i suoi due mariti.

"Non me lo faccio ripetere due volte." Storm prese Everly per mano e la tirò via dalla pista da ballo, salutando con lei tutti gli altri. Appena usciti dall'edificio, Storm la prese tra le braccia e la baciò con grande passione. "Se preferisci ballare possiamo anche tornare dentro. Solo che ti ho vista in pista e mi è venuto talmente duro che il mio cervello è andato in pappa. Se ti stavi divertendo, allora ricominciamo a ballare. Dico davvero."

Everly si alzò in punta di piedi per baciarlo sul mento. "Andiamo da te. Ho ballato, ho riso, adesso ti voglio."

"Ottimo." La baciò ancora e poi le fece strada. "Immagino tu abbia parcheggiato alla Montgomery?"

"Sì, in questo momento il mio parcheggio non è disponibile." Everly allontanò dalla mente i pensieri sulla libreria, non voleva preoccuparsi, proprio in quel momento. Voleva solo pensare a Storm, a quello che stavano per fare. Tutte le altre preoccupazioni l'avrebbero aspettata dal mattino dell'indomani. "Tu dove hai parcheggiato?" gli chiese, senza voler parlare d'altro.

"Ha guidato Wes e ha messo la macchina nello stesso parcheggio. Pensavo di farmi portare a casa da lui, ma così è anche meglio."

Everly lo fece fermare prima di attraversare la strada e lo baciò di nuovo. Lui le passò le mani nei capelli facendola sospirare; Everly sapeva di essere in piedi sul ciglio della strada, di notte, nel centro di Denver, ma per qualche attimo non se ne preoccupò. "Idea meravigliosa."

STORM la spinse contro la porta e la baciò sul collo e sulla guancia, mentre lei gli passava le mani sulla schiena, sotto la maglia. Erano appena entrati a casa di Storm e già non riuscivano a tenere ferme le mani.

Lui le passò una mano sotto al vestito e andò ad afferrarle un seno, coperto dal reggiseno senza spalline. A quel contatto, Everly sentì i brividi e inarcò la schiena.

"Di più," gli disse con voce roca, "più forte."

Poi si aggrappò alla maglia di Storm, che a sua volta si aggrappò al vestito. Ben presto si ritrovarono entrambi nudi, coi vestiti per terra tra i piedi, le scarpe di Everly dall'altra parte della stanza, le aveva scalciate in un punto in cui non avrebbe mai potuto ritrovarle, fosse stata di fretta. Lui le passò una mano tra le gambe, mentre lei gli afferrò l'uccello. Gemettero entrambi, cominciarono a sudare tra i tocchi e le provocazioni.

Quando lui le infilò dentro due dita, lei venne e inarcò il corpo chiamandolo per nome, mentre sentiva le palpebre pesanti. Anche i seni cominciarono a farsi pesanti e la passera le si bagnò anche di più, intorno alla mano di Storm. Quando lui tirò fuori le dita, lei quasi si lamentò, ma solo per breve, perché lui si sedette sulla poltrona più vicina e tirò fuori un preservativo.

"Mettimelo tu."

Everly aprì il pacchetto con le mani tremanti e gli infilò il profilattico in tutta lunghezza. "Sei pronto?"

"Sempre pronto, Ev. Per te, sempre pronto. Adesso cavalcami l'uccello."

Everly si sostenne con le mani su quelle di Storm e si mise a cavalcioni su di lui, seduto sulla poltrona, abbassandosi lentamente e infilandolo dentro. Quando lo sentì tutto dentro, si sentì ardere, la pelle bollente per quel contatto, i capezzoli duri, tanto da far male.

"Cavalcami, Ev. Dai che ce la fai, piccola."

Lei si abbassò e lo baciò sulla bocca, poi spostò le mani e gliele appoggiò sulle spalle, mentre cominciava a muovere i fianchi. Gemettero entrambi, poi lui le afferrò i fianchi per aiutarla a trovare l'angolazione giusta, mentre lei si muoveva oscillando sempre più.

Poi Everly si inclinò all'indietro e sentì ogni centimetro dell'uccello dentro di sé, la riempiva così tanto che le sembrò di scoppiare di piacere. Storm approfittò di quel momento per sporgersi in avanti e prese in bocca i capezzoli uno dopo l'altro.

Lei strinse i muscoli interni e Storm imprecò dal piacere: "Fallo ancora."

Quando lei abbassò la testa per guardarlo negli occhi e poi strinse di nuovo i muscoli interni, gemettero entrambi insieme.

"Più forte," sussurrò Everly, "ci sono quasi."

"Anch'io," disse Storm con voce roca, poi spinse dentro di lei con tanta forza da farla gridare di piacere, percorsa da scosse continue che la fecero venire. Storm la seguì, pompando dentro e fuori finché non caddero entrambi sulla poltrona, con i corpi flosci e appiccicosi.

Quando lui le passò le mani dietro la schiena, le mormorò quanto la voleva, quanto la desiderava…

Lei lo strinse, sperava che quel momento non finisse mai, pur sapendo che doveva. Perché nella sua vita nulla mai rimaneva lo stesso, nulla, tranne i suoi due bimbi.

Nulla.

<h2 style="text-align:center">Capitolo diciassette</h2>

Ecco, forse portare Everly a una prima cena in famiglia come coppia quando c'erano almeno una ventina di altri Montgomery presenti non era stata un'idea brillantissima. Ma ormai non si poteva più tornare indietro e Storm doveva stare al gioco e incassare.

Almeno ci sperava.

"Spero che l'insalata russa piaccia a tutti," disse Everly dal sedile del passeggero. Erano nella macchina di Storm, con tanto di seggiolini nuovi per i bambini e una speciale imbracatura per Randy sul retro. Storm l'aveva interpretato come un segnale, il loro rapporto stava andando avanti, anche se con Everly non si sapeva mai per certo. Con tutta la tensione che la divorava, sembrava sul punto di esplodere e lui sentiva di non poterci far nulla.

Anche una donna come lei aveva un limite oltre il

quale non poteva andare e Storm, per com'era fatto, ci stava malissimo perché non poteva aiutarla.

"Vedrai che la tua insalata russa piacerà a tutti," le rispose con un sorriso, "anche se non dovevi portare per forza qualcosa, te l'avevo detto."

"Non ho intenzione di presentarmi a mani vuote al primo barbecue di famiglia coi Montgomery. Quando ho telefonato a tua madre, mi ha detto che se proprio volevo potevo portare un contorno, io le ho parlato della mia ricetta per l'insalata russa."

"A me piace la tua insalata russa," le disse Storm, sempre molto concentrato sulla strada, lanciando un'occhiata sfuggente allo specchietto retrovisore per controllare i bambini. Parlavano tra loro nel loro linguaggio speciale, un segreto tra gemelli. Storm e Wes facevano lo stesso, da piccoli, ma con tutti i fratelli e le sorelle, il loro segreto non era durato molto, non tanto quanto si aspettava durasse il segreto di Nathan e James.

"Quando l'hai assaggiata?" gli chiese Everly con un tono di voce al limite del panico.

"La facevi sempre quando avevi degli ospiti, tanti anni fa." Quando Everly stava con Jackson e Storm era solo un amico comune. Ma non le disse ogni particolare, anche perché lei l'aveva già intuito. La situazione era cambiata molto, ma il gusto per l'insalata russa no.

"Oh," disse Everly sgonfiando il tono, "è solo che spesso la gente è schizzinosa con questa ricetta, tanti preferiscono la mostarda, altri l'aceto, oppure tanta maionese. Poi qualcuno ci mette l'aneto o la paprika. Avrei dovuto scegliere un piatto diverso, qualcosa che accontenti tutti."

Storm cercò di non ridere, per non irritarla, ma allungò una mano per stringere quella di Everly. Intrecciarono le dita e lui la strinse leggermente. "Vedrai che la tua ricetta piacerà, siamo talmente in tanti che per forza saranno in tanti ad apprezzare la tua insalata particolare. Anche se, per mangiarla, dovranno fare i conti con me, te lo dico."

Everly sospirò e lo guardò, mentre Storm parcheggiava sul lato della strada. I Montgomery avevano un parcheggio ampio, ma c'erano già tantissime macchine e lo spazio vicino alla casa era tutto occupato. Storm aveva trovato posto a un isolato di distanza, c'era un po' da camminare, ma niente di esagerato.

"Mi comporto da scimunita," borbottò Everly con un filo di voce, "è solo che non ho mai partecipato a un'occasione come questa, capisci?" Guardò i bambini sul retro della macchina, la fissavano con la massima attenzione. Quindi non era possibile entrare troppo nel dettaglio del rapporto con Storm, con tutto ciò che comportava. Storm immaginò che i bimbi prima o poi avrebbero capito tutto, ma era d'accordo con Everly: bisognava far funzionare il rapporto di coppia, prima di presentare ai gemelli la nuova situazione.

"Lo so," disse Storm annuendo, poi spense il motore e guardò sul retro: "Va bene, signorini, siete pronti per un evento in famiglia Montgomery?"

"Sì!" gridò Nathan, mentre James applaudiva e Randy abbaiava. Everly rise mentre Storm fingeva per gioco di proteggersi le orecchie. Due bimbi di tre anni, insieme a un cagnolino vivace, non erano certo una buona premessa per un veicolo silenzioso.

"Allora dai che andiamo," disse Storm ridendo, per poi fare l'occhiolino a Everly.

Non era una cosa semplice come lui si aspettava, anche perché era ovviamente la prima volta, ma in qualche modo riuscì a prendere Randy al guinzaglio, mentre i bimbi, con tanto di borse piene di giocattoli, si misero tra lui e la loro mamma, preceduti da Randy, portando allo stesso tempo l'insalata russa; tutto in un solo giro. Perché mai i gemelli avessero bisogno dei loro giocattoli e delle altre cose, Storm non lo sapeva, ma non metteva in dubbio le scelte di Everly, che sapeva quel che faceva.

"Siete arrivati!" disse Marie Montgomery, la mamma di Storm, aprendo la porta. "Harry, vieni ad aiutarmi a prendere le loro cose. Oh, cara Everly, sono tanto contenta che tu abbia portato l'insalata russa, dev'essere buonissima. Ma guarda che begli ometti, mi sembrate cresciuti di un mezzo metro, dall'ultima volta che vi ho visti. Ci sei anche tu, Randy, sei proprio un bravo cucciolo."

Marie riuscì a dire tutto senza prender fiato,

abbracciandoli e invitandoli a entrare allo stesso tempo. Il modo in cui la madre riusciva ad accogliere tutti e a far sentire benvoluto *ciascuno* stupiva Storm ogni giorno, anche se Marie era ovviamente ben allenata, dopo aver cresciuto otto figli terribili.

I bimbi furono accompagnati nello spazio dedicato ai loro giochi, dove Maya e i suoi due mariti, Jake e Border, avrebbero tenuto a bada l'orda dei bambini presenti. Storm non aveva nemmeno contato quanti nipoti aveva, dato che il numero continuava a crescere; ormai il più vecchio era già adolescente, mentre il più piccolo ancora doveva imparare a camminare; in mezzo, ce n'erano di ogni età.

Everly si strinse al fianco di Storm, che le passò una mano intorno alla vita. "Sei pronta?" le chiese. Non era la prima volta che lei incontrava i Montgomery, era già amica di molti di loro, ma *era* la prima volta in cui si presentava come ragazza di Storm.

"No, ma andiamo lo stesso."

Austin e Sierra si avvicinarono per primi. Sierra andò subito da Everly per abbracciarla, mentre Austin salutava Storm con un cenno del capo, per poi abbracciare Everly.

"Mi dispiace tantissimo per la tua libreria," disse Sierra sottovoce, "ancora non hai sentito nulla?"

Storm strinse la mano di Everly, che lo guardò teneramente. Poi rispose: "No, solo che le indagini sono ancora in corso."

"Quando ti arriverà il permesso di cominciare a

ristrutturare?” domandò Austin. “Cioè, sempre che tu intenda ristrutturare.”

Everly sbuffò: “Presto, almeno spero. Però non lo so. Comunque sì, intendo ristrutturare. Cioè, spero di poterlo fare. Anche se adesso è andato tutto in fumo, accidenti, adoro quel posto. È *mio*, capisci?”

Austin annuì. “Ti capisco. Se succedesse qualcosa al nostro studio di tatuaggi, io e Maya saremmo distrutti, ma vorremmo comunque riscostruirlo.”

“Idem, anch’io per la mia boutique,” aggiunse Sierra. Il negozio di Sierra, la boutique Eden, era proprio di fronte alla Montgomery Ink, dall’altra parte della strada. Anzi, Storm ricordò che era stata proprio quella vicinanza a determinare l’incontro tra Sierra e Austin.

“Se ti serve qualcosa, faccelo sapere,” le disse Austin con voce profonda e roca, ricca di personalità.

“Va bene,” rispose Everly, “grazie mille per l’interessamento.”

“Ma certo, ci teniamo,” disse Sierra.

“Certo, sei una di noi, anche se non stessi con questo pistola qui.” Austin fece un gran sorriso, ma Storm lo colpì comunque sulla spalla.

“Uomini…” commentò Sierra con un sorriso e alzando gli occhi al cielo.

Parlarono per qualche minuto, poi si separarono e andarono da Luc e Meghan. Poco dopo arrivarono anche Miranda e Decker, Everly si ritrovò a ridere a crepapelle, mentre Storm la stringeva a sé, sapendo che entrambi avevano bisogno di momenti come quello, per compensare tutto ciò che stava succedendo nelle loro vite.

"Quando sei pronta, chiamaci, ci pensiamo noi a ricostruire," le disse Decker. "So che potresti anche affidarti ai fratelli di Jake, ma dai, scegli i Montgomery. Siamo i tuoi preferiti."

"Ti ho sentito!" gridò Jake, mentre Maya lo avvolgeva con le braccia per trascinarlo via.

Everly rise e Storm si massaggiò una tempia dicendo: "Non è una competizione, sai?"

"Ma certo che no," intervenne Luc facendo l'occhiolino, per poi baciare la moglie sulla tempia. Ormai erano sposati da un po' di tempo, ma Meghan arrossì comunque mentre si appoggiava al marito. "Non c'è alcuna competizione."

"Non intendevo in quel senso," commentò Storm pur sorridendo. Le due aziende erano specializzate in campi diversi ed erano entrambe molto impegnate. Il fatto che fossero legate da parentele rendeva molto divertente punzecchiarsi a vicenda.

"Ma davvero, siamo disponibili ad aiutarti," disse Meghan, "so che non avrai bisogno di sistemare alcun giardino, dato che il locale è in centro, ma chissà, se ti serve qualche pianta, cose così."

Everly sorrise: "Mi piacciono le piante, in realtà potrebbe davvero servirmi il tuo aiuto."

"Anche a me, le piante mi muoiono sempre," disse Miranda alla sorella con un sorrisetto malizioso. "Per fortuna Meghan è in grado di farle resuscitare."

"Se le tenessi fuori dalla portata dei bambini e degli animali di casa, magari ti vivrebbero più a lungo," spiegò Meghan.

Le due sorelle continuarono a scherzare tra loro, mentre Storm le salutava con un cenno della mano e trascinava via Everly. Voleva farle conoscere un po' tutti, senza farle girare troppo la testa. Del resto, lui non era tra i più chiacchieroni, quindi in genere tendeva a mettersi in un angolo della casa o del giardino, aspettando che fossero gli altri ad andarlo a salutare, oppure rimbalzava da un gruppetto all'altro, inserendosi nella conversazione per poi passare oltre. Storm amava i parenti, ma cacchio, erano talmente tanti che a volte anche a lui girava la testa.

Griffin e Autumn erano seduti vicini a Tabby e Alex, intorno a uno dei tavoli preparati dai signori Montgomery; Alex fece un cenno con la mano per salutare. Everly rispose con un cenno e i quattro sorrisero per replicare al saluto. Arrivò anche Wes, risero e parlarono del più e del meno, e degli avvenimenti della settimana. Si vedevano spesso tra loro, quindi era sorprendente che avessero ancora tanto da dirsi. Storm ed Everly parlarono con loro per un poco, poi lui fu preso dai morsi della fame e la trascinò verso i bimbi.

"Servirebbero altre quattro ore per parlare a tutti,

quindi sarà meglio dar da mangiare ai bimbi e poi ci riempiamo noi la pancia."

Everly alzò gli occhi al cielo e lo pungolò alla pancia: "Non hai un filo di grasso, com'è possibile?"

Lui le fece l'occhiolino: "Tutto merito del DNA, ma anche di Alex, che ultimamente mi fa allenare di più."

"Allora dovrei ringraziarlo," gli disse con voce roca; Storm deglutì a fatica: *non poteva* farselo venire duro proprio in quel momento, con tutti i parenti curiosi, l'avrebbero tormentato fino allo sfinimento.

La baciò sulla testa, visto che erano proprio in mezzo al salotto della casa di famiglia, poi andò a controllare che i bimbi mangiassero le loro pappe. Anche se non c'era motivo di preoccuparsi, dato che Marie si era già occupata di distribuire a tutti i bambini le pappe, a ciascuno la sua. Non sempre in bambini venivano separati dagli adulti, come in quell'occasione, ma per un barbecue servivano dei fuochi ed era meglio tenere lontani i bambini, per sicurezza.

Storm ed Everly controllarono che i gemelli stessero bene, poi si riempirono i piatti di cibo (con tanto di insalata russa di Everly), infine si accomodarono a uno dei tavoli vuoti sul lato del giardino. Però non rimasero da soli per molto tempo, perché furono raggiunti da altre tre cugine. Erano tra i pochi che Everly non aveva ancora incontrato, quindi Storm fece le presentazioni.

"Everly, ti presento Adrienne, Thea e Roxie. Sono del ramo di Colorado Springs. Il loro fratello maggiore è Shep, ma lui adesso vive a New Orleans, anche se quando passa da queste parti viene ad aiutarci alla Montgomery Ink. Signore, vi presento Everly, la mia ragazza." Era la prima volta che Storm la presentava apertamente come la sua ragazza, si irrigidirono entrambi per un momento, ma poi si sciolsero.

Everly sorrise alle altre e le salutò: "Vi fate sempre chiamare col nome della città, come le boy band?"

Adrienne alzò gli occhi al cielo; era la più grande delle tre, anche se Shep era molto più grande di tutte loro e aveva ricevuto un'educazione più aperta, più libera… ma la stessa Adrienne aveva una mentalità molto aperta e nulla la fermava. Anche se, in realtà, Storm dubitava che Adrienne fosse davvero la donna mondana che affermava di essere.

"I Montgomery di Denver ci chiamano sempre col nome della città, perché loro sono molto più di noi," rispose Adrienne facendo l'occhiolino.

"Ma *tra di noi* ci chiamiamo semplicemente Montgomery," aggiunse Thea sorridendo, di fianco ad Adrienne.

"Invece noi li chiamiamo 'il ramo di Denver' e non 'i fantastici otto' come preferiva Wes," aggiunse Roxie.

"Ma quanti parenti siete?" domandò Everly, che cominciava a sembrare un po' sopraffatta. Storm non la biasimava, erano *davvero* tanti i parenti, che peraltro tendevano a fare molto baccano anche quando erano riuniti in piccoli gruppi. Gli uomini erano tutti grandi e grossi, con la barba e tatuati, mentre le donne avevano tutte una personalità forte e forse altrettanti tatuaggi. I Montgomery si facevano notare.

"Ce n'è solo qualcun altro," rispose Adrienne. "Tra tutti i vari cugini, saremo una ventina abbondante, penso. Ma ho perso il conto dopo la prima decina."

"Wow."

Storm sbuffò ridendo per quell'unica parola sospirata da Everly, mentre le passava una mano sulla schiena, per confortarla. Non era abituata a trovarsi in mezzo a tanta gente, lui lo capiva. Everly era figlia unica, proprio come Jackson. Accidenti, tra suoceri e consuoceri, nessuno era mai stato molto amorevole e affettuoso con Everly, quindi trovarsi circondata dai Montgomery era un bel cambiamento.

Storm fu felice che nessuno dei parenti avesse cominciato a farle troppe domande. Le domande sarebbero arrivate, ma non quel giorno, forse, magari alla prossima occasione. Storm non si sentiva a disagio, di fianco a Everly, il che era strano: gli sembrava quasi che fossero sempre stati insieme. Faceva parte della famiglia. Era la sua Ev, averla con sé lo faceva star *bene*.

Sperava solo che anche lei si sentisse altrettanto bene.

Terminarono il pranzo, ma rimasero seduti al

tavolo con le cugine, quando Nathan e James arrivarono di corsa. Ridevano come matti e rincorrevano Randy, che abbaiava e si fermò ai piedi di Storm scivolando con le zampe. Storm si abbassò per grattare il muso del cucciolo, ma trattenne un gemito quando James gli saltò in braccio. Nathan andò in braccio a Everly e poi parlarono insieme del pomeriggio. Randy tornò a giocare con gli altri cani di famiglia e Storm appoggiò un braccio allo schienale della sedia di Everly, ascoltando i bimbi chiacchierare a loro modo.

Non gli sfuggì lo sguardo d'intesa non solo sui visi delle cugine, ma anche di tutti gli altri che passavano. A lui non dava fastidio essere al centro dell'attenzione, non quanto si aspettava. In fondo, anche lui aveva preso in giro tutti i parenti, quando uno a uno trovavano l'anima gemella.

A quel pensiero, Storm si fece serio.

Era successo lo stesso anche a lui? Era Everly, la donna che lui voleva nella sua vita, per sempre? Era con lei che avrebbe condiviso figli e matrimonio? Lui si era sempre visto come un uomo single, uno zio che non aveva una famiglia propria. Gli era servito tanto tempo per capire che meritava anche lui una vita felice, al di là del senso di colpa. Ma quando l'aveva capito, ormai aveva passato i trenta da un po' e non aveva trovato la donna giusta.

Fino a Everly.

Lasciò andare un sospiro. Forse, ma forse, poteva essere lei l'anima gemella.

Storm però non sapeva proprio cosa pensare.

I BIMBI ERANO ANCORA MOLTO VIVACI quella sera, quando entrarono nella macchina, dato che il barbecue del pranzo si era trascinato fino alla cena e tutti si erano rifocillati più volte, ma appena imboccata la statale, tutti i passeggeri sul sedile posteriore si addormentarono alla velocità di un fulmine. Persino Randy si addormentò a pancia in su, zampe all'aria e bocca aperta, russava.

"Quel matto di un cane sembra un maialino, quando dorme in quel modo," borbottò Storm sottovoce.

"Ma è troppo carino," commentò Everly, voltandosi sul sedile per fare una foto al trio sul retro.

Storm ridacchiò: "Proprio vero." Poi si grattò dietro la nuca, contento di aver bevuto una tazzina di caffè prima di mettersi alla guida. Non era stanco, non proprio, anche perché per nulla al mondo si sarebbe messo al volante se avesse avuto sonno, dopo quanto era successo una notte piovosa, tanti anni prima; ma un colpetto di caffeina gli aveva fatto comodo.

"Oggi mi sono divertita un sacco," disse Everly sbadigliando. "Più di quanto mi aspettavo."

Storm la guardò di fretta: "Perché, pensavi che fossimo noiosi?"

Lei spalancò gli occhi fingendosi drammaticamente esasperata: "Come se i Montgomery potessero mai essere noiosi. Volevo solo dire che pensavo di agitarmi e di non divertirmi. Invece sono contenta che non sia andata così."

Storm allungò una mano per prendere quella di Everly, la portò alla bocca e le baciò dolcemente il palmo: "Anche io sono contento."

Lei sospirò soddisfatta, poi rimasero in silenzio e rilassati per tutto il resto del tragitto verso casa di Everly.

I bimbi uscirono appena dal sonno, quando li tirarono fuori dai seggiolini. Randy era pronto a fare i suoi bisogni e anche i gemelli sembravano pronti a scaricarsi, quindi Storm andò in giardino sul retro col cane, mentre Everly preparava i bambini per andare a letto. Prima di tornare in casa ad aiutare Everly, Storm controllò che Randy avesse abbondante acqua, dato che alla festa aveva mangiato veramente troppo. Storm non aveva discusso con Everly e non sapeva se fermarsi da lei a dormire, quella notte, ma chiaramente l'avevano dato entrambi per scontato. Persino Randy aveva un po' delle sue cose a casa di Everly, per le occasioni in cui si fermava con Storm a passare lì la notte.

La sensazione di famiglia si faceva sempre più

forte, e per quanto Storm rimanesse cauto, cominciava sempre più ad affidarsi a quella sensazione.

"Baci ancora lo zio Storm?" chiese James mentre Everly gli infilava la maglia del pigiama dalla testa. Nathan era già cambiato ed era nel suo lettino, mezzo addormentato. Dato che Nathan era dietro la schiena di Everly e James aveva la maglia infilata per la testa, solo Storm la vide impallidire in volto a quella domanda.

"Cosa intendi dire?" gli chiese, con voce apparentemente calma. Storm non disse nulla, ma sapeva che lei l'aveva sentito arrivare. Non avevano parlato del come dirlo ai bambini, ma lui sapeva che toccava alla mamma decidere cosa dire. Lui l'avrebbe seguita, perché per quanto amasse considerarsi in famiglia, la mamma era sempre Everly.

"Tu e lo zio Storm vi baciate. Tanto." Nathan sbadigliò a bocca spalancata mentre lo diceva, quando Storm pensava che si fosse già addormentato, prima di parlare. "Va bene, a noi piace."

"Devi baciare ancora lo zio Storm," disse James con un sorriso assonnato, prima di baciare la mamma sulla guancia. "Così lo zio Storm può essere il nostro papà e noi siamo una famiglia. Così abbiamo anche il cagnolino e nessuno ci fa del male, perché lo zio Storm ci protegge da tutti."

"È forte, è fantastico e conosce gli X-men. Noi gli vogliamo bene e anche tu devi."

Storm sentì il cuore gonfiarsi fino a dieci volte

tanto, mentre lo stomaco gli si stringeva dalla commozione, sentendo i discorsi dei bambini. Accidenti, quei due erano davvero degli ottimi osservatori. Non aveva accennato al tema del matrimonio con Everly, anzi, non ci aveva proprio pensato lui stesso, invece i gemelli sembravano già favorevoli.

Sentì il bisogno di farsi un drink.

"Sono contenta che Storm vi piaccia," disse Everly con attenzione, come cercando le parole a una a una. Storm capiva quella cautela, per questo rimase in silenzio. Non toccava a lui intervenire, non era nemmeno a casa sua, ma l'avrebbe sostenuta, qualora lei ne avesse avuto bisogno. "Anche a me piace."

Lui provava molto, moltissimo di più, altro che piacere.

"Va bene," disse James semplicemente, prima che Everly lo sistemasse sotto le coperte. Nathan russava di già, si era addormentato con una mano sulla faccia. Come facesse ad addormentarsi così facilmente, Storm non lo capiva.

Everly baciò James sulla testa, poi uscì dalla cameretta e spense le luci, mentre la statuetta di Thor con la luce notturna rimase accesa come luce d'emergenza.

"Santo cielo," sussurrò Everly, affrettandosi verso la camera da letto. Storm la seguì ma tornò subito indietro, perché Randy era entrato trotterellando nella cameretta dei bimbi. Era un cane ben addestrato e abituato a fare i suoi bisogni solo all'aperto, ma non era sicuro che potesse dormire coi gemelli.

"Ev, prima che ci fasciamo la testa, Randy può dormire coi bambini? Si sta già accomodando vicino a James, a giudicare dalle risatine."

Everly si mise le mani in faccia e lasciò partire un gridolino, non troppo sonoro. "Va bene, va tutto bene. Santo cielo."

Storm si chiuse la porta alle spalle e le fece spostare le mani per poterla abbracciare. "Sei stata bravissima oggi, piccola." Le passò le mani dietro la schiena mentre lei si aggrappava a lui.

"Non credevo che lo sapessero." Gli appoggiò la testa sul petto e brontolò di gola. "Ma erano tutti... felici per noi due."

"È chiaro che a nasconderci siamo due frane." La baciò sulla testa.

"Sì, non siamo dei maghi del mistero."

Storm sorrise e si staccò appena per poterla guardare negli occhi. "Esatto, proprio così."

"Io... sai che sono proprio sollevata che siano tutti contenti per noi? Però adesso vorrei solo dimenticare per un po' tutto e tutti. Ce la facciamo?"

Storm la prese dietro la nuca e la baciò con dolcezza, con l'uccello che premeva contro i pantaloni. "Ce la facciamo." La voleva più di quanto riuscisse a spiegarle: che donna, la sua amica, che ormai non era più solo sua amica.

"Ottimo," rispose lei con un filo di voce. Poi

Everly gli appoggiò le mani al petto e lui la baciò di nuovo, doveva sentirne il sapore.

Si accarezzarono lentamente, esplorandosi a vicenda, muovendosi in sintonia. Storm le tolse lentamente la maglia, poi i pantaloni. Everly rimase in lingerie, perfetta sotto ogni punto di vista. Storm adorava il modo in cui i seni riempivano le coppe del reggiseno, le curve dei fianchi, così comode da afferrare.

"Sei bellissima," le sussurrò.

Ev alzò gli occhi al cielo: "Ho le smagliature e non sono ancora tornata al peso di prima della gravidanza. Sto meglio coi vestiti addosso, fidati di me."

Lui si abbassò e le morse un labbro. Quando lei ansimò, lui la guardò con un gran sorriso. "Dato che ti ho vista sia con che senza vestiti, ti dirò che ti sbagli di grosso." La baciò. "Anzi, non te lo dico, te lo *dimostro*."

Le tolse il reggiseno, poi prese in bocca prima un capezzolo, poi l'altro, infine si inginocchiò e le sfilò le mutandine dalle gambe. La baciò sulle cosce, aveva l'uccello tanto duro che pensava gli scoppiasse nei jeans, si sentiva un ragazzino.

"Ti voglio, Ev," le disse sottovoce, stampandole un altro bacio su una coscia. Lei gli passò una mano tra i capelli, mentre lui la leccava dove l'aveva baciata. "So che dobbiamo comunque usare i preservativi, per contraccezione, ma voglio assaggiarti, Ev."

Lei gli si appoggiò sulle spalle quando lui stava per

baciarla tra le gambe, così Storm si alzò e la baciò in bocca. Quando si staccò, lei lo guardò con un sorrisetto malizioso: "Anch'io ti vorrei assaggiare, allo stesso tempo."

Lui fece un gran sorriso, a quel punto aveva l'uccello così duro che probabilmente sarebbe partito al primo tocco. "Penso che si possa fare." Everly lo aiutò a spogliarsi, Storm si tolse la maglia e si slacciò i pantaloni. Ansimavano entrambi, quando lui si sfilò i pantaloni e i boxer. Finalmente l'uccello si liberò, colpendogli la pancia ed eccitando entrambi.

"Sembra quasi che ti faccia male."

Lui le fece l'occhiolino. "Beh, ci sono alcuni modi in cui puoi aiutarmi."

"Fammi indovinare, con la bocca? Ma se ti dicessi che ho il mal di testa, scommetto che mi diresti che hai la medicina perfetta."

Lui si avvicinò e l'abbracciò, stringendola al petto per poter affondare col naso nel suo collo. "Vediamo di scoprirlo, che ne dici?"

Si baciarono e si toccarono, poi si sdraiarono in senso opposto sul letto. Quindi Storm le mise la faccia tra le gambe, per leccarla e succhiarla, mentre lei gli teneva una coscia sulla spalla. Aveva un sapore dolce, esotico, Storm sapeva che avrebbe desiderato quel sapore per il resto dei suoi giorni. Quando lei gliel'o prese in bocca, lui gemette. Everly gli afferrò le palle e gli strinse la base dell'uccello mentre glielo succhiava.

"Porco cane," disse Storm di gola, poi riprese a

leccarle le grandi labbra e le succhiò il clitoride; gli piaceva farglielo gonfiare di piacere. Everly era molto eccitata e pronta, lui la sentiva. Appena le infilò dentro due dita, lei venne e lui leccò tutto con gran desiderio.

Ma sapeva di essere anche lui troppo vicino all'orgasmo, così si tirò indietro.

"Non ho finito," gli disse lei, con gli occhi vitrei dal desiderio.

"Se ti vengo adesso in bocca, poi non recupero in tempo per scoparti forte sul letto." Storm si girò e scivolò tra le gambe di Everly per andare a prendere un profilattico, l'aveva preparato vicino ai cuscini, e se lo infilò.

"Immagino che se avessimo fatto sesso quando eravamo entrambi sulla ventina, sarebbe stato diverso," disse Everly facendogli l'occhiolino, ma lui le diede un pizzicotto alla coscia.

"Non sono poi così vecchio," le rispose lui, per poi aggrapparsi ai suoi fianchi e spingersi dentro di lei con una sola mossa.

Everly ansimò, anche Storm gemette. "Va bene, non sei così vecchio."

"Mi fa piacere sentirtelo dire." Storm si abbassò e la baciò in bocca mentre spingeva dentro e fuori, entrambi tremavano e sudavano. Certo che gli piaceva davvero tanto, era quasi una droga, per lui; Storm non avrebbe mai smesso di desiderarla... mai smesso di aver bisogno di lei.

A quella droga avrebbe pensato dopo. Per il momento, Storm aveva solo bisogno della donna con cui era a letto, una sensazione di piacere di cui era sovraccarico.

Storm orientò diversamente i fianchi, sapendo di andarla a colpire proprio nel punto giusto, infatti lei aprì la bocca e inarcò la schiena, spingendo coi seni contro il petto di Storm. Lui continuò a spingere, dentro e fuori, sempre più forte, con forza crescente, finché entrambi urlarono e vennero allo stesso tempo, con i corpi tremanti, flosci, esausti.

Storm si lasciò cadere su di lei, con l'uccello ancora un po' duro dentro di lei, si avvicinò e la baciò.

"È stato…" Everly prese fiato. "È stato…"

"Anche a me non viene in mente la parola giusta," le disse ridendo. "Fermiamoci pure a 'è stato'…"

"Eggià." Everly si accoccolò contro di lui, che la abbracciò forte. Tenendola tra le braccia, così vicina, Storm quasi si convinse che tutto poteva funzionare e che nulla sarebbe successo, nulla che non potessero gestire insieme.

Quasi, pensò. Ma in quel momento gli bastava stringerla tra le braccia e sapere che a un certo punto avrebbero affrontato tutto. Perché Everly gli stava vicina, gli stava intorno, era parte di lui. Era tutto ciò di cui aveva bisogno.

Capitolo diciotto

"LO SO CHE UN NODO CELTICO È UN SIMBOLO UN po' generico per qualcuno, ma diamine, li colleziono da quando ero piccolo."

Storm guardò Clay e ridacchiò: "È generico solo per chi non capisce quanto sia difficile come stile, come disegno."

"Amen," disse Austin distrattamente, concentrato solamente sul nuovo tatuaggio di Clay.

Era la prima volta che Storm aveva portato Clay a Denver, così almeno poteva conoscere alcuni Montgomery. Austin sapeva di Clay e dell'incidente, quindi Storm trovava logico che fosse lui il primo parente a incontrare quel ragazzo. Ormai era arrivato il momento di raccontare anche agli altri parenti dell'incidente, anche se così facendo si sarebbe rotto un argine in Storm, liberando una massa emotiva che lui aveva da tempo sepolto in se stesso. Ma se Everly poteva affrontare le proprie paure e le proprie perdite a testa alta, giorno dopo giorno, poteva farcela anche lui.

Ecco come Storm era arrivato a portare Clay alla Montgomery Ink, per fargli fare il suo primo tatuaggio. Maya aveva il giorno libero e Storm lo sapeva, quando aveva preso appuntamento. Maya era troppo perspicace e poi doveva essere Wes il primo a cui dirlo, una volta trovato il modo di entrare in argomento. *Basta nascondersi*, si ripeté Storm. Non era giusto nei confronti di nessuno.

Ma l'unica cosa di cui Storm non aveva parlato con Clay era la zia del ragazzo. Rachel era stata volutamente tenuta fuori dal discorso. Prima Everly doveva decidere come muoversi, Storm le sarebbe stato vicino per aiutarla e fare il possibile; ma fino ad allora non toccava a lui affrontare quel problema. Starsene da parte non gli riusciva facile, ma aveva imparato nel modo peggiore cosa succedeva, se si intrometteva, cercando di prendere in mano una situazione quando non gli competeva.

"A me piace," disse Storm, per poi tornare con l'attenzione sul tablet. La sera prima era rimasto sveglio fino a tardi, Nathan aveva cominciato a tossire. Everly era riuscita a farlo riaddormentare dopo aver usato l'inalatore, ma James si era preoccupato, così Storm l'aveva coccolato fino a far riaddormentare anche lui. Di conseguenza, Storm aveva affrontato la mezza giornata di lavoro già stanco e doveva approfittare dell'appuntamento di Clay per completare alcuni lavori. A Clay non dispiaceva, ma Wes non l'aveva presa bene: il gemello di Storm ultimamente non era mai contento. Storm sperava di cambiare le cose, dicendogli ciò che gli aveva tenuto nascosto per anni, sperava che il loro rapporto migliorasse, ma non ne era sicurissimo. Tra loro era cambiato qualcosa e Storm non sapeva come porvi rimedio.

"Tutto bene laggiù?" domandò Clay, mentre Austin ripuliva il tatuaggio.

Storm annuì: "Sì, sono solo soprappensiero."

"Ultimamente ti succede spesso," commentò Austin, "vuoi parlarne?"

"Tutto bene," rispose Storm apertamente; era tutto un po' sfasato, ma gestibile.

"Se avessi bisogno di parlare, me lo diresti," aggiunse Austin; non era una domanda. Austin era il fratello maggiore e si preoccupava per tutti, fratelli e sorelle, persino di tutti i cugini. Era il più grande dei ventuno cugini e come tale si comportava. "Va bene, Clay, adesso puoi alzarti così dai un'occhiata al tuo nuovo tatuaggio."

Clay era a cavalcioni sulla sedia perché aveva chiesto il nodo celtico sulla spalla. Si alzò di slancio. Storm stentava ancora a credere che Clay non si fosse fatto nemmeno un graffio durante l'incidente che aveva troncato la vita di suo padre e creato infiniti problemi alla schiena di Storm, ma almeno quello era un miracolo di cui essere grati.

Anche Jax, Brandon e Derek (gli altri tre tatuatori in servizio in quel momento) si avvicinarono per vedere il nuovo tatuaggio. Storm non li conosceva tanto bene (conosceva meglio gli altri tatuatori con cui non era imparentato), ma gli andavano a genio. Jax era arrivato da pochissimo, tanto che Storm non ne conosceva nemmeno il cognome; ma se Maya e Austin lo avevano assunto nel loro studio, ovviamente si fidavano di lui ed era quello che importava.

"Amico," Clay spalancò gli occhi mentre si osservava allo specchio, "cazzo, è perfetto."

Storm alzò gli occhi al cielo e fece uno scatto rapido alla reazione del ragazzo: aveva scattato qualche foto anche durante l'operazione di tatuaggio, Storm le avrebbe inoltrate col cellulare a Clay, per fargliele avere come ricordo. Anche se Storm non era il padre di quel ragazzo, cercava sempre di stargli vicino e aiutarlo, quando poteva.

"Sei bravo nel tuo lavoro," disse Storm a Austin, mentre gli altri tatuatori si avvicinavano a Clay per osservare l'opera d'arte più da vicino.

Austin fece un gran sorriso e si strofinò il barbone. "Eh sì, sono bravo. A proposito, prima o poi vieni a farti qualche altro tatuaggio e stai a posto con quelli che hai già?"

Storm si era fatto qualche tatuaggio, ma non tanti

quanti alcuni dei parenti. Ma a differenza degli altri, si faceva toccare solo da Austin. Maya si sarebbe accorta delle cicatrici e gli avrebbe fatto troppe domande. Ma presto anche quello sarebbe cambiato, pensò Storm.

"Ho un'idea, ma potrei chiedere a Maya."

Austin inarcò un sopracciglio: "Mi stai abbandonando?"

Storm alzò gli occhi al cielo: "Magari è arrivato il momento che smetta di nascondere tutto, è passato tanto tempo."

Il suo fratellone annuì e poi gli diede un pugnetto sulla spalla: "Ottimo. Sarebbe ora. Dopo vai da Everly o torni al lavoro?"

Storm scosse la testa. "Ho alcune faccende da sbrigare a casa, lei mi raggiunge più tardi. Tabby e Alex stasera fanno i babysitter." Storm immaginava che i due amici si fossero offerti per lasciare un po' di privacy a lui e a Everly, ma lui aveva accettato nella speranza che anche Alex e Tabby così si divertissero e approfondissero il loro rapporto di coppia.

"Il rapporto tra voi due sta diventando serio." Di nuovo, non era una domanda, ma Storm rispose comunque.

"Eh sì, penso di sì." Poi sospirò. "Ciò non vuol dire che io sappia come procedere."

Austin sorrise bonariamente: "Ci arriverai, noi Montgomery ci arriviamo sempre. Però non fare stupidaggini."

Storm reagì ridendo, perché era vero, tutti i fratelli tendevano a fare delle stupidaggini nelle situazioni tese, ma lui avrebbe trovato il modo: per Everly ne valeva la pena, eccome.

Quando Clay fu sistemato e si separarono, ripromettendosi di ritrovarsi presto per un pranzo, Storm tornò a casa per finire alcuni progetti per l'ufficio. Aveva una stanza che usava come secondo ufficio, a volte lavorava direttamente da casa, soprattutto quando non poteva concentrarsi per via dei rumori dell'open space con tutti gli altri uffici della Montgomery Inc. Se Tabby aveva bisogno di lui poteva sempre telefonargli e non era un problema. Inoltre, lavorando da casa, poteva lasciare Randy fuori dalla gabbia, anche perché non l'aveva condotto con sé alla Montgomery Ink, benché avesse cominciato a portarselo in ufficio.

Ma appena accostò nel vialetto di casa, capì che il resto della giornata non sarebbe filato liscio come si aspettava. Sospirò, spense il motore e lanciò un'ultima occhiata alla macchina di Wes, di fianco alla quale aveva parcheggiato, poi si incamminò verso casa.

Wes era seduto sul divano in casa di Storm e teneva Randy sulle ginocchia, ma aveva il volto accigliato. Quando Storm lo vide alzare lo sguardo, capì di aver aspettato troppo, di essere stato un codardo.

"Ciao," disse Storm con voce roca.

Wes rimase in silenzio per un momento, poi mise Randy giù sul pavimento e si alzò in piedi. "Mi sono ripetuto il discorso da farti almeno una ventina di volte, ho persino buttato giù qualche appunto, ma non mi convince. Non so cosa devo dirti, perché non so cosa c'è che non va. So solo che *c'è* qualcosa che non va e che tu non ti fidi di me abbastanza da dirmelo. Cazzo, Storm, siamo *gemelli*. Ben più di semplici fratelli, molto di più. Eppure mi nascondi qualcosa, ti comporti in modo strano, mi spingi via, lontano da te. Pensavo che il motivo riguardasse Everly, ma non è così, perché è cominciato tutto molto prima. Cazzo, è successo persino prima di Jillian, anche se ho cercato di dare la colpa a lei."

Wes si passò le mani tra i capelli, che così divennero ancor più arruffati, mentre di solito lui era quello più in ordine di tutti. Storm non parlò, sapeva che Wes aveva prima bisogno di sfogarsi, dicendo tutto ciò che voleva. Le loro diatribe funzionavano in quel modo… o almeno *avevano* funzionato in quel modo.

"Non so perché ci sia questo malessere, ma cazzo, Storm, non lavori più come prima, non vieni più tanto in cantiere a dare una mano, molto spesso sei perso nei tuoi pensieri e ti tieni tutto dentro." Lasciò sfuggire un sospiro. "Se non vuoi più lavorare con i parenti, allora va bene, basta dirlo. Non ti dirò che ti capisco e che va tutto bene, perché sarebbe una cazzo di bugia, ma non posso rimanermene in disparte a guardare mentre ti riduci così, mentre *ci* riduci così, solo perché non vuoi dirmi cosa ti passa per la testa."

Storm inarcò un sopracciglio. "Che cazzo dici?

Non ho intenzione di lasciare la ditta. La mamma e il papà ce l'hanno passata quando sono andati in pensione. È *nostra*. Di tutti noi. Solo perché non passo tanto tempo a fare il *tuo* lavoro non significa che non voglio far parte dell'azienda di famiglia."

"Allora perché non lavori più come prima? Perché *non ci sei*?"

"Perché non ce la posso fare con la schiena!" sbottò Storm ad alta voce.

Wes cambiò espressione. "Cosa? Cos'ha che non va la tua schiena? Non mi hai mai detto che ti facesse male. È successo qualcosa in cantiere? Un incidente a casa?"

Storm si passò una mano sulla faccia e cercò di calmarsi. Niente riusciva a fargli venire il sangue alla testa e la voglia di litigare più del suo gemello. Erano troppo simili, pur con alcune differenze nette.

"Sarà meglio che ti sieda, Wes. Ho qualcosa da raccontarti." Storm sentì una stretta allo stomaco per la paura, ma l'allontanò. *Doveva* togliersi quel peso dalla coscienza, accidenti, avrebbe dovuto affrontare Wes tanti anni prima, non quando il segreto si era gonfiato fin quasi a far scoppiare il rapporto col gemello.

Wes lo guardò serio e si sedette. Randy arrivò da Storm e gli annusò le gambe, così Storm lo accarezzò: aveva bisogno di rilassarsi.

"Vent'anni fa, sono stato coinvolto in un'incidente stradale," sbottò Storm; poi raccontò tutta la storia dell'incidente e di Clay (senza parlare di Rachel, quello era un capitolo che non gli spettava), mentre Wes rimaneva seduto ad ascoltare con gli occhi spalancati e con uno sguardo pieno di dolore.

"Buon Dio, Storm. Ma non è stata colpa tua, lo sai, vero? È stato un incidente. Eppure tu ti sei dato la colpa per tutti questi anni, dannazione, non è così?"

Storm lasciò cadere la testa in avanti e se la mise tra le mani. "È morto un uomo, Wes. Il padre di Clay è *morto* perché è stato colpito dalla mia macchina." Aveva il sapore dell'acido in gola, ma cercò di concentrarsi, anche se non riusciva a togliersi dalla testa il rumore dello schianto e del metallo che si deformava. Contò fino a dieci, mentre Randy si appoggiava alla sua gamba.

Sentendo il peso di quel corpicino sul polpaccio, Storm fu in grado di riprendere a respirare. Ecco perché aveva deciso di tenere Randy, ecco perché aveva addestrato tanti altri cani.

"È stata la sua macchina a colpire *te*." La voce di Wes fece risvegliare Storm dai propri pensieri. "È stato un tragico incidente, mi dispiace tantissimo che ti sia capitato, ma non è stata colpa tua." Fece una pausa. "Io… come ho fatto a non accorgermi che ti era successo? Come mai non lo so? Accidenti, vorrei che me l'avessi detto. L'hai detto al papà, a Austin, anche a *Jackson*, ma non a me."

Storm alzò lo sguardo, il vecchio peso che si sentiva sulle spalle ora era stato sostituito da un peso nuovo. *Colpa*. Una colpa più forte. Dannazione, poteva farcela, era un adulto, doveva assumersi la responsabilità dei propri errori. Anche se non era stato lui a causare l'incidente, l'aveva tenuto nascosto a Wes per troppo tempo. *Quella* era colpa sua.

"Jackson era uno stronzo," disse fuori dai denti Storm. "Adesso non posso raccontarti tutto, non ancora, perché non spetta a me svelare questo segreto; ma ti garantisco che mi pentirò di essere stato suo amico per tanto tempo. Perché non te l'ho detto? Ho preso uno spavento terribile, avevo paura. Lo so, sono stato un codardo e mi dispiace, mi dispiace di non avertelo detto, di avertelo tenuto nascosto per così tanto tempo. Non avrei dovuto, ma continuavo a rimandare e poi sono passati vent'anni senza che me ne rendessi conto, con questo macigno... e ancora non sapevo come dirtelo."

"Me l'avresti detto, se non fossi venuto qui in questo modo?" gli domandò Wes. "Non condivido il motivo per cui me l'hai tenuto segreto, ma lo capisco. È *stato* uno spavento enorme e non mi riguardava direttamente. Almeno mi fa piacere che potessi parlarne con Austin, quando ne sentivi il bisogno."

Storm sospirò. "Te l'avrei detto." Fece una pausa, sentiva la tensione nelle mani. "L'ho detto a Everly, non molto tempo fa. A quel punto è come se si fosse aperta una breccia e ho fatto sempre più fatica a tenermelo dentro."

"Sono contento che tu stia con lei," disse Wes

dopo un momento, poi lasciò andare un gemito. "Non ci credo, sono stato davvero uno stronzo a parlarti dei cantieri, quando tu soffrivi. Ti faceva male e io non me ne sono accorto."

"Sono stato bravo a nasconderlo, non è colpa tua."

Wes sospirò. "Ma nemmeno colpa tua." Poi alzò la testa e si guardarono negli occhi. "Non è finita qui, voglio saperne di più, ma ho bisogno di elaborare il tutto. Non voglio che ci siano altri segreti tra noi. Mi dà molto fastidio sapere che un tempo eri il mio migliore amico e ora non è più così."

Si alzarono in piedi e si abbracciarono forte. Finalmente Storm sentiva alle spalle e al petto un peso un po' più leggero. Vent'anni. Venti accidenti di anni in cui si era tenuto tutto dentro; almeno finalmente il fratello gemello lo sapeva.

Non era stato doloroso quanto si aspettava… anzi, sapeva che poteva andare molto peggio. C'era ancora molto da condividere, ma almeno il primo passo era fatto. Essere un Montgomery non era sempre così facile, ma nei momenti più difficili si poteva sempre contare sui parenti. Storm se n'era dimenticato, ma pregava di non dimenticarselo mai più.

DOPO CHE WES se ne fu andato e Randy ebbe ricevuto le sue pappe, il campanello suonò e Storm si avviò a far entrare Everly. Era ancora un po' scosso, ma si augurava che il peggio fosse passato.

Everly lo guardò in faccia una volta e gli si avvicinò per farsi abbracciare. "Pensavo di essere io quella pallida, stasera, cos'è successo?"

Storm la baciò, doveva sentire il suo sapore per respirare, per *esistere*. "L'ho detto a Wes," le sussurrò, il peso che sentiva addosso gli sembrò ancora un po' più leggero.

Lei si allontanò e spalancò gli occhi: "Gli hai detto dell'incidente?"

Lui le sistemò i capelli dietro un orecchio, sentiva il bisogno di toccarla. "Sì. È andata… bene, meglio di quanto pensassi, ma non è finita. Avrei dovuto parlargliene prima."

Lei giocherellò con la tasca anteriore della camicia di Storm, sul volto un'espressione accigliata: "Non eri pronto. Mi dava molto fastidio vederti tenere tutto dentro, ti facevi solo del male, ma adesso ne puoi parlare più facilmente, se te la senti."

Lui la baciò ancora, si sentiva più giovane e più libero, dopo tanti anni. "Ti mi hai aiutato molto. Ma *tu* come stai?"

Lei fece spallucce e si lasciò accompagnare al divano, dove Randy li precedette e si accomodò addosso alle loro gambe per farsi coccolare. Quel gesto le fece spuntare un sorriso che gli rese più difficile allontanare il cane dal divano; ma doveva allontanarlo, perché Randy era ancora in addestramento.

Quel furbetto era ancora piccolo, ma non ci sarebbe rimasto per sempre.

"Dimmi tutto."

"Mi sento solo un po' sfasata. Il rapporto finale sull'incendio dovrebbe arrivare presto e mi hanno detto che posso entrare a fare un sopralluogo, ma adesso ho paura."

Storm le strinse una mano: "Vuoi che venga con te?"

Lei annuì rispondendogli: "Ci speravo. Cioè, prima che…" Fece un respiro profondo. "Prima che io e te cominciassimo questa cosa, ci sarei andata da sola, ma adesso ti voglio con me. Per te va bene?"

Lui si sporse in avanti e le prese il viso tra le mani. "Va più che bene." Poi la baciò, prima con dolcezza, lentamente, poi con più passione, più in profondità. "Ti voglio," le disse con voce profonda. "So che abbiamo molto di cui parlare, ma ho bisogno di te."

"Vuoi fare l'amore con me?" gli chiese lei con un filo di voce.

In tutta risposta, lui le fece inclinare la testa all'indietro per baciarla ancora.

Poi la tirò più vicina e lei si mise a cavalcioni su di lui. L'uccello gli premeva contro la cerniera dei pantaloni, vicino al calore di Everly, che cominciò a oscillare su di lui, facendolo gemere. "Cazzo se sei sexy, Ev."

Everly si sistemò i capelli tirandoli dietro una spalla e si prese la maglia per toglierla. "Mi fai sentire così, anche se sono sempre stata una donna senza pretese, posizione del missionario e basta, invece a quanto pare mi va di sperimentare.”

“Quindi sono un bastardo fortunato.” La baciò ancora, lentamente, poi cominciarono entrambi a togliersi i vestiti. Lui le passò le mani sul corpo, poi nel corpo. Era morbida, bagnata e sexy, molto sexy. Storm doveva trattenersi per non farla piegare sul divano e tuffarsi in lei fino a soddisfare e sfinire entrambi; ma non era quello di cui avevano bisogno in quel momento.

Si sdraiarono entrambi su un fianco, lei davanti a lui, di schiena; Storm le fece alzare una gamba e la penetrò con l’uccello, già infilato in un profilattico. Lei orientò la testa all’indietro e lui la baciò con tanta passione, sempre giocando coi suoi capezzoli e muovendosi dentro e fuori.

“Porca vacca se sei profondo con questo angolo.”

Storm la baciò sulla spalla e le fece abbassare la gamba, facendo pressione col palmo della mano. “Proviamo anche così.”

“Oh?” Everly gemette. “Oh…” Gli ultimi due monosillabi le uscirono mentre lui la penetrava veloce e con forza da dietro, tenendole le gambe premute strette. Storm era molto vicino a venire, gli sarebbe bastato sentirle stringere i muscoli interni per scoppiare. Ma non voleva venire prima che anche lei avesse un orgasmo, quindi le lasciò andare la coscia e passò con una mano sul davanti per raggiungere il clitoride.

"Oddio," gemette lei venendo, "Storm."

Lui spinse con forza altre due volte, poi venne con lei, il corpo gli tremava, la schiena gli bruciava. Gli avrebbe fatto male, più tardi, ma ne valeva la pena. Per la sua donna, valeva sempre la pena.

Poi rimasero sdraiati, con gli arti intrecciati e il respiro affannato. Storm stava ancora cercando di rimettere ordine nei propri pensieri quando lei sbottò: "Ti amo."

Lui si bloccò e la fece girare tra le braccia, per poterla guardare negli occhi."

"Santo cielo, non ci credo, l'ho detto ad alta voce?"

Lui sentì il cuore battere forte e cercò di memorizzare ogni sfumatura, ogni sapore, ogni suono. Non aveva mai amato una donna, non quanto avrebbe dovuto, ma con Everly era tutto diverso. Era sempre stato tutto diverso, con lei. Ormai era chiaro che tutto sarebbe sempre stato diverso, con lei.

"Anch'io ti amo," le disse dolcemente.

Everly sentì gli occhi lucidi e trattenne le lacrime sbattendo le palpebre. "Allora che si fa? L'ultima volta mi sono sbagliata, non vorrei sbagliarmi ancora."

Lui le passò un pollice sulla guancia, sapendo che c'erano delle parole molto importanti da dire, ma non gli vennero in mente. "Non so che si fa, ma abbiamo passato entrambi troppo tempo guardando al passato, forse è ora di guardare il presente e a cosa possiamo avere. Io non vado da nessuna parte, Ev." La baciò ancora. "Ma non dobbiamo decidere tutto adesso." La baciò di nuovo. "Ti amo."

Lei gli sorrise con dolcezza. "Anch'io ti amo."

Storm fece un gran sorriso e si spostò sopra di lei: "Adesso ti faccio vedere quanto."

Lei rise e inarcò la schiena contro di lui. "Pensavo fossi un vecchietto e che avessi bisogno di tempo per recuperare."

"Sssh, non parlare." Storm abbassò la testa per baciarla ancora, ma squillò il telefono di Everly. Con un sospiro, lui allungò una mano per prenderlo, dato che aveva le braccia più lunghe, poi lo passò a lei e l'aiutò a coprirsi con un plaid per non farla parlare al telefono nuda e scoperta.

Quando lei si irrigidì, dopo aver risposto al telefono, Storm le mise un braccio intorno al corpo. Randy si appoggiò alle gambe di Everly annusandola, come per confortarla.

"Può ripetere?" disse Everly ansimando. "Ma è una cosa sicura? No, grazie. Sì, capisco. Grazie." Poi riattaccò; le mani le tremavano mentre si voltava verso di lui.

"Che succede, chi era?"

Lei sbuffò e spalancò gli occhi: "Era Rachel."

"Cosa? È stata lei a chiamarti? Cosa voleva?" Everly ancora non aveva deciso come affrontare quella donna, ma Storm non gliene faceva certo una colpa, con tutto quello che succedeva. Prima venivano i bambini e anche la libreria. Sempre e comunque.

"No, non era lei al telefono. Ho parlato con l'investigatore che si è occupato dell'incendio. Sembra che tutta questa attesa sia dovuta al DNA, hanno trovato delle tracce e dovevano fare ricerche per identificarlo." Guardò Storm con la faccia pallida. "È stata Rachel, è stata lei ad appiccare il fuoco. Non so come l'abbiano scoperto, ma è così. Il suo DNA era nel sistema per via di una condanna per percosse di quando era più giovane, o qualcosa del genere. Oddio, Storm. Rachel mi ha bruciato la libreria. Non so il perché, ma dev'essere per Jackson, non è vero? Come ha potuto farlo?" Le lacrime le rigavano le guance, Storm la prese tra le braccia.

"La troveranno," le disse per rassicurarla, mentre nella testa anche lui elaborava lentamente il tutto. "Ci accerteremo che non ci siano pericoli."

Everly si allontanò. "I bambini! Devo telefonare a Tabby e Alex. E se Rachel torna a casa mia?"

Lui annuì, cercando di rimanere calmo. "Vestiamoci e telefoniamo per avvertirli. Poi andiamo a casa tua e portiamo con noi anche Randy. Nessun altro si farà male, piccola, te lo prometto."

Everly si rivestì scuotendo la testa: "Tutto per le bugie di Jackson. Proprio tutto. Io… non posso crederci."

Nemmeno Storm poteva crederci, ma era la verità. In qualche modo, sarebbero riusciti a superare tutto. Tutti i pezzi del puzzle stavano andando al loro posto, creando un'immagine ancora impossibile da intravedere, ma alla fine non importava. Bastava tenere al sicuro Everly e i bambini, tutto il resto si sarebbe sistemato.

Si doveva sistemare.

Capitolo diciannove

Everly cercò di prendere fiato profondamente, ma l'aria non le entrava nei polmoni. Aveva ricevuto il permesso dagli inquirenti, quel mattino poteva rientrare nella sua libreria, la Beneath the Cover; i bambini erano in compagnia di qualcuno dei Montgomery, che ormai conoscevano tutto a proposito di Rachel (*quella* sì che era stata una conversazione divertente!), così lei poteva andare con Storm a fare un sopralluogo.

Si aspettava il peggio.

Ma non si aspettava *quel* peggio.

Era molto, molto peggio di quanto pensasse.

"Tutto è perduto," sussurrò Everly nell'oscurità. "Non si è salvato nulla."

Storm l'avvolse con le braccia da dietro, ma lei non si appoggiò a lui. Non poteva. Ma l'idea che lui ci fosse, qualora lei perdesse i sensi e cadesse, l'aiutava a stare in piedi. Tutto era coperto da uno strato di nero, con strisciate più scure e segni delle fiamme che ricoprivano tutto ciò che era rimasto alle pareti. Grazie al cielo, l'incendio non si era propagato agli edifici confinanti. Anche se l'allarme antincendio non era scattato per avvertire i vigili del fuoco, alcuni vicini avevano chiamato subito il numero di emergenza e il fuoco era stato contenuto in breve tempo.

Non abbastanza da salvare ciò che le apparteneva, nella libreria.

Everly era assicurata e dato che la colpevole sembrava avere un nome, quello di Rachel, invece che essere ancora qualcuno senza nome, l'assicurazione poteva cominciare a muoversi per risarcirla. Everly non aveva più ricevuto le telefonate anonime che la facevano innervosire, ma non sapeva ancora se anche quelle fossero collegate a tutto il resto. Non sapeva nemmeno se fosse stata Rachel a scrivere la lettera che aveva ricevuto in libreria, né perché fosse stata inviata a Jackson, ma Everly se lo sentiva: *era* tutto collegato. Doveva esserci un nesso.

Poteva ricostruire tutto dalle fondamenta, ma aveva perso molto. Anche con l'aiuto dei Montgomery, ricostruire tutto non avrebbe fatto tornare la sfumatura delle vecchie pietre e il contrasto con le pareti color crema chiaro. Nulla poteva restituirle le infinite ore di lavoro che lei aveva passato a mettere insieme e organizzare tutti i reparti e le mensole, scegliendo l'inventario. Non sarebbero tornate le decorazioni che usava per le feste per i bambini, che immaginavano i personaggi delle fiabe nascosti tra le pareti della libreria.

Era tutto perduto.

I dipendenti erano stati costretti a trovarsi un altro lavoro, mentre lei aspettava di poter ricostruire. Senza reddito, Everly non poteva certo pagare degli stipendi; ma loro avevano capito la situazione. In quel momento, si sentiva molto più isolata, in ciò che rimaneva della sua seconda casa.

Storm la baciò in testa, così lei si ricordò che no, non era davvero da sola, per quanto le pareti ricoperte di fuliggine volessero farla sentire sola.

"Porca vacca," mormorò Austin con un filo di voce.

"Mi dispiace, Everly," aggiunse Sierra, la moglie di Austin, proprietaria della boutique Eden a poche vetrine di distanza; anche lei aveva rischiato di perdere tutto, se l'incendio si fosse propagato.

Per sostenere Everly e non farla sentire sola, tutti i Montgomery si erano presentati alla libreria, tranne Marie e Harry, che avevano scelto di stare a casa loro con tutti i nipoti (inclusi i gemelli). Persino Jillian si era presentata e le aveva stretto la mano, accidenti, ne aveva proprio bisogno. Nelle ultime settimane, le due si erano avvicinate: una sorpresa per entrambe. Del resto, entrambe volevano bene a Storm (anche se in modo diverso) e l'affetto in comune le legava.

Wes e Decker si muovevano negli ambienti precedendola, controllavano i danni con occhi esperti. Gli altri si muovevano più a casaccio, scattando foto e prendendo appunti al posto di Everly, per aiutarla a informare l'ufficio dell'assicurazione. Era già passato un perito, ma era meglio catalogare tutto, per non rischiare sorprese. Tabby aveva portato caffè per tutti e continuava ad abbracciare Everly, entrambe cercavano di non piangere. Era davvero troppo.

Almeno la scoperta che era Rachel la responsabile aveva dato un senso a tutto. Non l'avevano trovata a casa, era ancora ricercata. Clay era molto affranto, aveva telefonato per scusarsi profusamente. Everly non incolpava certo Clay, per il modo in cui le loro vite erano collegate da Storm, non poteva certo incolparlo per quanto aveva fatto sua zia. La scoperta della natura crudele di Rachel aveva aiutato Everly a decidere il da farsi con gli altri figli di Jackson.

Mai e poi mai i gemelli avrebbero avuto a che fare con Rachel, ma con Clay e gli altri nonni… Everly avrebbe trovato il modo di far conoscere i cinque fratelli. Prima o poi sarebbe successo, ma prima… prima bisognava vedere cosa si poteva salvare nella libreria.

Storm la baciò sulla tempia e lei sospirò. "Ti amo," le disse.

"Ti amo anch'io," gli sussurrò. Ancora non ci credeva, amava Storm Montgomery e tutti i Montgomery le erano stati vicini, quando lei ne aveva avuto bisogno. In qualche modo, era passata da un'isoletta sperduta e solitaria a un continente affollato di parenti.

Sbalorditivo, per non dire di più.

Non era affatto sola. C'erano i figli e l'uomo che amava… e forse c'era anche un futuro in cui sperare. Solo qualche mese prima, lei non se lo sarebbe mai immaginato; invece eccola, tra le braccia di Storm. Era persino *felice*, nonostante le circostanze e il luogo in cui si trovava. Perché alla fine poteva ricostruire.

Voleva ricostruire.

"Intendo ricostruire," disse Everly sottovoce. Ma forse non tanto sottovoce come pensava, perché tutti i presenti smisero di fare ciò che stavano facendo e la guardarono con un'espressione mista di orgoglio e comprensione.

"Trasformeremo questo posto proprio come lo desideri. Non possiamo ricreare tutto com'era prima, ma possiamo ricostruire come te lo immagini."

Everly si girò tra le braccia di Storm e lo baciò sul mento. "Sì, *noi* possiamo." Non era sicura del momento in cui erano diventati *noi*, ma non ci avrebbe rinunciato per nulla al mondo. *Possiamo farcela*, si disse. Con Storm e gli altri Montgomery nella sua vita, Everly poteva affrontare tutto.

STORM ERA UN UOMO FORTUNATO. Non si capacitava nemmeno lui di come fosse successo, ma era riuscito a vivere una vita che mai e poi mai avrebbe nemmeno sognato. Nulla di ciò che aveva con Everly e con i gemelli gli era mai sembrato alla portata, eppure *sapeva* che era quella la vita di cui aveva sempre avuto bisogno.

Era innamorato di una donna ricca di coraggio e di forza, tanto da farlo impallidire al confronto; nell'insieme, con lei voleva solo essere un uomo migliore. Non riusciva a prevedere esattamente cosa sarebbe successo, nessuno dei due era pronto a parlare di matrimonio, ma stavano trovando insieme il modo di affrontare quel nuovo tipo di rapporto e se lo stavano anche godendo.

Almeno lui se lo godeva.

Ma a giudicare dal sorriso di gioia sul viso di Everly, c'era da pensare che anche lei se la stesse spassando.

"Va bene, allora dove andiamo a cena?" domandò Storm mentre insieme a Everly allacciava i bambini nei seggiolini dell'auto.

"Ho voglia di pollo fritto con salsa country," gli rispose con una risata. "Tanto lo so che mi va tutto nei fianchi, ma quella salsa country al pepe nero è talmente buona che me la sono persino sognata."

Storm sentì l'acquolina in bocca e ridacchiò: "Idea fantastica. Penso che poi dovremo darci un po' da fare stanotte, se ci mangiamo tutto quel cibo unto."

Gli occhi di Everly si riempirono di desiderio e

Storm le fece l'occhiolino; accidenti, quanto amava quella donna.

James alzò la testa per fargli un gran sorriso, mentre Storm gli allacciava la cintura del seggiolino. "Sei pronto per la cena, bello?"

"Patatine!" gridò James; ogni settimana riusciva a parlare in modo sempre più chiaro e scandito; la logoterapia stava funzionando e l'impianto cocleare era stato accettato a meraviglia dal suo corpo.

"Dai! Patatine!" urlò Nathan con voce molto squillante battendo le mani. Quella settimana non aveva avuto problemi ai polmoni, un altro segno positivo da mettere in conto.

"Può venire anche Randy?" domandò James. I bimbi amavano quel cane, lo consideravano anche il loro cucciolo.

"Non può venire al ristorante, ma stasera può venire in cameretta con voi a dormire."

"Bene," disse Nathan seriosamente. "Non deve stare da solo."

"Nessuno deve stare da solo, bello."

Storm si mise al volante e quando Everly fu al suo fianco le prese la mano sorridendo. Negli ultimi tempi avevano entrambi dovuto affrontare vicissitudini ed esperienze negative, ma finalmente il destino stava cambiando passo. I Montgomery avevano saputo dell'incidente e ne parlavano con lui apertamente, senza segreti. Entrambi i gemelli sembravano star meglio ed erano molto contenti di avere Storm sempre più vicino. Anche se al momento la libreria di Everly era ancora distrutta, non sarebbe rimasta in macerie. I Montgomery l'avrebbero aiutata a ricostruire, erano tutti pronti e disponibili ogni qual volta Everly avesse avuto bisogno di aiuto… probabilmente anche prima che lei se ne accorgesse.

L'unica incognita ancora in sospeso era Rachel. A quel pensiero, Storm si sforzò di non rabbuiarsi. La polizia non l'aveva ancora trovata, sembrava essersi data alla clandestinità, ma Storm era sicuro che prima o poi l'avrebbero beccata. Non c'era alcuna alternativa valida.

"Ti sei fatto serio," gli sussurrò Everly, "che succede?"

Storm mantenne l'attenzione sulla strada, ma avvicinò alla bocca la propria mano intrecciata a quella di Everly per baciarle dolcemente la pelle morbida. "Ero solo soprappensiero, ma adesso non ci penso più e mi concentro sulla salsa."

Everly lo guardò preoccupata con la coda dell'occhio, ma gli sorrise comunque. "Con il purè di patate. Magari anche la torta di mele."

Storm sorrise: "Ci mangiamo tutto, Ev, ci mangiamo tutto."

"Mangiamo tutto!" ripeté James.

"Tutto! Tutto! Tutto!" canticchiò Nathan.

Everly rise e accese lo stereo dell'auto. "Che ne dite di una canzone?" Si avvicinò a Storm e abbassò la voce: "Adesso sono molto agitati, quindi è meglio se cantano una canzone, invece che gridare di mangiare."

"Mi sembra un ottimo piano."

Everly trovò la canzone che avevano ascoltato circa duecento volte, da quando si era messa insieme a Storm, i bimbi cominciarono a cantare sulla musica, la canzone parlava di ballo e di emozioni. James e Nathan andavano pazzi anche per il film vivace e colorato da cui era tratta la canzone, quindi ormai Storm aveva imparato il testo di quella canzone a memoria.

I gemelli cantavano con grande entusiasmo, che sopperiva alla mancanza di tecnica, Storm fece spallucce e si unì al loro canto. Everly rise e fece altrettanto; ben presto si ritrovarono tutti e quattro a cantare e ridere mentre andavano a cena come… beh, sì, come una famiglia. Storm non era il padre dei gemelli, non lo sarebbe diventato, ma amava quei due bimbi e anche la donna seduta al suo fianco. Era tutto ciò che gli serviva.

Storm strinse la mano di Everly, si sentiva più felice che mai; se non avesse tenuto gli occhi fissi sulla strada, gli sarebbe sfuggito il bagliore dei fari di una macchina che procedeva in senso opposto.

Ma non ebbe il tempo di scansarsi, o di frenare. Everly gridò, anche i bimbi gridarono. Il metallo si schiantò, la gomma bruciò. I vetri intorno a loro si frantumarono e per un momento Storm pensò di essere tornato al passato, nel momento in cui tutto era cominciato. Ma non era così. Era il presente… con la famiglia… con Ev e i bimbi… e il mondo si era appena schiantato intorno a loro.

Sentì una fitta di dolore alle braccia e alle gambe, poi nulla.

Non c'era nulla.

Solo torpore.

E oscurità.

Poi nulla.

Capitolo venti

EVERLY APRÌ GLI OCCHI SBATTENDO LE PALPEBRE; LE girava un po' la testa e aveva sulle mani una sostanza appiccicosa, ma respirava e poteva *sentire*. Dopo essersi concentrata, riuscì anche a vedere.

Tutto.

Qualcosa aveva colpito la macchina. Qualcosa si era schiantato contro di loro.

I bambini.

"Mamma!" James stava piangendo, anche Nathan stava piangendo. Everly si voltò ignorando il dolore alla testa e vide i bambini ancora attaccati ai seggiolini, da quanto poteva vedere, non si erano tagliati e non avevano segni di contusioni. Ma tutto era in bilico e poteva cambiare in un attimo.

"Va tutto bene, piccoli. Qualcuno arriverà presto ad aiutarci. Vi siete fatti male? Dite alla mamma se vi fa male."

"Ho paura," disse Nathan tra le lacrime.

"Voglio in braccio," urlò Nathan insieme al gemello.

Everly cercò di farli calmare accarezzandoli, ma non riusciva a raggiungerli. Dovevano star bene. Dovevano.

Si mise una mano sulla testa, fece pressione e sussultò: doveva essersi tagliata in quel punto. Tutto intorno era pieno di gente che urlava, ma a lei sembrava come di essere in una bolla. Doveva controllare che la famiglia fosse sana e salva.

Storm.

Si girò verso di lui, era seduto immobile al volante. Aveva gli occhi chiusi e respirava a fatica. Everly sentì le lacrime scenderle sul viso e cercò di raggiungerlo, ma la cintura di sicurezza la bloccava e lei non riusciva a muovere bene le mani per sganciarla. A ogni movimento sentiva una fitta di dolore.

"Storm," disse ansimando.

Lui aprì lentamente gli occhi, aveva lo sguardo affaticato e dolorante. "Ehi, piccola, come stai? I bambini?"

"Sto bene," disse Everly mentendo; non stava bene e non avrebbe avuto pace se non dopo aver riabbracciato tutta la famiglia. "Puoi muoverti? Puoi aiutarmi a tirar fuori i bimbi?"

"Storm?" Nathan gridò: "Voglio Storm."

"Mamma!" urlò James.

Everly sentiva il corpo scosso dai singhiozzi, cercò

di farsi forza, ma era troppo stanca. No, ricordò a se stessa, il suo sfinimento non era importante. L'*unica* cosa importante era la salute dei bambini e di Storm. Dovevano star bene, riprendersi, solo *allora* lei poteva lasciarsi andare. Non in quel momento. Non nel prossimo futuro.

"Sono qui, bimbi," disse Storm con calma, anche se doveva essere tutt'altro che tranquillo, lei lo sapeva. Storm la guardò dritto negli occhi e abbassò la voce: "Non riesco a raggiungerli." Poi fece un respiro profondo e con voce tremante proseguì: "Adesso non sento le gambe, piccola, ma vedrai che usciamo da qua. Andrà tutto bene. Ti amo, Everly, ti amo alla follia."

Le lacrime scendevano copiose, Everly mandò giù un singhiozzo. Storm non sentiva le gambe? Oddio, la schiena. "Anch'io ti amo."

La macchina si era schiantata in modo particolare sul lato di guida, quindi Everly non riusciva a raggiungerlo per bene, non riusciva ad aiutare nessuno. Non si era mai sentita tanto inerme.

"Vedrai che ne usciremo," gli promise, le mani tremanti e la gola inasprita dall'acido, la testa che pulsava di dolore. "Vedrai."

"Lo so, piccola, lo so."

Le sirene si avvicinavano, Everly guardò i bimbi sul retro del veicolo, sforzandosi di rimanere sveglia. Qualcuno si avvicinò per aiutare. Non erano da soli.

Lei non avrebbe perso tutto.

Di nuovo.

TRAUMA CRANICO, Everly aveva subito una lieve lesione cerebrale, per fortuna non un trauma grave, invece i bambini stavano perfettamente bene. Tanto bene che erano già in braccio a Marie e Harry, dopo le coccole di Nancy e Peter. I suoceri di Everly erano arrivati all'ospedale, avvertiti da Marie (in qualche modo era riuscita a trovare il loro numero di telefono) e non solo si erano interessati allo stato di salute dei loro nipoti, ma anche di Everly e Storm. Nancy si era spinta persino ad abbracciare dolcemente Everly, piangendole sulla spalla.

Chiaramente, il rischio di perdere anche gli ultimi parenti, dopo che tutto era cambiato, aveva cambiato l'approccio di Nancy. Everly non sapeva bene come prenderla, anche perché in quel momento aveva altre preoccupazioni, ma se ne sarebbe ricordata.

"Vedrai che starà bene," sussurrò Jillian di fianco a Everly. Jillian era arrivata con gli altri Montgomery (a parte quei pochi che erano rimasti a casa a tenere i bambini) e non si era più staccata dal fianco di Everly. Si tenevano per mano, ogni tanto si abbracciavano, quando non parlavano tra loro.

"Lo so." Everly cercò di rispondere con convinzione, voleva davvero che Storm stesse bene. "È solo che è passato tanto tempo da quando è cominciato l'intervento."

"Uscirà quando il chirurgo avrà finito," disse Wes con voce fioca. "Perché non ha altra scelta. Sarà il solito brontolone scorbutico, quando esce, ma vedrete che starà *bene*."

"Gli interventi delicati richiedono più tempo," disse Austin al fianco di Sierra. "Ma cazzo, sono proprio stanco, ci ritroviamo sempre con la famiglia in una sala d'attesa, va sempre a finire così." Sussultò e guardò i genitori di Jackson, poi i gemelli di Everly.

Peter gli fece un cenno per salutarlo, mentre i due bimbi dormivano. Se solo Everly avesse avuto un minimo di energie residue in corpo, probabilmente avrebbe sorriso. Ma non riusciva a trovare il modo di sorridere, non sapendo se Storm sarebbe stato bene.

Visto il gran numero di Montgomery, la sala d'attesa era tutta occupata dai parenti. Qualcuno era andato al piano della sala operatoria, per avere notizie fresche appena possibile; Everly ancora doveva capacitarsi, non era da sola: tutti i parenti avevano mollato tutto, non solo per Storm, ma anche per lei.

Si chiedeva come avesse fatto a trasformare così la propria vita, ma ci avrebbe pensato in seguito, avrebbe reso grazie al cielo per quella benedizione. Per il momento, poteva solo preoccuparsi e non pensare troppo al dolore pulsante alla testa. I medici le avevano dato il permesso di uscire dal letto in cui era ricoverata perché tutto il clan dei Montgomery aveva garantito compatto che non si sarebbe stancata troppo e che ai primi segnali di indolenzimento l'avrebbero rispedita subito a letto, impedendole di essere presente all'arrivo delle notizie sull'operazione e sugli esiti per la salute di Storm. Lei non l'avrebbe consentito.

Si aprirono le porte e si alzarono tutti in piedi, ma entrarono due ispettori di polizia, non il medico. "Signora Law?" L'ispettore più anziano le chiese: "Possiamo parlare un momento?"

Everly si guardò attorno, in quella stanza c'erano solo persone che le volevano bene, era esattamente dove doveva essere: "Possiamo rimanere qui con gli altri, se per voi va bene. Cosa dovete dirmi?"

Gli ispettori si guardarono di nuovo attorno, poi annuirono: "Abbiamo identificato il conducente dell'altro veicolo. Purtroppo, non ce l'ha fatta."

Everly rimase col fiato sospeso. "È morto? Cos'è successo?"

"Dalle indagini risulta che c'è stato un impatto frontale, la persona alla guida non ha nemmeno toccato i freni, di proposito. È risultato un riscontro con un'altra indagine che la coinvolge. Sembra che la stessa donna che le ha mandato quel biglietto, indirizzato al defunto signor Law, la lettera che lei ci ha consegnato, sia la stessa persona che guidava il veicolo che vi ha colpiti stasera. La stessa signora che ha incendiato la sua libreria. Presto si chiuderanno le indagini sull'incendio doloso, ma in base all'analisi delle impronte digitali possiamo dire con certezza che è la stessa persona della lettera. La nostra ipotesi è che la lettera sia stata indirizzata al signor Law per fargliela aprire e spaventarla, dato che il signor Law non aveva nulla a che vedere con la libreria, anche se non ci è chiaro cosa intendesse con quel messaggio. Abbiamo trovato nell'altro veicolo anche un telefono che nelle ultime settimane ha effettuato chiamate solo a un altro numero, il suo. Sappiamo che il DNA ritrovato nella libreria corrisponde e quindi è tutto collegato."

Everly sbatté le palpebre, la testa le faceva male. "Rachel? È stata Rachel?" Ed era morta. Il primo pensiero di Everly fu per i figli di Rachel, il secondo… il secondo pensiero fu pieno di rabbia, una rabbia che le fece aumentare il dolore alla testa. Perché l'aveva fatto? per soldi? Cosa poteva guadagnare, eliminando le risorse di Everly o cercando di uccidere lei e tutta la famiglia? Non c'era alcuna logica. Nulla di quanto successo le tornava. Che… cos'aveva quella donna che non andava? No, cos'aveva *avuto* quella donna che non andava? Doveva essere matta, era l'unica spiegazione plausibile.

"È stata Rachel," ripeté Everly.

"Sì, signora, dobbiamo farle alcune domande."

"Sono urgenti o si può rimandare?" domandò Wes con una certa decisione, Everly gli fu grata per quella domanda. "Sta male, aspettiamo ancora notizie su Storm. E poi i bambini stanno dormendo ma sono comunque presenti. Rachel non andrà da nessuna parte," spiegò con un tono brusco e affatto gentile.

Gli ispettori annuirono e spiegarono a Everly che si poteva anche rimandare a presto, poi se ne andarono dalla sala d'attesa. Al che ogni presente tirò un sospiro di sollievo mentre Everly voleva solo chiudersi in se stessa e piangere. Invece represse ogni emozione e si alzò lentamente, fece un cenno a Jillian che la osservava e andò dai bimbi, che dormivano.

"Grazie per averli tenuti," sussurrò ai signori Montgomery e ai genitori di Jackson. "Solo… grazie."

Marie diede un colpetto con la mano sulla sedia al suo fianco, dove Everly si accasciò sospirando. "Devi riposare, tesoro, non dirmi che non puoi perché lo so già. Quando sapremo che Storm sta bene e l'intervento sarà terminato, allora riposerai e ti riprenderai." La voce della mamma di Storm era decisa, sicura, anche lei si era spaventata, ma non lo mostrava, per via degli altri figli. Era una signora tosta, Everly avrebbe gradito invecchiare come lei.

Ma prima doveva sapere che Storm stava bene.

Appena le passò per la testa quel pensiero, le porte si aprirono di nuovo, ma stavolta fu il chirurgo a entrare. Nella stanza scese il silenzio, Everly si alzò in piedi con le gambe che le tremavano.

"La famiglia Montgomery?"

"Siamo tutti noi," rispose Griffin un po' sarcasticamente, ma con un filo di preoccupazione nella voce che Everly riuscì a percepire.

"Allora va bene," proseguì il chirurgo passandosi una mano nei capelli.

"Come sta?" domandò Everly, sorpresa dalla forza nella propria voce.

"Si riprenderà. Ci sono lesioni e lacerazioni varie, oltre a un lieve trauma cranico, ma si riprenderà. Già prima di questo incidente, aveva le vertebre L1 e L2 compresse, adesso c'è una sottile frattura a livello della vertebra L1. Il midollo spinale è intatto, ma dovrà stare coricato per un periodo di tempo consistente; però col tempo e con la riabilitazione *tornerà* a camminare e starà bene."

Everly non si accorse nemmeno di piangere finché Wes non la prese tra le braccia e lei gli bagnò la camicia. Gli altri cominciarono a fare domande, ma lei a malapena sentì le risposte. Si accorse che i bimbi si erano svegliati e stavano parlando, domandavano perché la loro mamma stesse piangendo, ma lei non riusciva a smettere e quasi andò in iper ventilazione per dir loro che stava bene.

Che *sarebbe* stata bene.

Perché Storm si sarebbe ripreso.

Era vivo. Malconcio, ma vivo.

Con un grande sollievo in corpo, Everly capì che tutto il resto si poteva affrontare. Insieme al suo Montgomery e alla famiglia. Insieme ai bimbi e a Storm.

Ora la vita poteva andare avanti, *finalmente*, perché lei aveva riscoperto il futuro… con il suo architetto.

"Stiamo insegnando a Randy a rotolarsi sulla schiena," disse James con tono serioso; Storm fece un gran sorriso, era seduto su una nuova poltrona in memory foam.

"Come se la cava?" domandò Storm ridendo, quando vide Nathan che si rotolava per terra davanti a un Randy dall'aria confusa per fargli vedere un nuovo movimento divertente.

"Non bene, ma noi gli impariamo," disse Nathan con un sorriso.

"Voi gli insegnate," lo corresse Everly, prima di affondare nell'enorme cuscino di fianco a Storm.

"È così che ho detto," rispose Nathan prima di rotolare di nuovo sulla schiena. Randy si abbassò con la pancia a terra, appoggiando la testa alle zampe anteriori.

"Non lo fa," concluse James sospirando.

"Vedrai che imparerà," disse Storm. "Chiameremo Wes ad aiutarci, perché io non posso rotolarmi per terra con voi, non ancora."

"Basta che non esageriate. Nessuno di voi." Everly parlò con molta calma, ma Storm poteva sentire la preoccupazione nel tono teso della voce, così alzò un braccio ed Everly si appoggiò a lui con molta attenzione. Dopo l'incidente, avevano sempre fatto tutti estrema attenzione intorno a lui, Storm lo capiva, ma era già più che pronto ad abbracciarla, o a prenderla in braccio… magari a stare su di lei… o dietro di lei.

Everly gli morse il lobo dell'orecchio facendolo gemere. "Smetti di pensarci proprio adesso, signorino."

Lui si guardò i pantaloni e prese un plaid per coprirsi le gambe. "Ops. Beh, almeno quello funziona ancora."

"Non dirlo neanche per scherzo," sussurrò Everly, "va bene, bimbi, fateci vedere cosa avete insegnato a Randy finora."

I bimbi cominciarono a rotolarsi per terra e Randy si sdraiò di schiena. Storm la considerò una vittoria. "Ottimo lavoro." Poi si mosse lentamente per baciare Everly sulla testa e fu dannatamente felice di non sentire alcun dolore. Era strano, ma l'intervento chirurgico che aveva subito gli aveva chissà come risolto anche il dolore alla schiena di cui soffriva prima. Non si sarebbe mai ripreso al cento per cento, ma sarebbe tornato a muoversi meglio di prima nel giro di un paio di mesi, se non di qualche settimana.

Storm cercò di non pensare alla rapidità con cui tutto era cambiato, nelle ultime settimane, in pochi mesi. Aveva parlato con Clay, mentre i bambini erano nella vasca da bagno sotto l'occhio attento di Everly, ancora non riusciva a togliersi dalla testa quella conversazione. Quel ragazzo era rimasto sconvolto da quanto era accaduto.

Non solo per la morte della zia, perché accidenti, a Storm dispiaceva per lui, ma c'erano anche i tre figli di Rachel, che ora erano rimasti orfani. Clay avrebbe dovuto intervenire, cercare di aiutarli per quanto poteva; l'idea era che i nonni si occupassero dei tre bambini e che Clay desse loro una mano. Storm non sapeva bene quale fosse la soluzione migliore, ma sapeva che anche quella famiglia avrebbe dovuto superare molte difficoltà, prima di tornare a respirare.

Everly sapeva che James e Nathan dovevano incontrare gli altri bambini, anche se i gemelli erano troppo piccoli per capire. Nessuno sapeva come sarebbe andata o quanta sofferenza fosse dietro l'angolo, ma Everly e Storm sarebbero stati vicino a Clay per molto tempo a venire.

La vita di quel ragazzo era cambiata drasticamente e non era certo più semplice, ma almeno non era più da solo.

"Dovrei procedere con gli scatoloni, ho tante cose da tirar fuori," disse Everly dopo qualche minuto.

Storm scosse la testa. "Aspetta che arrivino le mie sorelle, così possono aiutarti. rimani tra le mie braccia ancora un po'." Ancora non ci credeva, Everly si era trasferita da qualche giorno. Un po' per aiutarlo durante la convalescenza, un po' perché la vecchia casa era piena di ricordi di Jackson in ogni angolo, così avevano deciso insieme di provarci e lei aveva traslocato coi bambini a casa di Storm. *Finora tutto bene*, pensò, ma Storm sapeva che appena fosse riuscito a mettersi in ginocchio, le avrebbe fatto la proposta di matrimonio.

Il loro rapporto si era mosso rapidamente, eppure, in realtà, c'erano voluti degli anni per conoscersi per le persone che erano. Storm si era innamorato della moglie del suo migliore amico e non l'aveva capito. Everly era tutto, per lui, insieme ai gemelli. Lui si era trasformato, da single con il male alla schiena, un dolore che pensava non gli passasse mai, era diventato il partner della donna che amava, con due figli e con l'orgoglio di far parte delle loro vite.

"Allora…"

Storm guardò Everly e sorrise. "Allora cosa?"

"So che non siamo fidanzati, ma tua madre mi ha praticamente adottata… posso farmi il tatuaggio dei Montgomery?" Lo guardò sbattendo le ciglia più volte, facendolo così innamorare ancor di più.

"Vuoi farti il nostro tatuaggio?" le chiese, sorpreso. "Non pensavo che ci tenessi, a farti un tatuaggio."

"Visto che è un po' una cosa di famiglia, tra l'altro

il tuo è anche bello e sexy, tanto per dire." Gli baciò il mento e lui si spostò per poterla baciare sulla bocca.

"Penso che a te questo tatuaggio starebbe anche meglio, saresti davvero sexy. Quindi sì, fattelo tatuare, poi quando siamo pronti ti prendo anche l'anello."

Lei lo baciò di nuovo e i bambini si misero a ridere e a battere le mani, mentre Randy abbaiava; il rumore aumentava a ogni momento e Storm non ci avrebbe mai rinunciato. La sua vita era cambiata talmente tanto che stentava a rendersene conto, ma si sentiva un uomo dannatamente fortunato.

"Sei proprio un romanticone."

"Ah sì? Beh, allora dopo, quando i bambini saranno a letto, ti faccio vedere per bene quanto posso diventare romantico." Le morse un labbro e poi glielo leccò. "Ovviamente dovrai metterti tu di sopra."

Lei alzò gli occhi al cielo dicendo: "Farò piano, tesoro, non preoccuparti."

"A me va benissimo." La baciò di nuovo e capì che qualunque cosa fosse successa da quel momento in poi, lui avrebbe sempre avuto tutto ciò che voleva.

Non aveva capito di essersi innamorato come gli altri Montgomery, ma alla fine ci era arrivato lo stesso.

Prossimamente:
Ricordi per sempre

Grazie di cuore per aver letto **ESPRESSIONI DI PELLE**. Spero che questa storia ti sia piaciuta, potresti per cortesia lasciare una recensione? Ogni recensione aiuta gli autori *e* gli altri lettori.

Se vuoi rimanere aggiornato su nuovi libri o promozioni, sentiti libero di iscriverti alla newsletter di Carrie Ann.

Sono onorata che tu abbia scelto di leggere questo libro e che abbia amato i Montgomery tanto quanto me!

La serie continua con Ricordi per sempre e con tutti gli altri Montgomery di Denver. Dopo di che, comincia una nuova serie con "Sotto pressione" (Montgomery Ink: Colorado Springs Libro 1). Adrienne, Thea e Roxie sono le sorelle di Shep, pronte per i rispettivi amori felici. Adrienne è la prima con SOTTO PRESSIONE.

Non dimenticare che i fratelli di Jake, di MARCHIO INDELEBILE, hanno una serie tutta loro: la serie sui Fratelli Gallagher. RITORNO ALL'AMORE è il primo libro. Anche i fratelli di Tabby, di SENZA SEGRETI, hanno la loro serie. La serie Whiskey e bugie. Il primo libro si intitola: I SEGRETI DEL WHISKEY.

Montgomery Ink:
Libro 0.5: Tatuaggio ispirato
Libro 0.6: Destino a tre
Libro 1: Tatuaggio spinoso
Libro 1.5: Sulla pelle per sempre
Libro 2: I confini della tentazione
Libro 3: Un passo difficile
Libro 4: Stampato sulla pelle
Libro 5: Marchio indelebile
Libro 6: Senza Segreti
Libro 7: Espressioni di pelle
Libro 8: *Ricordi per sempre*

Altre storie a venire!

I fratelli Gallagher:
Libro 1: Ritorno all'amore
Libro 2: Passione ritrovata

TI INTERESSA ESSERE UN BLOGGER E REVISORE PER CARRIE ANN RYAN? REGISTRATI QUI!

Se vuoi ricevere tutte le mie ultime novità, puoi iscriverti alla mia newsletter sul sito www.CarrieAnnRyan.com; oppure puoi seguirmi su Twitter, il mio account è @CarrieAnnRyan, o puoi mettere un like sulla mia pagina Facebook. C'è anche un Fan Club su Facebook dove vengono pubblicate domande, indovinelli, chiacchiere e altri annunci. I miei lettori sono il motivo per cui scrivo le mie storie, quindi grazie.

Buona lettura!